蕾拉·斯利玛尼 作品

战争，战争，战争

La guerre, la guerre, la guerre

Leïla Slimani

〔法〕蕾拉·斯利玛尼 著

袁筱一 译

浙江文艺出版社
Zhejiang Literature & Art Publishing House

LE PAYS DES AUTRES（Volume1：La guerre，la guerre，la guerre）
by Leïla Slimani
Copyright ⓒ Éditions Gallimard，Paris，2020
本书中文简体字版版权,浙江文艺出版社独家所有。
版权合同登记号：图字：11-2020-411 号

图书在版编目（CIP）数据

战争,战争,战争/（法）蕾拉·斯利玛尼著;袁筱一
译.—杭州：浙江文艺出版社，2024.10
ISBN 978-7-5339-7629-3

Ⅰ. ①战⋯ Ⅱ. ①蕾⋯ ②袁⋯ Ⅲ. ①长篇小说-法
国-现代 Ⅳ. ①I565.45

中国国家版本馆 CIP 数据核字（2024）第 104901 号

策划统筹	曹元勇	
责任编辑	王希铭	
营销编辑	耿德加	胡凤凡
责任印制	吴春娟	
校　　对	李子涵	
数字编辑	姜梦冉	诸婧琦
装帧设计	倪小易	

战争,战争,战争

[法]蕾拉·斯利玛尼　著
袁筱一　译

出版发行	浙江文艺出版社
地　　址	杭州市环城北路 177 号
邮　　编	310003
电　　话	0571-85176953（总编办） 0571-85152727（市场部）
印　　刷	上海盛通时代印刷有限公司
开　　本	889 毫米×1194 毫米　1/32
字　　数	200 千字
印　　张	11.25
插　　页	1
版　　次	2024 年 10 月第 1 版
印　　次	2024 年 10 月第 1 次印刷
书　　号	ISBN 978-7-5339-7629-3
定　　价	58.00 元

谨以此书纪念安娜与阿迪卡

他们的自由给了我无限的灵感

献给我最热爱的母亲

这个该死的词：混血。让我们把它放大了,印刻在书页上。

——爱德华·格里桑《诗学意向》

目录

第一章

玛蒂尔德第一次去农场的时候,心里想的是:"这也太远了。"如此偏远,让她不禁感到忧虑。那会儿是 1947 年,他们还没有汽车,坐着一辆吉卜赛人驾的旧骡车从梅克内斯出发,跑了二十五公里。阿米纳一点也没注意到车上不适的木凳,以及飞扬的、让他妻子咳个不停的尘土。他的眼里只有风景,一心想要快点到达父亲赠给他的土地。

1935 年,在殖民军队里辛勤地做了好些年翻译之后,卡杜尔·贝尔哈吉买下了这几公顷石子地。他和儿子说过,就指望着这地发家致富,养活贝尔哈吉家的子子孙孙。阿米纳还记得父亲说这话时的眼神,讲起开垦农庄的计划时,父亲的声音也很笃定。种上几亩葡萄园,父亲和他解释说,整块的平地全种上粮食。山包上阳光最灿烂的地方起一座房子,周围种上果树,种上几排扁桃树。这块地属于他,卡杜尔对此感到非常骄傲。"我们的土地!"讲这话时,他全然不是那种民族主义者或者殖民者的口吻,含有道德原则或者理想的意味。听他的语气,他就只是一个宣告自己正当权益的幸福的产业主。老贝尔哈吉希望自己能够埋葬于此,他的子子孙孙都能埋葬于此,希望这块土地能够养育他,能够成为他最后的归宿。但是他1939年去世,儿子那时加入了北非骑兵团,很骄傲地披上斗篷,穿上灯笼裤。在出发去前线之前,从此就是一家之主的长子阿米纳把这份产业租给了一个来自阿尔及利亚的法国人。

玛蒂尔德问起她并不认识的公公究竟是怎么死的,阿米纳摸了摸肚子,一声不吭地摇了摇头。后来,玛蒂尔德才了解清楚事情的来龙去脉。卡杜尔·贝尔哈吉自凡尔登回来之后,患上了慢性腹痛,不管是摩洛哥的还是欧洲的江湖郎中,没有一个能缓解他的痛苦。他自诩是个理性的人,接受过教育,在语言上尤其有天赋,他为此也深感骄傲,但在绝望之下,却不无羞愧地拖着沉重的脚步走入一个巫师的地下室里。巫婆想要让他相信,他这是中了邪,是他的一个敌人给他下了咒,他才会腹痛。她给了他一张一折为四的纸头,里面包着一种橘黄色的药粉。当天晚上,他用水冲了药粉,服下几个小时后就死了,死时痛苦异常。家里都不愿意提起这件事。老父亲如此幼稚,令人汗颜,而且这位受人尊敬的军官去世时颇为不堪,他被抬到院子里,白色的长袍上沾满了粪便。

而1947年的这个春日,阿米纳冲玛蒂尔德微微一笑,催促车夫再快一些。车夫光着两只脚,搓来搓去,得到催促后便更加起劲地用鞭子抽打骡子,弄得玛蒂尔德吓了一跳。吉卜赛人的粗暴激起了骡子的反抗。他卷起舌头吹着口哨,"嘚啦"一声,鞭子落在牲畜瘦骨嶙峋的背脊上。这是春天,玛蒂尔德已经有了两个月的身孕。田野里遍布着金盏花、锦葵和琉璃苣。清凉的风摇动着向日葵的秆子。道路的两边,都是法国移民的产业,他们在这里安家都已经二三十年了;种植园沿着缓坡,一望无际。大多数法国移民都来自阿尔及利亚,当局把最好的土地给了他们,面积也都很大。阿米纳伸出一只胳膊,另一只搭在眼睛上方,遮住正午的烈阳,欣赏着呈现在面前的广阔天地。他用食指指着一排柏树,告诉妻子,柏树那边的产业就是罗杰·马里亚尼的产业,他是靠酿酒和养猪发家致富的。从道路这边看不见马里亚尼家的屋子,甚至也看不见他的葡萄园。但是玛蒂尔德不用费劲也能想象出他的财富,足以让她对自己的命运也能充满希望的财富。这里平静的风景让玛蒂尔德想起她在米卢斯①时,音乐老师家钢琴上

① 法国上莱茵省的最大城市。——若无特殊说明,本书注释均为译者注

方的一幅版画。她想起老师告诉她说："小姐，这是在托斯卡纳①。也许您有一天会去意大利的。"

骡子停住了，啃起路边的草来。面前是条盖满了白色大石头的山坡，它一点也不想爬。车夫很是恼火，他大声斥骂，对骡子拳打脚踢。玛蒂尔德觉得眼睛里满是泪水。她强忍住，贴在丈夫的身上，丈夫觉出了她不大对劲。

"怎么啦?"阿米纳问。

"叫他别再打这可怜的骡子了。"

玛蒂尔德将手放在吉卜赛人的肩头，看着他，像个试图哄劝狂躁家长的孩子一般。但是车夫更加狂暴了。他啐了一口，抬起手臂说："你也想找抽吗?"

心情变了，风景也随之改变。待他们抵达光秃秃的山顶的时候，再也没有鲜花、柏树，只有几株在石子间存活下来的棕榈树。这里给人一种寸草不生的感觉。再也不是托斯卡纳，玛蒂尔德想，而是美国西部。他们下了车，一直走到那座毫无意趣的小小的白色建筑前，建筑顶上盖着粗俗的瓦片，权作屋顶。这都谈不上是一座屋子，而是一排连在一起的简陋的小房间，阴暗，潮湿。为了防止害虫进来，房间唯一的一扇小窗开得很高，打那儿透进一缕微弱的光线。玛蒂尔德注意

---

① 意大利的一个大区，文艺复兴的发源地。

到,墙上有最近的雨水留下的一团团暗绿色的水渍。以前的那个租客一个人生活;自从失去孩子之后,他的妻子就回到了尼姆,因此,他从来没有想过要把这里打造成温馨的、可以容纳一家人生活的地方。尽管空气温煦,玛蒂尔德却是心生寒意。阿米纳向她描述的那些个计划让她充满了忧虑。

★

而1946年3月1日,才抵达拉巴特的时候,玛蒂尔德也曾经感受过同样的恐慌。尽管天空万里澄碧,尽管她还沉浸在和丈夫团聚的快乐之中,尽管她骄傲地摆脱了命运,但是,她感到害怕。旅行整整用了两天。从斯特拉斯堡到巴黎,然后从巴黎到马赛,再到阿尔及尔。在阿尔及尔她登上了一架老的容克斯飞机,简直觉得要把自己交代了。坐在硬邦邦的板凳上,四周都是因为经年累月的战争而神色疲惫的人,她是好不容易才忍住了没叫出声来。飞行途中,她吐了,祈求上帝保佑。她的嘴巴里混杂着胆汁和盐的味道。她很难过,不是因为就要在非洲上空死去,而是想到一会儿在站台上,见到生命中的男人时,她竟然穿着这样一身皱巴巴的、沾满了呕吐物的裙子。不过最终,她安然无恙地落了地,阿米纳在等她。在蓝得如此深沉的——就好像是用了大量的水冲刷过一样——

天空的映衬下,他显得前所未有地英俊。她的丈夫吻了她的面颊,小心翼翼地打量着其他旅客。他抓住她的右臂,有些气势汹汹,同时又有些欲求的意味,似乎想要控制她。

他们坐上出租车,玛蒂尔德紧紧贴着阿米纳的身体,她终于感受到了他因为欲望而发紧的身体,他对她的渴求。"我们今天晚上在饭店过夜。"他和司机讲了地址,就像是为了证明自己的清白,他又加了一句,"这是我妻子,我们才团聚的"。拉巴特是座小城,白色的建筑,充满阳光,雅致得令玛蒂尔德惊讶。她兴奋地欣赏着城市中心建筑物墙面上的艺术装饰,鼻子贴着玻璃窗,看着从利奥泰林荫大道走过来的女人,看着她们与鞋帽甚是相配的手套。到处都是工程,未完工的大楼。大楼前,衣衫褴褛的人来来去去地在讨一份生计。那边,一群嬷嬷和两个肩背柴火的农妇走在一起。还有一个小姑娘,头发剪成了小男孩的样子,坐在一头黑人牵着的驴子上咯咯笑着。平生第一次,玛蒂尔德呼吸到了大西洋岸带着盐味的海风。阳光逐渐暗了下去,变成一片醇厚的玫瑰色。她困了,正打算把脑袋靠在丈夫的肩头时,丈夫就告诉她到了。

整整两天,他们都没有出房间。她虽然对外面的人和事很感兴趣,却拒绝打开百叶窗。对于阿米纳的手,他的唇,他皮肤散发出来的味道,她永远不知餍足,她现在明白了,他的味道来自这个地方的空气。他真的把她给迷住了,她让他尽可能地停留在她的身体里,哪怕睡觉、讲话,都不要离开。

　　玛蒂尔德的妈妈在活着的时候,总是说人身上还残留的动物性让人感到羞耻和痛苦。但是从来没有人告诉过玛蒂尔德这会如此快乐。战争期间,在那些个惨痛而悲伤的夜晚,玛蒂尔德会在楼上冰冷的房间里沉湎于此。当轰炸的警报声响起,当听见飞机的轰鸣声,玛蒂尔德便跑开了,不是去躲命,而是去满足欲望。每次她感到害怕的时候,她都会上楼回到自己房间,房门没关,但是她并不在乎会被抓住。无论如何,其他人喜欢扎堆待在洞穴或是地下室里,他们喜欢死在一起,就像动物一样。她躺在自己的床上,享乐是唯一能够平息恐惧,控制恐惧,能够凌驾于战争之上的办法。她躺在肮脏的床上,想着四处那些荷枪实弹、穿越平原的男人,那些被剥夺了女人的男人,而她也一样,她被剥夺了男人。她的手按在生殖器上,想象着这无边无际的、得不到满足的欲望,这份爱的、占有的饥渴,足以让整个大地为之颤抖的饥渴。这种汹涌的淫荡的念头让她处于一种癫狂的状态。她的头向后仰去,双眼突出,想象着成千上万的男人冲她而来,占有她,感谢她。对于她来说,恐惧与欢娱是混在一起的,而一旦身处危险之中,她第一个念头就是这个。

　　两天两夜之后,阿米纳基本上是不得不把她从床上拽起来,因为他已经饿得要命,渴得要命,他说服她去饭店的露台上吃饭。可即便是在露台上,当酒点燃了她的心,她想的还是阿米纳又将填满的那个地方。但她的丈夫神情严肃。他用手拿着吞下了半只鸡,想要和她谈谈未来。他没有和她一起回到楼上的房间,当她提出要睡个午觉的时候,他很是恼火。吃饭期间他离开过好几次,去打电话。她问他,是在和谁打电话,问他们什么时候离开拉巴特和饭店,他只是模模糊糊地说"都会安排好的"。他说:"我会安排好一切。"

一个星期以后,有一天,玛蒂尔德一个人待了一下午,然后他回到了房间,神情紧张,很是不快。玛蒂尔德轻抚着他,坐在他的膝头。他的双唇浸润在她递过来的啤酒中:"我有个坏消息。我们要再等几个月才能在我们的产业里安顿下来。我和租客说过,但是他拒绝在租约期满之前离开农场。我本来想在梅克内斯找间公寓,但是有太多难民,价格都已经涨得离谱。"

玛蒂尔德这时有些慌乱了:"那我们怎么办呢?"

"我们住在我母亲家等。"

玛蒂尔德跳了起来,笑道:

"你不是讲真的吧?"她觉得情况变得很可笑,很荒唐。像阿米纳这样的男人,能够像前天夜里一样拥有她的男人,怎么会让她相信,他们竟然要在他妈妈家生活?

但是阿米纳可没觉得有什么好笑的。他仍然坐着,这样不至于承受妻子和他之间的身高差。他的声音冷冰冰的,眼

睛盯着水磨石的地面,肯定地说:

"在这里就是这样。"

这句话,她此后会经常听到。而就在这一刻,她明白过来,她是个外人,是个女人,是个妻子,是一个受别人摆布的存在。阿米纳现在是在自己的领地上,由他来解释规则,解释接下来该做些什么,由他来告诉她界限在哪里,什么是不该做的,什么是有悖道德的,什么是合乎礼节的。战争期间,在阿尔萨斯,他是个外人,是个过路人,必须谨慎。1944 年秋天,她遇到他的时候,她是他的向导,是他的保护人。阿米纳的军团驻扎在离米卢斯几公里的小镇上,她就住在那里,他们待了好几天,一直在等往东部开拔的命令。他们到达的那天,在所有缠着吉普车的姑娘中,玛蒂尔德是最高的。她肩膀宽阔,有小伙子一般壮实的小腿。她的眼神青涩,就像梅克内斯的喷泉一样,她的眼睛就没能离开过阿米纳。在接下来漫长的一个星期里,他来到村里时,都是她陪着他散步,向他介绍自己的朋友,教他打牌。他至少比她矮一个头,肤色最深。他那么英俊,所以她怕他被别的姑娘抢了,怕他就是个梦。她还从没有这种感觉,十四岁和钢琴老师在一起时没有这个感觉;和表哥阿兰在一起,表哥把手伸到她裙子底下,在莱茵河边为她偷樱桃的时候,她也没有这种感觉。但是此刻到了这里,他的领地上,她感觉自己一无所有。

★

　　三天以后,他们上了一辆卡车,卡车司机答应把他们带到梅克内斯。公路上的气味,糟糕的路况,这些都让玛蒂尔德感到非常不适。车停了两次,玛蒂尔德在沟边呕吐。她脸色苍白,精疲力竭,眼神呆滞地望着面前的那片景色,不知道方向,也丝毫感觉不到美。玛蒂尔德沉浸在悲伤中。她想道:"但愿这个国家对我友好些。也许,有一天,这个世界会变得亲切起来?"等他们到了梅克内斯,夜幕已经降临,冰凉细密的雨水打在卡车的挡风玻璃上。"现在把你介绍给我母亲太晚了,"阿米纳解释说,"我们在旅馆睡一晚。"

　　玛蒂尔德觉得梅克内斯黑乎乎的,充满了敌意。阿米纳向她解释了城市的布局,与利奥泰元帅来此督政初期所表达的原则颇为相符:伊斯兰教区和欧式城区之间有严格的区分,前者应该保留祖先的习俗,而后者的街道都以欧洲城市来命名,要成为现代性的试验场。卡车把他们放在下城,那是当地人居住的城区,在布费克兰①干河的左岸。阿米纳一家就住在那里,在贝里玛区,对面就是犹太教区。他们搭乘一辆出

① 摩洛哥城市及河流名。

租车到了河的另一边。他们沿着一条上行的长街往前走,路过运动场,穿过缓冲地带,接着就是一块将城市一分为二的荒地,这里不允许有任何建筑物。阿米纳把普布兰营地指给她看,营地悬垂在阿拉伯城区之上,有一点点动静都能够监控得到。

他们走进一家中规中矩的旅馆,前台带着一种官员般的谨慎,仔细检查了他们的证件和婚姻证明。在通向房间的楼梯上,他们差点就吵了起来,因为服务员坚持和阿米纳说阿拉伯语,而阿米纳则用法语回答他。小伙子看向玛蒂尔德的眼神颇为暧昧。他夜里倘若要到新城去走走,还必须向当局提交证明,因此他恨阿米纳,他恨他和敌人睡觉,而且还来去自由。到房间后,一放下行李,阿米纳便立刻穿好衣服戴好帽子。"我去和家里打个招呼。不能再耽搁了。"他根本没有等她回答就带上了门,她只听到他奔跑着下楼的声音。

玛蒂尔德坐在床上,蜷起双腿。她在这里干什么呢?她只能责怪自己,责怪自己的虚荣心。她期待冒险,于是打肿脸充胖子地投入了这桩婚姻,她孩提时代的朋友们都羡慕这份异国情调。可是现在,她却有可能沦落为嘲笑和背叛的对象。也许阿米纳去见情妇了?甚至他都有可能结过婚,因为父亲曾经尴尬地撇了撇嘴,告诉她说,这里的男人可以一夫多妻。他也许正在距离这里几步之遥的小酒馆里和朋友打牌,很享受地摆脱了她这个让人难以忍受的老婆。她开始哭泣。对于自己的惶恐,她感到羞耻,但是夜幕已经落下,她不知道自己身处何处。如果阿米纳不回来,她便彻底迷失了,没有钱,没有朋友。她甚至不知道他们下榻的这家旅馆所在的街道叫什么。

阿米纳午夜前回来时,她就这样待在房间里,蓬头散发,脸红红的,简直变了样。她过了好久才开门,颤抖着,以至于阿米纳以为发生了什么事情。她投入他的怀抱,想要告诉他她的恐惧,她想家了,还有让她窒息的、疯狂的痛苦。他不理解,而紧紧贴着他的妻子身体太重了。他将她拽到床边,和她并肩坐下。阿米纳的脖子里全是眼泪,湿乎乎的。玛蒂尔德安静了下来,呼吸渐趋平稳,她吸了几下鼻子,阿米纳将袖子里藏的一块手绢递给她。他轻轻抚着她的背,对她说:"别孩子气了。你现在是我妻子。你的生活在这里。"

两天后,他们在贝里玛街区的房子里安顿下来。在老城狭窄的街道中,玛蒂尔德紧紧抓住丈夫的手臂,她害怕在这迷宫里走丢了,到处都是摩肩接踵的商人,还有大声叫卖的蔬菜贩子。在钉着钉子的厚重大门后,一家人在等她。母亲穆依拉拉站在庭院中央。她穿着一件雅致的丝绸长袍,头发上包着翡翠绿色的头巾。为了这个场合,她特地从松木盒子里拿出老的黄金首饰:脚镯,雕有花纹的扣钩,一条有相当分量的项链,压得她瘦弱的身体微微前倾。夫妻俩一进门,她便冲向儿子,为他祝福。她冲着玛蒂尔德微微一笑,玛蒂尔德握住她的手,欣赏起这褐色的美丽脸庞,微红的双颊。"她是在说欢迎。"小妹妹塞尔玛翻译道,她今年刚过九岁。塞尔玛的身后是奥马尔,一个瘦瘦的、沉默寡言的小伙子,手背在后面,双目低垂。

玛蒂尔德必须习惯这种人挤人的生活,习惯这间屋子,床垫里爬满了臭虫和其他虫子,根本无法回避别的身体发出的声音,还有鼾声。她的小姑子一声招呼不打就闯入她的房间,躺上她的床,重复着从学校里学到的那几个法语词。晚上,玛蒂尔德听见最小的弟弟亚利尔在叫喊,他被关在楼上,陪着他的只有一面从来不离开他视线的小镜子。他不停地抽大麻,大麻的气味在走廊里弥漫开来,让玛蒂尔德感到头昏脑涨。

一整天,一群瘦骨嶙峋的猫一直在内庭的小花园闲逛,那里还有一株布满尘埃的香蕉树,要死不活的样子。庭院里有一口井,以前是这家人奴隶的保姆就从这口井里提水上来洗洗涮涮。阿米纳告诉玛蒂尔德说,雅斯米娜来自非洲,也许是来自加纳,是卡杜尔·贝尔哈吉从马拉喀什①的市场上给自己妻子买的。

———————————

① 摩洛哥南部城市。

在写给姐姐的信里,玛蒂尔德撒了谎。她说自己的生活就像凯伦·布里克森①、亚历山大莉娅·大卫-妮尔②、赛珍珠③的小说里写的一样。在每一封信里,她都在编故事,把自己放进故事,说接触到的当地老百姓都温柔而迷信。她把自己描绘成穿着靴子,戴着帽子,高傲地骑着一匹阿拉伯纯种马的样子。她就是想让伊莱娜感到嫉妒,为自己的每一个词感到痛苦,让她羡慕,让她抓狂。玛蒂尔德是在报复这个专制、不苟言

---

① Karen Blixen(1885—1962),丹麦艺术家、小说家,曾旅居非洲,著有《走出非洲》。

② Alexandra David-Néel(1868—1969),法国探险家、作家、藏学家,数次游历亚洲,探访当时在英国控制之下的西藏,著有《一个巴黎女子的拉萨历险记》《西藏的奥义和巫师》等作品。

③ Pearl S. Buck(1892—1973),美国旅华作家,著有《大地》等作品,1938 年获诺贝尔文学奖。

笑的姐姐,姐姐一直把她当作孩子来对待,而且很喜欢当着别人的面侮辱她。"没有头脑的玛蒂尔德""放荡的玛蒂尔德",伊莱娜总是这么无情残忍。玛蒂尔德一直在想,姐姐根本理解不了她,总是用一种近乎暴君式的爱把她囚禁在身边。

当她出发前往摩洛哥的时候,当她终于逃离了村庄、邻居和人们向她描绘的未来,玛蒂尔德有一种胜利的感觉。她的头几封信充满了激情,在信里她描绘了自己在伊斯兰教区的生活。她执着于贝里玛小街小巷的神秘氛围,添油加醋地写到街道的肮脏,驮着人和商品的驴子的声音和气味。多亏了一个寄宿学校的修女,她找到了一本关于梅克内斯的小书,书里有德拉克洛瓦①的版画作品。她把这本纸张已经发黄的书放在床头柜上,希望自己沉浸在书里描写的氛围中。她将皮埃尔·洛蒂②的那些充满诗意的段落熟记在心,一想到作家曾经就住在离自己只有几公里的地方,他的目光曾落在城墙上,落在阿格达尔盆地上,她就禁不住感到心醉神迷。

她在信中写到绣工,写到锅匠,写到在地下店铺盘腿坐在木盘上的缫丝工。她还写到海迪姆广场上形形色色的群体,

---

① Eugène Delacroix(1798—1863),法国画家,创作有《自由引导人民》等著名画作,曾赴摩洛哥与阿尔及利亚旅行,并创作相关题材作品。

② Pierre Loti(1850—1923),法国作家、海军军官,游历过世界各地,作品以异国情调著称。

通灵人、江湖郎中。在有一封信里,她花了差不多一页纸的篇幅写了一个卖鬣狗头颅、乌鸦标本、刺猬爪子和毒蛇唾液的接骨郎中。她觉得这些都能给伊莱娜和她的父亲乔治留下强烈印象。让他们羡慕她吧,他们躺在自己那幢布尔乔亚的房子里,躺在床上,过着舒适而令人厌烦的生活,错过了冒险和浪漫的生活。

这片风景中的一切都是始料未及的,与她直到那时所经历的大相径庭。她需要新的词语,需要完全摆脱过去的一种语汇才能表达此时的情感,描述那种让人必须眯着眼睛的强烈光线,描写每一日每一日都能看到的神秘和美带来的震惊。一切都是那么陌生,包括树木和天空的色彩,包括掠过舌尖掠过唇际的风的味道。一切都变了。

在摩洛哥的最初几个月里,玛蒂尔德总是在小办公桌前坐上很长时间,那是她婆婆特地给她在房子里拾掇出来的。这位已经有点年纪的女人非常敬重她,令人十分感动。平生第一次,穆依拉拉和一个受过教育的女性住在同一屋檐下,每次看到玛蒂尔德趴在褐色的信纸上,她便对这个儿媳充满无限欣赏。于是她禁止大家在走廊里弄出动静,也不准塞尔玛在楼上楼下窜来窜去。同样她也谢绝玛蒂尔德到厨房里来帮忙,因为她觉得,对于一个能读报纸和小说的欧洲女性来说,厨房绝不是她应该待的地方。于是玛蒂尔德把自己关在房间里,写啊写啊。她其实并没有感受到太多的乐趣,每每她投身于一段风景的描写,或是写到自己经历的场景,她都觉得自己的词汇不够用。她总是在同样的词语上磕磕绊绊,这些词如此笨重,如此令人厌烦。她茫然地发现,语言简直就是一片巨大的田野,一个无边无际的游戏场,让她感到害怕,令她头晕目眩。有那么多东西要说:她想成为莫泊桑,描绘出伊斯兰教区墙面上的那种黄色,生动地道出在街道上玩耍的小伙子的那种躁动,而妇女包裹在白色的罩袍里如幽灵一般飘过。她先要调动起一种带有异国情调的词汇,她可以肯定,父亲肯定喜欢这种调调。她采用带有阿拉伯色彩的词语来描述"抢劫""小地主""神灵"和五颜六色的"琉璃砖"。

但是她真正想要的,是能够毫无障碍、毫无困难地表达,能够看到什么就说什么。她想描述那些因为生了头癣剃光头的小孩子,那些从一条街跑到另一条街的小伙子。他们叫着闹着,经过她身边时停了下来,用阴郁的、显然要超过自己年龄的目光打量她。有天她干了件傻事,她往一个穿着短裤,看上去不到五岁,脑袋上扣着一顶过于宽大的土耳其帽的小男孩手里塞了一枚硬币。小男孩的个子还不及杂货商放在门口的扁豆袋或面粉袋高;每次路过杂货店的时候,玛蒂尔德都幻想着能把手臂插进这一袋袋里。"拿去买个气球。"她对小男孩说,感觉自己如此骄傲,如此快乐。但是小男孩大声叫喊,从周围的街道冒出一群孩子,乌压压地如虫子一般扑向了玛蒂尔德。他们喊着真主,用她听不懂的法语叫嚷着,她应该是在行人嘲讽的目光下跑开了,行人一定在想:"再叫她发这种愚蠢的善心!"这种高贵的生活,她本想远远地看着就好,她想隐身。她的高个子、白色的皮肤以及外国人的身份都让她与事物真正的核心,与那种默然于心有一定的距离。她呼吸着狭窄的街道散发出来的皮革味道、木柴燃烧的味道,还有鲜肉的味道,味道之中还混杂着腐水的气味、熟透了的梨子的气味、驴粪和锯末的气味。但是她没有合适的词来描述这一切。

　　等到不想再写,不想再读那些烂熟于心的小说之后,玛蒂尔德就躺在晒台上,晒台是洗衣服和晒肉干的地方。她听着街上人们的闲谈,女人在属于她们的晒台上哼着歌儿。她看着这些女人,她们有时从一个晒台跳到另一个晒台,险些摔断了脖子。姑娘、保姆、太太们叫闹,跳舞,在屋顶上彼此倾吐秘密,除了夜晚或是白天日头太毒的时候,她们一直都待在这里。玛蒂尔德躲在一堵小矮墙后面,复习着她听得懂的那些个骂人的话,用这样的练习纠正自己的发音,行人听到就会抬起头,骂回去。"但愿老天让你感染风寒!"[1]他们可能以为是个小男孩在嘲笑他们,一个在妈妈的裙下百无聊赖的小坏蛋

---

[1] 原文为阿拉伯语。

在骂人。玛蒂尔德一直竖起耳朵在听,迅捷地消化从别人口中冒出来的词语。"昨天她还什么都听不懂呢!"穆依拉拉感叹道。从此之后可得小心,别在她面前说什么不该说的。

玛蒂尔德是在厨房学的阿拉伯语。她最终还是让大家接受她进了厨房,穆依拉拉同意她进来坐着看。大家冲她眨眼睛,冲她笑,她们在厨房唱歌。她先学会了"西红柿""油""水"和"面包"这些词,学会了"热""冷",还有关于调料的词,接着是"酒"和与气候相关的词:干旱、雨水、冰冻、热风,甚至还有沙暴。掌握了这些词汇,她同样可以用来谈论身体和爱情。塞尔玛在学校里学习法语,她给玛蒂尔德做翻译。玛蒂尔德早上下楼吃早饭的时候,经常看到塞尔玛在客厅的长凳上睡觉。于是玛蒂尔德就会冲穆依拉拉发火,因为她丝毫不在意女儿受教育的情况,无所谓她的分数怎么样,是不是勤奋。她竟然就这样任由女儿睡得像头熊,从来没有想到要早早叫醒她去上学。玛蒂尔德试图说服穆依拉拉,塞尔玛可以通过教育获取独立和自由。但是这个上了年纪的女人皱起了眉头。平素里一张和蔼的脸神色晦暗起来,她讨厌这个女拿撒勒①的说教。"为什么您竟然让她逃学?这会毁了她的

---

① 原文为 Nassarania,也写作 Nazaréenne,是犹太人对基督徒的称呼。——原注

前程的。"这个法国女人谈论的是什么样的前程？穆依拉拉想道。塞尔玛待在家里,给肠衣里塞上馅,然后再缝起来,而不是在作业本上写写画画,这又有什么关系呢？穆依拉拉有太多的孩子,有太多需要操心的事情。她埋葬了丈夫,埋葬了几个孩子。塞尔玛是她得到的礼物,是她的安心所在,是生活赠予她展现温柔、宽容的最后机会。

第一次遇到斋月,玛蒂尔德决定自己也禁食,对于她能够遵从他们的习俗,丈夫非常感激。每天晚上,她喝小扁豆汤,她不太喜欢这种汤的味道。早上,她在太阳升起之前起床,吃些椰枣,喝些凝乳。在斋月,穆依拉拉从来不离开厨房,像玛蒂尔德这么馋、这么意志薄弱的人实在不能理解,一刻不离地待在炖羊肉和面包旁,是如何能够做到禁食的。女人从黎明开始至夜幕低垂,一直都在擀杏仁面饼,将油煎的点心浸在蜂蜜里。她们搓揉着浸满油的面团,不停地擀,直至其成为如同信纸般薄薄的一张。她们的手既不怕冷也不怕热,直接就能覆在滚烫的铁板上。斋月期间,她们脸色苍白,玛蒂尔德一直在想,她们怎么能在这酷热的厨房里坚持这么长时间,那汤的味道简直让人要吐。在这些不能吃饭的日子里,玛蒂尔德一心想的就是夜晚快快来到,这样就能吃点东西。她在嘴里塞上一颗橄榄,躺在客厅里潮湿的长凳上。她想着热气腾腾的面包、熏肉煎蛋、浸在茶水里的羊角面包,这样头便似乎没那么疼了。

接着,当祈祷的声音响起,女人在桌子上放一瓶牛奶、煮熟的鸡蛋、热气腾腾的汤、用指甲剥开的椰枣。穆依拉拉照顾到每一个人:她在小儿子的肉肠里放上辣椒,因为他喜欢舌尖上灼烧的感觉;她为阿米纳榨橙汁,因为他的健康让她感到担心。她站在客厅门口,等着男人们到来,他们的脸上还留有午睡的印记。他们切开面包,剥掉鸡蛋壳,等他们最终躺在坐垫上,她才进了厨房,吃点东西维持体力。玛蒂尔德实在不明白。她思忖道:"这简直是奴役!她在厨房忙了一天,却要等你们吃完,自己才能吃!我简直不敢相信。"玛蒂尔德和塞尔玛抱怨过这件事,塞尔玛则坐在窗沿上笑了起来。

她冲着阿米纳大声嚷嚷出了自己的愤怒,开斋节后她又再次重复了一遍,正是这个节日引发了可怕的争吵。第一次,玛蒂尔德没有吭声,仿佛是被那些围着血淋淋围裙的屠夫给吓着了。她在屋顶的晒台上望着斋月期间静默的街道,只有这些刽子手在飘来飘去,还有在屋子与炉灶间跑来跑去的小伙子。一股股热腾腾的、沸滚的血水从一家流到另一家。空气中飘浮着生肉的味道,房子大门前的铁钩钩着一张张羊毛皮。玛蒂尔德想:"这真是个好日子,可以大开杀戒。"在别的晒台,女人的领地上,大家也都忙个不停。她们切剁,剖膛开肚,剥皮分割。厨房里,她们关起门来清洗动物内脏,将散发臭味的部分去除,然后塞上馅,缝好,加上一种辣汁,用油煎上很长时间。必须将肥油和肉分离,将羊脑袋煮熟,因为大儿子很可能要吃羊眼,很可能会将这闪闪发光的两只球从脑袋上抠下来。她和阿米纳说,这简直是"野人的节日",是"一群残忍的人的仪式",说生肉和血腥让她倒足了胃口。阿米纳举起颤抖的双手,强忍着才没有紧紧按住妻子的嘴巴,因为这是神圣的日子,他答应主,必须平静、仁慈。

★

在每一封信的结尾,玛蒂尔德都让伊莱娜给她寄书,探险小说,或是背景放在寒冷而遥远的国度的小说集。她没有说真话,她再也不会去欧洲街区的书店了。她厌恶这个到处都是长舌妇、殖民资本家和军官太太的街区,有的只是糟糕的记忆。1947年9月的一天,她怀孕七个月的时候,去了共和国大道——梅克内斯的大多数人都简称为"大道"。天气很热,她的腿有些浮肿。她想,她可以去帝国影院,或是去"啤酒王"饭店的露台上凉快一下。两个年轻女人撞到了她。棕褐色头发的那个笑了起来:"看那个女人。让她怀孕的是个阿拉伯人。"玛蒂尔德转过身,揪住年轻姑娘的袖子,而那个女人惊跳着挣脱开去。如果不是挺着个肚子,如果不是天气热得让人如此精疲力竭,她肯定要追上去。她会要她好看。她会将一生中挨的揍都加之于她的身上。她打小就是一个不听话的女孩,稍大一点是个不太检点的少女,现在是个不太顺从的妻子,她挨过不少巴掌,遭受侮辱谩骂,遭受过那些想要把她打造为温顺女子的人的疾风暴雨。而这两个陌生女子可以为玛蒂尔德所遭受的驯化的生活付出代价。

非常奇怪的是,玛蒂尔德从来没有想过,伊莱娜和乔治可能并不相信她所说的一切,更没想到过有一天,他们或许会来看她。等到1949年春天,她在农场安顿下来,她觉得自己可以自由自在地吹嘘她在这里过的一个庄园主的生活了。她不承认自己怀念城市里伊斯兰教区的热闹,不承认她一度咒骂过的热闹如今居然也成了令人羡慕的命运。通常,她会写:"我本希望你能来看看我。"可她并没有意识到,这已经透露了无边的孤独。她感到悲伤,这么多的第一次说到底只有自己在意,她的这份存在并没有观众。她想,如果不是被观望着,活着又有什么意义?

信的结尾,她总是写道"爱你们",或者"我想你们",但是她从来不会诉说她的乡愁。尽管想过,但是她到底没有去描述初冬飞来梅克内斯的白鹳,看到这鸟儿,她总是沉浸在巨大的忧伤中。阿米纳和农场的人都不理解她对于动物的热爱。有一天,她和丈夫谈起她的小咪咪——小时候养的一只猫——丈夫觉得她实在是矫情,翻了个白眼。她收留流浪猫,用浸了牛奶的面包喂养它们,看到那些柏柏尔女人在看她,觉得她用面包喂猫是种浪费,她就想:"必须弥补失去的爱,而这些猫缺的就是这份爱呀。"

将实情告诉伊莱娜又有什么好处呢?告诉她自己每天都在劳动,就像个疯子,像个异教徒,还把两岁的孩子背在身上?告诉她,每天晚上,她都是拿着针,为阿伊莎缝制衣服,至少看起来得像是新衣服,这样的夜晚又有什么诗意可言呢?在烛光下,劣质蜡烛散发出来的气味让她恶心,她在旧杂志里剪好纸样,带着十二万分的虔诚,缝制羊毛小短裤。八月的天气如此炎热,她甚至坐在水泥地上,穿一件连衣裙,包着一块漂亮的棉质头巾,为女儿制作小裙子。没有人注意到小裙子有多美,注意到小裙子上褶裥的细节,注意到口袋上方的蝴蝶结,注意到提升了整个品质的红色衬里。周围人对于美好事物如此漠然,这一点真能要了她的命。

阿米纳很少出现在她的叙事中。她的丈夫是一个次要人物,围绕着他飘荡着一种晦暗不明的气息。她想要让伊莱娜有这样的印象,就是他们的爱情故事如此炽热,根本不可能付诸词语,不可能与他人分享。她的沉默带有很强的暧昧意味,似乎之所以不提,是因为害羞,甚至是微妙的;因为伊莱娜在大战之前坠入情网,爱上并嫁了一个因为脊柱侧凸而身体变形的德国人,结婚只有三个月她就守了寡。阿米纳来到村里的时候,看着妹妹在非洲人的双手之下颤抖,伊莱娜的眼里充满了艳羡。小玛蒂尔德的脖子上竟然到处都是青色的吻痕。

她又怎么能承认,自己遇到的那个男人已经不再是原来的模样了呢?在重重忧思与侮辱之下,阿米纳变了,变得忧郁了。多少次,当她挽着他走在路上,她感受到行人投来的阴暗目光?碰触到她的皮肤,他觉得烫手,不自在,而玛蒂尔德也不禁觉得丈夫是那么陌生,让她憎恶。她对自己说,要更多的爱,要有比自己能体会到的还要多的爱,才能够忍受周围人的蔑视。需要牢固的、巨大的、无可撼动的爱,才能够忍受这份羞耻——当法国人用"你"来称呼她的丈夫,警察问他要证件,或者注意到他的军功章,注意到他讲一口如此漂亮的法语而请求他们原谅时感受到的这份羞耻。"但是您,亲爱的朋友,是不一样的。"阿米纳微笑着。在公共场合,他假装对法国没有任何问题,因为他差点为法国而死。但是独处的时候,阿米纳则沉默着,反复咀嚼着他的怯懦,他背叛自己的民族所带来的羞愧。他打开橱子,把手上抓到的东西都扔在地上。玛蒂尔德也是个容易被激怒的人。有一天,两个人吵起来之后,他吼道:"闭嘴!是你给我带来了耻辱!"她打开冰箱,拿起一碗她原本想用来做果酱的熟桃子。她将熟透了的水果扔在阿米纳的脸上,压根儿没有注意到阿伊莎正看着他们,她从来没有看到过爸爸如此模样,果汁顺着头发和脖子滴落下来。

阿米纳只和她聊工作的事情：雇工,麻烦,小麦的价格,未来的天气影响。家里面的人来农场看他们的时候,他们坐在小客厅里,问候了三四次身体情况之后,他们便沉默了,只是喝茶。玛蒂尔德觉得他们粗俗得令人作呕,比起思乡或者孤独来,这份粗俗更让她难受。她也很想谈谈她的感受、希望,还有萦绕在心头的恐惧。她知道她的恐惧毫无意义,和所有的恐惧一样。"他们难道没有内心生活吗?"她想,望着阿米纳,阿米纳一声不吭地吃饭,眼睛盯着保姆烹煮的小豆炖肉,炖肉汁太油了,玛蒂尔德闻了就觉得难受。阿米纳只对农场和劳作感兴趣。他从来不笑,不跳舞,从来没有那种无所事事的,只是闲聊的时间。他们在这里也不说话。她的丈夫和公谊会①教徒一

①　十七世纪创立的一个基督教教派,也称贵格会、教友派。

般严苛，每每和她说话，都像是在和一个必须好好教导的小姑娘说话一般。她和阿伊莎一起学规矩，当阿米纳告诉她，"不能这样"，或是"我们没有钱"时，她必须表示同意。她才到摩洛哥的时候，还像个小孩子。她必须在几个月的时间内学会忍受孤独，忍受家庭生活，忍受一个粗俗的男人和一个陌生的国家。虽然是从父亲的家里来到了丈夫的家里，但是她并没有觉得自己争取到了独立和自主。她勉强可以命令塔莫，年轻的保姆。但是伊托，塔莫的母亲，总是看着，替女儿挡在前面，玛蒂尔德于是从来不敢大声说话。她也不知道该如何耐心教育自己的孩子。她时而温存到令人发指，时而会歇斯底里地发作。有时，望着自己的小女儿，她觉得这份母性真是可怕、残忍、非人。一个孩子怎么能抚养孩子呢？这具如此年轻的身体被撕裂了，从其中拽出了又一个受害者，而她根本无法给予保护。

阿米纳娶她的时候，她勉强二十岁，那个时候他倒是一点也不为此感到担心。他甚至觉得，妻子的年轻充满了魅力，她充满了活力的大眼睛对一切都感到好奇，她的声音如此柔弱，她的舌头温热湿润，就像个小姑娘。他自己二十八岁，也不比她的年龄大到哪里去，但是后来，他不得不承认，他的年龄和面对妻子时经常感受到的不自在毫无关系。他是一个男人，打过仗。他来自一个主和荣誉不可分割的国度，而且他的父亲已经不在了,这就让他不得不保持着一份庄重肃穆。他们在欧洲时,那些让他感觉可爱的东西,到了这里却给他造成了压力,甚至之后还让他感到恼火。玛蒂尔德任性轻浮。阿米纳怨恨她不懂得如何表现得更加持重,怨恨她经不起磋磨。他没有时间,也没那个本事安慰她。她的眼泪!自从她到了摩洛哥之后,流了多少眼泪啊!碰到一点点挫折她就哭,随时都会大哭一场,这很让他感到恼火。"别哭了。我妈妈失去了那么多孩子,四十岁时就守寡,她这一生也没有你这一个礼拜哭得多。别哭了,停!"欧洲女人就喜欢这样,他想,不愿意接受现实。

她哭得太多,笑得也太多,太不像样。他们才认识那会儿,在一起度过了多少下午,就睡在草丛中,在莱茵河边。玛蒂尔德和他讲述自己的梦想,他那会儿总是鼓励她,根本没有考虑后果,也没有咂摸出其中的虚荣心。她逗他开心,他是个压根儿不会咧嘴笑的人,总是将手捂住嘴巴,就好像在所有的情感中,快乐是最令人羞耻的,最不应该的。后来在梅克内斯,一切就都不一样了。罕见的几次他陪她去帝国影院,出来后他的心情都很不好,看到妻子咯咯笑着,不停吻他,他火透了。

玛蒂尔德想要去剧院,听那种声嘶力竭的音乐,在小舞场里跳舞。她梦想着能穿上漂亮的裙子,参加宴会,参加带茶点的舞会,或是棕榈树下的节日聚会。她想要去法兰西咖啡馆的周六舞会,去周日的幸福谷聚会,想要邀请朋友们去喝茶。她带着一种自得的乡愁,想起父母亲举办的那些宴会。她害怕时间过得太快,待到贫困过去,不再需要劳作,当终于能够安静下来,她可能已经太老了,不再适合漂亮的裙子,不再适合棕榈树荫。

有天晚上,他们才在农庄安顿下来不久,阿米纳穿过厨房,穿着周末穿的衣服,来到正在给阿伊莎喂饭的玛蒂尔德面前。她抬眼看向丈夫,有点窘迫,不知道是应该高兴还是生气。"我要出门,"他说,"老战友在城里有个聚会。"他俯下身,在阿伊莎额头上吻了一下,这时玛蒂尔德站起身来。她把正在打扫院子的塔莫喊了过来,将孩子放在她的怀里。她不容置疑地问道:"我需要换衣服吗?"

阿米纳愣住了。他嘟囔了点什么,强调这是战友的聚会,不适合女人。"如果不适合我,我不知道为什么适合你。"阿米纳也不知道怎么回事,鬼使神差地同意玛蒂尔德跟去。玛蒂尔德把罩衫脱下来扔在厨房的椅子上,上粉,让脸色看上去能好一点。

在车子里,阿米纳一言不发,脸色很是不好,一心只看着道路,他既恼恨玛蒂尔德,也恼恨自己的软弱。玛蒂尔德则一直说个不停,笑着,仿佛一点也感觉不到自己的多余。她说服自己,她活泼一点,就能够让阿米纳放松下来,她温柔,满不在乎,一点也不畏缩。可一直到城里之前,他也没有松口。阿米纳停好车,跳出车子,快步走向咖啡馆的露台,看上去一心想把玛蒂尔德甩在欧洲城的大街上,或者只是单纯地不希望挽着她去,免得遭到大家的嘲笑。

可她很快就赶上了他,他没有一丁点儿时间可以向等着他的客人解释点什么。男人都站起身来,羞涩地、谦恭地向玛蒂尔德致意。小叔子奥马尔指指自己身边的椅子,让她坐下。所有人都很优雅,他们穿着外套,头发上抹过发膏。大家向生性快活的希腊老板要了喝的,希腊老板已经在这家咖啡店经营了快二十个年头。这是唯一一家不实行种族隔离的咖啡馆,阿拉伯人可以和欧洲人一起喝酒,不从事风俗行业的女人也可以来这里欢度夜晚。露台是在街角的位置,正好被枝繁叶茂的酸橙树挡着,挡住了行人的视线。在这里,有一种摆脱了外界的安全感。阿米纳和朋友们频频干杯,但是他们很少讲话。有时会有低低的笑声,或一点轶事,但更多的是沉默。聚会其实一直如此,但是玛蒂尔德并不知道。她很难想象,阿米纳和男人们一起度过的夜晚是这样的,一直以来她都无比嫉妒他们的聚会,总想着他们的聚会。她还以为欢聚的气氛是被她破坏的。她想讲点什么。灌下去的啤酒给了她勇气。她羞涩地讲起在她的家乡阿尔萨斯发生的一件事情。她微微颤抖，很难找到合适的词，可是看上去大家对她的故事没什么兴趣，也没有人笑。阿米纳轻蔑地看着她，她的心都碎了。她从来没有像今天这样，觉得自己来了不该来的地方。

对面的人行道上，路灯闪烁了几下便灭了。露台勉强燃起了几根蜡烛，又充满了温馨的气氛。黑暗让玛蒂尔德平静下来，她觉得没有人注意到她。她害怕阿米纳会提前结束聚会，让聚会最后陷于不快，害怕他会说："我们走。"那接下来肯定是争吵，叫骂，一记耳光，她的前额顶在他的肚皮上。所以，城市的轻微声响成了她的掩护，她听着邻桌的对话声，闭上眼睛，想要更好地倾听咖啡馆里传来的音乐。她希望这样的时刻能够再持续一会儿，她不想回去。

男人们放松下来。酒精开始显现效果，他们用阿拉伯语交谈起来。也许他们以为她听不懂。一个脸上长满青春痘的年轻侍者在他们桌上放了一大盘水果。玛蒂尔德吃了一瓣桃子，又吃了一片西瓜，西瓜的汁水滴到她的裙子上，弄脏了裙子。她用拇指和食指捏起一颗瓜子，掷了出去。瓜子飞到一个胖男人脸上，那男人戴着一顶土耳其帽，身上的袍子已经被汗水浸透了。男人晃动了一下手，仿佛是在赶一只苍蝇。玛蒂尔德捏起了另一颗瓜子，这一次，她试图瞄准一个高个子、头发金黄的男人，他伸着他的大长腿，激情四溢地在讲些什么。但是她没能投准，瓜子飞到一个侍者的颈背上，他差点打翻手上的盘子。玛蒂尔德爆发出嘲笑声,在接下来的时间里,她接二连三地向客人们扫射,他们都抽抽儿起来,就好像得了一种怪病,那种会让人禁不住舞蹈和做爱的热带病。客人们都在抱怨。老板燃起香,试图抵抗所谓苍蝇的侵扰。但是扫射并没有停下,接着,所有喝酒的客人都觉得头疼,因为香的味道,也因为酒精。露台上空了,玛蒂尔德和朋友们一一告别。一回到家里,阿米纳就扇了她一记耳光,她想,她那会儿却应该是笑了。

　　战争期间,部队向东开拔的时候,阿米纳想的是自己的领地,就像其他人想留在后方的女人,或是母亲一样。他害怕自己死在战场上,没有办法兑现他要让那块土地变成一片沃土的诺言。在战争带来的漫长而无聊的时刻,其他人拿出扑克牌、斑斑点点的信或是小说,而阿米纳,则埋首阅读一本关于植物学的书,或是那种专门讨论灌溉新方法的杂志。他曾经看到过,说摩洛哥会像美国阳光灿烂、种满橘树的加利福尼亚州一样,农民都是百万富翁。他肯定地告诉他的副官穆拉德,摩洛哥王国即将迎来革命,走出这黑暗的时光,农民不再像过去那样,害怕被抢掠,宁可养羊也不愿意种小麦;因为羊有四条腿,跑得比侵犯者还要快。阿米纳很希望告别传统的种植方式,将自己的土地变成现代化农场的模范。他充满激情地读了关于 H. 梅纳热的故事,那也是一个老兵,在第一次世界大战行将结束之际,在格哈伯贫瘠的平原上种了许多桉树。梅纳热受到一个赴澳洲使团的报告的启发,那是利奥泰将军在 1917 年派出的一个使团。他将自己的土地和遥远大陆的土地做了比较,包括土地质量和地区雨量。当然,大家对这位先驱嘲笑了一番。法国人和摩洛哥人都笑话他,竟然种了一片一望无际的林子,而且不是果树,灰色的树干还大煞风景。但是 H. 梅纳热成功地说服了水利和森林部,而且很快人们就必须承认他赌对了:桉树阻止了沙尘暴,改善了寄生虫大量繁殖的水洼地,深埋于地下的桉树根能够汲取普通农民根本无法使用的地下水。阿米纳也想进入这样的先锋之列,种植就是一种神秘的探索,一种探险。他希望跟随着这些耐心、智慧的人,他们已经有了和贫瘠土地打交道的经验。所有这些被看成是疯子的农民都种植橘树,从马拉喀什到卡萨布兰卡,他们想把这个干燥、简朴的国度打造成乐土。

阿米纳 1945 年回到摩洛哥,当时二十八岁,他是战胜者,还娶了一个外国妻子。他通过斗争重新占有了他的领地,培训雇工,播种,收获,就像利奥泰将军曾经说过的那样,要视野广阔,看得远一些。1948 年年底,在数次谈判之后,阿米纳收回了他的土地。他必须从修建房屋开始,开新的窗户,弄一个小花园,在厨房后面的院子里铺上石板,用来洗衣服;有了石板就可以把衣服延展开来。北面的地是个斜坡,他建了漂亮的石阶,装了一扇雅致的玻璃门,开门进去就是餐厅。从餐厅里可以望见泽霍恩山华丽的侧影,一望无际的旷野,多少个世纪以来,那里一直是放牧的必经之地。

在农庄的前四年,他们经历过所有的失望,他们的生活简直带上了《圣经》故事的色彩。战争期间,那个租了庄子的殖民移民就靠房子后面一小片可以种点东西的地生活。一切都得重新开始。首先,必须得开垦土地,把埃及姜果棕全部除去,这是一种有毒的、顽强的植物,为它耗掉了太多精力。和附近农庄的殖民移民不同,阿米纳不能依靠拖拉机,雇工必须用镐头将埃及姜果棕一株株地锄掉,这就花了几个月的时间。接下来就是清除石块。岩石刨掉之后,就开始深犁,耕种。地里种上了小扁豆、小豌豆、菜豆、大麦和软粒小麦。土地开垦还遭遇了蝗灾,一片乌压压的红棕色,噩梦一般,笔直地扑过来,噼噼啪啪的,吞噬着作物和树间的果子。看到雇工仅仅是敲击罐头盒来驱赶虫子,阿米纳恼火透了。"你们这群蠢货,难道就只有这个办法吗?"他吼道。他觉得这些雇工脑子都有问题。他教他们挖沟,在沟里放上有毒的麸皮。

第二年是旱灾,收获季节充满了悲伤,因为麦穗都是空的,就像随后到来的时节里农民的肚子。乡镇各处,雇工们都在求雨,多少个世纪以来都是那么祈祷的,从来没有起过作用。可在十月灼热的阳光下,人们还是祈祷,尽管主听不见,可大家也没有想过反抗。阿米纳找人打了一口井,这可是个巨大工程,还耗去了他相当一部分遗产。但是地下巷道经常灌满了沙子,农民根本抽不上水来灌溉。

玛蒂尔德很是为丈夫感到骄傲,尽管她恨他总是不在她身边,总是留她一人在家,但是她知道他是在工作,是一个正直的人。有时,她觉得自己丈夫缺少的是运气,还有那一点点直觉,而这正是玛蒂尔德的父亲具备的。乔治不那么严肃,也没有阿米纳执着。他经常喝得把自己叫什么都忘了,更别说基本的规矩,还有礼貌。他打牌打到天亮,在波涛"胸"涌的女人怀里睡觉,女人白皙、肥美的脖颈散发出黄油的香气。他一冲动就解雇了会计,又忘了聘个新的,于是就任由那张老式的木头办公桌上的邮件堆积如山。他会请看门人一起喝上一杯,喝到最终他们揉着肚子,唱着老歌。乔治非常敏锐,有一种绝不会搞错的直觉。就是这样的,他自己也解释不清楚。他能够理解别人,对于人,包括对他自己,他都怀有一种善意的怜惜,一种柔情,所以即便是不认识他的人也会对他产生好感。乔治从来不会因为贪心而讨价还价,他纯粹是出于好玩。如果他真的在有些时候骗了谁,那也绝不是故意的。

尽管历经失败,尽管吵过,尽管日子窘迫,玛蒂尔德却从来不觉得丈夫无能、懒惰。每天,她看着阿米纳黎明即起,决然离家,晚上才回,靴子上沾满了泥土。阿米纳一天要走很多公里,但他从来不觉得累。乡里的人都欣赏他的耐力,尽管这位兄弟有时对传统的种植方法会显示出不屑,这让他们有点恼火。他们看着他蹲下来,将手指探进地里,或是将手掌按在树皮上,仿佛希望大自然把自己的秘密都告诉他。他希望一切能够快些。他想要成功。

在1950年的年初,民族主义情绪高涨,那些殖民移民都成了这股仇恨的邪火攻击的对象。抢劫,绑架,农庄被烧。殖民移民也抱团抵抗,阿米纳知道自己的邻居,罗杰·马里亚尼也加入了抵抗的组织。"大自然可不会管政治。"有一天他对玛蒂尔德说,为自己即将造访这位魔鬼邻居辩解。他想搞明白,马里亚尼那耀眼的财富究竟是怎么来的,想要知道他用的是哪种类型的拖拉机,他安置的灌溉系统是怎样的。他还在想,也许他可以为马里亚尼的猪场提供饲料。其他的,他才不在乎呢。

一天下午,阿米纳穿过了分隔两家产业的公路。他从停着现代化拖拉机的库房前经过,再经过关满肥猪的牲畜棚,经过酒库;在这里,酿制葡萄酒的方式和欧洲是一样的。所有的一切都散发着希望和富裕的味道。马里亚尼站在屋子的石阶上,牵着两条凶狠的黄狗。他的身体时不时地往前倾,常常失去平衡。真不知道,他是在忍受这两条牧羊犬的力量,还是故意要做出一副充满威胁的样子,对不约而至的造访者形成压力。阿米纳有点尴尬,嘟嘟囔囔地介绍了自己。他指着自己的领地说:"我需要一点建议。"马里亚尼的脸色明亮了起来,打量着这个羞涩的阿拉伯人。

"为我们比邻而居喝上一杯! 我们有的是时间谈生意。"

他们穿过繁茂的花园,坐在露台的树荫下,从露台上也可以隐约瞥见泽霍恩山。一个瘦弱的、黑皮肤的男人在桌上放好酒杯和酒。马里亚尼给邻居倒了一杯茴香酒,看到阿米纳露出犹豫的神色,估计应该是顾忌炎热的天气和之后的工作,他笑了起来:"你不喝酒,是吗?"但是阿米纳微笑着,将双唇没入清凉的液体里。屋内传来电话铃声,但是马里亚尼没去管它。

这个殖民移民没有给他留说话的机会。阿米纳觉得他的邻居是一个很孤独的人,很少有机会能和别人聊聊。他好像和阿米纳很熟的样子,这让阿米纳感到有些不自在。马里亚尼抱怨雇工,他培训了两代,但是他们一直还是那么懒,那么脏。"哦,脏极了,上帝啊!"时不时地,他那双充满眼屎的眼睛会望向客人的英俊脸庞,然后他笑着补充说,"我当然不是在说你,你知道的。"还没等到阿米纳回答,他又继续道:"他们想说什么就说什么好了,但是如果我们不在这里栽花种树,耕种土地,不再努力,这里还会那么美吗?我得问问你,我们到这里前,这里有什么?没有。什么都没有。现在看看你周围!人们在这里生活了多少个世纪,但没有一个世纪能种那么多地。大家都忙着打仗,饿肚子,埋葬在这里,东一座西一座建坟立墓,我父亲就死在这里,死于斑疹伤寒。我成日骑在马上,摔断了背还在平原上四处奔波,和部落协商。现在睡在床上,我还会一直疼得大叫,因为背实在太疼了。但是我想和你说,我感激这个国家。它教给我事情的本质,重新让我拥有了锐气和生命力,让我有一种原始的力量。"因为酒精,马里亚尼的脸变得通红,他的演讲节奏慢了下来:"在法国,我只能是个同性恋,过着狭隘的生活,没有宽度,没有征服,没有空间。是这个国家给了我过上人的生活的机会。"

马里亚尼喊仆人过来,仆人小跑来到了露台。他用阿拉伯语大声斥骂,嫌他太慢,一拳砸在桌子上,以至于阿米纳的酒杯都翻了。这个家伙啐了一口,看着年迈的侍者的身影进了房子。"好好看看,学着点!我了解这些阿拉伯人!雇工都蠢透了,真是忍不住要揍他们!我会讲他们的语言,知道他们的毛病。我知道大家都在说独立的事情,但绝不是一小撮动乱分子就能够抹掉我这么多年的汗水和劳作。"接着,在笑声中,他抓起侍者好不容易送来的小三明治,重复道,"我当然不是在说你!"阿米纳差一点就想站起身,放弃把他当作同盟的念头。但是马里亚尼却转过头——非常奇怪,他的脸和他的狗像极了——似乎感觉到阿米纳受到了伤害,他说:"你想要台拖拉机,是吗？应该没有问题。"

第二章

阿伊莎进预备班之前的那个夏天异常炎热。玛蒂尔德穿着颜色暗淡的连衣裙在家里走来走去,背带垂落在她宽阔的双肩,因为汗水,头发紧紧地贴在两颊和前额上。她一只手抱着婴儿塞利姆,另一只手挥舞着报纸或者硬纸片。尽管塔莫总是嘟囔赤脚会带来厄运,玛蒂尔德还是喜欢赤脚。她仍然做着每天都要做的事情,但是动作似乎更慢,也比平常更加吃力。阿伊莎和她才为他庆祝完两岁生日的弟弟塞利姆非常乖巧。他们不饿,也没有玩耍的兴致,白天光着身子睡在瓷砖地上,根本没有力气说话,或是想点花样来玩。八月初,开始刮秋尔古风①,天空一片灰白。大人禁止孩子出门,因为这来自撒哈拉的风是母亲们的噩梦。穆依拉拉就对玛蒂尔德讲述过

① 指北非的东风,来自撒哈拉沙漠的干热风。

无数次类似的故事,说小孩子因为吹了秋尔古风发起高烧丢了命。婆婆说不能吸入这种带毒的风,说一旦吸入,就会烧了五脏六腑,像植物一样瞬间就枯萎了。因为这可怕的风,夜幕降临了,但是炎热并没有得到缓解。光线暗了下去,夜色笼罩着田野,树木也隐没在了黑暗之中,炎热却仍然威力十足,仿佛大地尽数蓄足了太阳的能量。孩子们变得有些神经质。塞利姆开始号叫。他大哭不止,妈妈只好把他抱在怀里,哄着他。玛蒂尔德一抱就是好几个小时,大人孩子的上半身都被汗水湿透了,精疲力竭。一个望不到尽头的夏天,玛蒂尔德觉得自己非常孤独。尽管这炎热把人的气力都耗费光了,她的丈夫仍然整天待在田里。他和雇工一起收割,而今年的收成看上去还是那么令人沮丧。麦穗都是空的,大家日复一日地劳作,所有人都很担心,到了九月,恐怕还是要饿死人。

有天晚上,塔莫在一堆平底锅底下发现了一只蝎子。她发出尖锐的叫声,玛蒂尔德和孩子们都跑向了厨房。厨房朝向一个小院子,院子是用来晾衣服和晒肉的,还堆着好几个脏兮兮的盆,是玛蒂尔德喂猫用的。玛蒂尔德一直叮嘱,要把屋子的大门关上,她害怕会有蛇、老鼠、蝙蝠,甚至还有聚集在石灰窑边的豺狼。但是塔莫总是心不在焉的,她应该是忘了。伊托的女儿还不到十七岁。她狡黠、倔强,喜欢野在外面,喜欢照顾孩子,喜欢用柏柏尔语教孩子们认动物。但是她不太欣赏玛蒂尔德对她的态度。这个阿尔萨斯女人看上去生硬、专制、粗暴。玛蒂尔德自告奋勇要教导塔莫行为举止,但是她一点耐心也没有。她教塔莫一些西餐的基本知识时,这一点表现得再明显不过了。不过塔莫才不在乎呢,她根本不听,一只手无精打采地拿着搅奶油的刮刀。

玛蒂尔德进入厨房的时候,这个年轻的柏柏尔姑娘正在祈祷,手捂着脸。玛蒂尔德一时还没有明白过来,究竟什么吓到了她。接着她看见了平底锅下伸出的黑色的蝎子钳足,那只平底锅还是她婚后不久在米卢斯买的。她将和她一样光脚踩在地上的阿伊莎拎了起来。然后用阿拉伯语命令塔莫安静下来。"别哭了,"她重复道,"把这儿给我收拾好。"她穿过通向卧室的长走廊,说:"亲爱的孩子们,今天晚上你们和我睡。"

她知道丈夫会吼她的。他不喜欢她教育孩子的方式,不喜欢她看到他们痛苦或者感情流露时的让步。他指责她,说她这样会培养出脆弱、爱抱怨的孩子,尤其对儿子绝不该这样:"这可不是培养男子汉的正确方式,这样教不会他直面生活。"在这座远离一切的房子里,玛蒂尔德感到害怕,她很是怀念来到摩洛哥的头几年,他们在梅克内斯的伊斯兰区生活,周围都是人,人的喧嚣和纷乱。她向丈夫倾诉的时候,他就会嘲笑她:"你们在这里很安全,相信我。"1953 年的 8 月底,他甚至不允许她进城,因为他害怕会有游行和暴动。自从宣布将苏丹西迪·穆罕默德·本·尤塞夫流放至科西嘉岛之后,百姓群情激愤。梅克内斯和摩洛哥王国其他所有的城市一样,导火索一点就燃,大家的行为都变得有点神经质,一个小插曲就能瞬间演化为暴动。在伊斯兰区,女人穿着黑纱,眼睛因为仇恨和泪水变得通红。"主啊,主啊!"①在王国所有的清真寺里,教徒都在祈祷苏丹的回归。很多地下组织兴起,武装反抗基督教的压迫者。在大街上,从早到晚响彻着"国王万岁"②的叫喊声。但是阿伊莎对所谓的政治一无所知,她甚至不知道这是1953年,不知道一部分人擦亮枪支争取独立,而另一部分则拒绝这一部分人的独立。阿伊莎才不在乎呢。整个夏天,她只想着要上学的事情,这让她感到很害怕。

玛蒂尔德将两个孩子放在床上,让他们别动。几分钟后,她胳膊下夹着两张浸了冰水的白色床单回来了。孩子们躺在冰凉的床单上,过了几分钟,塞利姆就睡着了。玛蒂尔德两只肿胀的脚伸出床外晃荡着。她轻抚着女儿浓密的头发,女儿说:"我不想去上学。我想和你待在一起。穆依拉拉不识字,伊托和塔莫也不识字。识字又有什么用呢?"玛蒂尔德突然间

---

① 原文为阿拉伯语。
② 原文为阿拉伯语。

振作起来,她直起身子,将脸逼近女儿的脸道:"不识字不是奶奶和伊托自己要的。"在黑暗中,孩子不能分辨母亲的神色,但是她听出玛蒂尔德的语调中有一种不同寻常的沉重,这让她有点担心。"我再也不要听你说这样的蠢话了,你明白吗?"外面猫在打架,发出可怕的叫声。"我多羡慕你呀,"玛蒂尔德继续说道,"我真想回到学校,学好多好多东西,交一些一辈子的朋友。真正的生活这才开始。你现在已经是个大人了。"

床单渐渐干了,阿伊莎却毫无睡意。她睁着双眼,憧憬起新生活来。她想象着,在阴凉的院子里,她的小手和另一个小姑娘的手握在一起,那是她的灵魂姐妹。真正的生活,玛蒂尔德刚才说,并不在这里,不在这座位于小山坡上的孤零零的白色房子里。真正的生活难道不是像那些女工一样,一整天都荡在外面吗?难道在父亲的田间劳作的那些人不是真正的存在吗?难道,他们唱歌的方式,他们在橄榄树下,欢迎阿伊莎加入他们的野餐时的那份温情都算不了什么吗?生活不就是当天早上烤的一个半圆面包?女人们在烤架前往往一坐就是好几个小时,吸入的黑烟足足能把她们熏死。

一直到那时为止,阿伊莎从来没有想过这所谓的生活,也许除了去上城,去欧洲区的时候:当她身陷汽车、流动摊贩以及冲进电影院的中学生发出的喧嚣声里时;当她听到咖啡馆绽放出的音乐声时;当听到高跟鞋踩在水泥地上发出的声音时;当她的母亲在人行道上恼火地拽住她,向行人道歉的时候。是的,她看到了,存在另一种生活,更加密集,更加快速,似乎所有都奔向一个目标的生活。阿伊莎怀疑自己这样的存在就只是一个影子,是没人注视的一种艰苦的劳作,一种牺牲,是奴役。

开学的日子到了。坐在车后排,阿伊莎害怕得几乎动弹不得。现在没有什么可怀疑的,他们想说什么就说什么。这就是抛弃,怯懦的、可怕的抛弃。他们很快就要把她抛下,在这陌生的街道上,她,一个只熟悉无边田野和寂静山峦的小野蛮人。玛蒂尔德在说话。她愚蠢地笑着,阿伊莎能感觉到,母亲也不是那么有把握。这出戏是多么假啊。寄宿学校的门出现在他们眼前,父亲停好了车。在人行道上,母亲们牵着穿着盛装的小姑娘。她们穿着新裙子,剪裁完美,但是颜色比较谨慎。这些都是城里的小姑娘,对她们来说,趾高气扬地展现自己是家常便饭。孩子们搂抱在一起的时候,戴着帽子的母亲便趁机交谈几句。其他孩子都是重逢,阿伊莎想,是她们熟悉的世界的延续。阿伊莎抖个不停。"我不要,"她叫道,"我不要下车!"她尖锐的叫声引起了父母和学生的关注。她这样一个平素如此安静、如此怯懦的小姑娘竟然变得毫无节制。她在后排硬邦邦的座位中间缩成一团,牢牢地粘在上面,叫声直入心脏，震破耳膜。玛蒂尔德打开门："过来，我亲爱的，过来，别担心。"她向她投去带有乞求意味的一瞥，阿伊莎发现了。农场的雇工在宰杀牲畜前都是那么哄骗它们的，"过来，小东西，过来"，然后就是篱笆，棒击，屠宰场。阿米纳打开另一扇门，两边都试图抓住孩子。最后还是父亲把她弄了出来，她疯狂地，使出惊人的力量抓着车门。

周围已经围了一小群人。大家都在议论玛蒂尔德，说她和当地人偏居一侧，把孩子都养成了野人。这种尖叫，这种歇斯底里，只有乡下人才做得出来。"你们知道吗？那些女人一旦绝望起来，能把自己的脸抓出血来。"这里没有人和贝尔哈吉一家有交往，但是所有人都知道这个家庭的故事，知道他们生活在离市中心二十五公里的地方，在埃尔-哈约伯公路上，一个偏僻的农庄里。梅克内斯的圈子很小，大家都很无聊，这对奇怪的夫妻便成了闷热下午的闲聊话题。

★

在美容院——女人卷发或是给脚指甲刷上指甲油的地方——理发师欧仁就总是嘲笑玛蒂尔德，那个高个子金发绿眼睛的女人，说她比她那个阿拉伯的丈夫至少高十厘米。欧仁用夫妻俩之间的差异逗笑自己的顾客：阿米纳的头发是黑的,额头的发际线很低,因此让他的眼神看起来有一种阴暗的味道;而玛蒂尔德呢,有一种二十岁姑娘的神经质,同时,她身上还有一种有点男性的气质,激烈,不合礼仪,总之,是促使欧仁下决心不再接待她的某种东西。理发师精心挑选词汇,描述那年轻姑娘修长、壮实的双腿,她倔强的下颌,她那双从来不保养的手,还有她那双硕大的脚,那么大,而且是肿的,所以她只能穿男人的鞋子。白种女人,皮肤黝黑的男子;女巨人和矮壮的军官。欧仁的女客人戴着卷发的罩子,纷纷扑哧笑了出来。但是大家一旦想起阿米纳参加过解放战争①,想起他受过伤,受过勋,笑声就变小了。女人觉得自己必须闭嘴,而这让她们觉得更加苦涩。她们想,玛蒂尔德是一个奇怪的战利品。这个士兵如何能够说服这个强壮的阿尔萨斯女人随他来到这里呢? 她是不是走到这一步前也多少想过要逃离?

★

大家渐渐围聚在孩子身边,七嘴八舌地出主意。一个男人粗暴地推开玛蒂尔德,想要让阿伊莎恢复理性。他挥舞着

---

① 指的是第二次世界大战,因法国被德国占领,所以也称为解放战争。

胳膊,念叨着天父以及良好教育的基本准则。玛蒂尔德被大家推来推去,她试图保护孩子:"别碰她,别靠近我女儿!"她不知所措。看到女儿哭成这样,她很心疼。她想把女儿抱在怀里,哄哄她,承认原来和她说的都是谎话。是的,她编造了那些关于永恒友谊、热诚老师的美好记忆。真的,她的小学老师并没有那么温和。关于学校的记忆,是早晨起来,天还黑乎乎的,用来洗脸的水冰冰凉;是如雨点般落到身上的拳打脚踢;是糟糕的食物,下午的时候,肚子难受极了,一半是饿的,一半是害怕。那时她是多么绝望地期待着一个温柔的抚摸呀。"回去吧,"她真想大声喊道,"别管这些了,回到家里,什么都好,我知道该怎么办,我自己就能教她读书。"阿米纳向她投来阴郁的一瞥。她总是这样,把孩子教得十分软弱,过于宠溺,做一些可笑的让步。再说是她坚持让女儿在法国学校注册的,这里有带尖顶钟楼的教堂,人们向陌生的神祈祷。玛蒂尔德最终还是止住了泪水,她笨拙地,没有多少自信地抱住女儿,说:"来,来,我亲爱的,我的小姑娘。"

因为注意力全部放在女儿身上,她并没有注意到大家对她的嘲笑,没有注意到那些低垂的目光正偷偷地打量着她那双已经失去光泽的大皮鞋。母亲们戴着手套的手捂住嘴,窃窃私语。她们对她很不满,同时又觉得她很可笑。在圣母院寄宿学校的栅栏门前,她们提醒自己,必须表现出同情,因为主看着她们。

阿米纳拢住女儿的腰,他非常恼火:"你弄这场戏给谁看?快给我松开车门!站好了。你让我们蒙羞了。"女儿的裙子翻了上去,露出了她的小短裤。学校的门卫焦急地看着他们,不敢动。伯拉希姆是个上了年纪的摩洛哥人,有着圆圆的、和气的脸,光秃秃的脑袋上戴着一顶白色的针织小帽。他穿着海军蓝的外套,外套对他来说有点大,但烫得十分平整。父母亲没有办法让这个看上去被魔鬼附身的小姑娘平静下来。开学典礼眼看着就要搞砸了,如果知道,他们在她可敬的地盘上,在校门前竟然上演了这么一出戏,校长嬷嬷会非常生气的。她会找他算账,不会原谅他的。

上了年纪的看门人走近小车,他尽量温柔地将孩子的手指从车门上扒下来。他用阿拉伯语对阿米纳说道:"我抓住她,你去发动车,明白了吗?"阿米纳点点头。他冲玛蒂尔德抬了抬下巴,玛蒂尔德也回到了自己的座位上。阿米纳没来得及对老人表示感谢。阿伊莎才松开,父亲就发动了车子。车子渐渐远去,阿伊莎甚至没有看到母亲是否最后看了自己一眼。瞧,他们就这么抛弃了她。

她站在人行道上。蓝色的裙子弄得乱七八糟,还掉了颗扣子。她眼睛哭得通红,而那个握着她手的人不是她的爸爸。"我不能陪你进去。我必须留在大门这里。这是我的工作。"

他将手放在孩子的背上，把她朝里推去。阿伊莎温顺地点点头。她感到很惭愧。她希望自己和蜻蜓一般，不要太引人注目，但这下却被所有人注意到了。她走上校园的道路，在道路的那一头，嬷嬷们穿着统一的黑色长袍，在教室前排成一排，等着她们。

她走进教室。学生都已经坐在了自己的座位上，她们微笑着打量她。阿伊莎太害怕了，以致有了倦意。她的脑袋嗡嗡作响。如果闭上眼睛，她可以肯定，很快就能深睡过去。一个嬷嬷拉住她的肩膀。她手里拿着一张纸，问她道："你叫什么名字？"阿伊莎睁大眼睛，没明白大家想要她回答什么。那个修女很年轻，有一张漂亮的脸，皮肤苍白，孩子一下喜欢上了她。嬷嬷又重复了一遍问题，她弯下身，差不多到阿伊莎的高度。阿伊莎最终低声答道："我叫姆西莎。"

嬷嬷皱起双眉。她扶了扶滑到鼻子上的眼镜，又一次看着学生名单。"贝尔哈吉小姐。阿伊莎·贝尔哈吉小姐，生于1947 年 11 月 16 日。"

孩子转过身。她望着身后，就好像她不知道嬷嬷究竟在和谁说话。她不知道这里都是些什么人，她努力控制住涌上心头的呜咽。她的下巴开始颤抖，指甲深入臂膀中。究竟发生了什么？她究竟怎么啦，要遭到这样的惩罚，被关在这里？妈妈什么时候会回来？嬷嬷不敢相信，但是必须接受：这个孩子不知道自己的名字。

"贝尔哈吉小姐,坐那里吧,靠窗的那个座位。"

自从她有记忆以来,她一直听到的名字就是"姆西莎"。母亲站在台阶上叫她回来吃晚饭时,叫的就是这个名字。这是从农民嘴里冒出来,在树间飞翔,沿着山坡奔跑的名字。他们找她,最终经常看到她缩成一个球,倚着树干睡着了。"姆西莎",她一直听到的是这个名字,除此之外她不可能有其他名字,因为这个名字和风一样刮过,让那些柏柏尔女人笑出声来,她们总喜欢把她抱在怀里,就好像她是她们的孩子一样。这个名字,是夜半时分,妈妈哼唱着自己编的儿歌时叫的名字;是她在入睡之前听到的最后一个音,自从她出生以来,这个名字就一直出现在她的梦中。"姆西莎",小猫。她出生的时候,老伊托在,她和玛蒂尔德说,婴儿的啼哭就像小猫叫一样,所以就这么叫她了。伊托教玛蒂尔德如何用一块大布把孩子背在背上:"这样她一边睡你就能一边工作。"玛蒂尔德觉得这样很滑稽。她白天就这么过来的,孩子的嘴巴贴在她的脖子上。她的心里充满了温情。

阿伊莎坐在老师指给她的座位上,靠窗,在一个美丽的白人姑娘科利尼后面。同学们都在看她,这份注目礼让她深感不安。白人姑娘冲她吐了吐舌头,咯咯笑着,用手肘捅了捅同桌的肚子。她模仿着阿伊莎走路的样子。由于阿伊莎的小短裤是妈妈用便宜的羊毛料缝制的,走路的时候磨得她很不舒适。阿伊莎将头转向窗外,将脑袋埋在臂弯里。玛丽-索朗日向她走过来。

　　"怎么了,小姐,您哭了吗?"

　　"不,我不在哭。我在睡午觉。"

阿伊莎背负着沉重的耻辱。她为自己的衣服感到羞愧。那是她母亲缝制的,淡灰色的罩衫,有时候玛蒂尔德会缝上一点装饰,袖子上的花朵,领子上蓝色的花边。但是一切看上去都不是新的,似乎一切都不是她的,一切都像是用坏的。她为自己的头发感到羞愧,这是尤其让她感到难过的;乱哄哄的,浓密的,没有形状的,根本梳不好。到了学校后,玛蒂尔德费尽气力别在她头上的发夹就统统掉了。玛蒂尔德对自己女儿的这头头发毫无办法。她根本驯服不了这头鬈毛。头发很细,发夹夹不住,总是有碎发,如果用铁钳卷,又一下子会焦掉,梳子也梳不好。玛蒂尔德向穆依拉拉请教,但婆婆耸了耸肩。她家的女孩子从来不会那么不幸,有这么一头乱蓬蓬的短发。阿伊莎的头发像她的爸爸,但是阿米纳的头发很短,像军人那样。再加上他经常去洗土耳其浴,用滚烫的水洗头,毛囊便萎缩了,头发再也长不出来了。

阿伊莎的头发为她招来了最具侮辱性的嘲笑。在校园里,大家只看她。小小的身量,小精灵一般的面庞,却配上一头乱发。一绺绺金黄的、粗糙的头发如爆炸一般,阳光照在上面,就仿佛是戴了一顶王冠。有多少次,她梦想着能有一头白人姑娘的头发。在母亲卧室的镜子前,她试图用手把她的头发遮起来,她想象着她也有一头和白人姑娘一样的、缎子般的长发,或者像西尔维娅那样棕色的卷发,要不然像尼古拉一样柔顺的辫子也行。叔叔奥马尔笑她,说她将来很难找到丈夫,说她像个稻草人。是的,阿伊莎就像是头上顶了蓬稻草。她穿着奇装异服,显得很可笑。她整个存在都显得很可笑。

几个星期过去了,周而复始。每天早上,阿伊莎黎明即起,在黑暗里跪在床头,祈求主,千万别发生什么事情,造成她上学迟到,但是总是会发生点什么。例如炉灶出了点问题,冒出滚滚黑烟;父母亲之间的争吵,走廊上的叫声。母亲总算是到了,理好头发,拉好头巾,用手背擦去眼角的一滴泪水。她想要尽量显得庄重一点,然后就坚持不下去了。她半转过身,开始号叫说她要离开,说这是她一生犯的一个大错误,说她是个外乡人,说如果自己父亲知道,一定会把这个冲她大吼大叫的丈夫胖揍一顿。她的父亲在很远的地方。接着她投降了。她斥责乖乖地在门前等待的女儿。女儿的样子似乎是在说:

"我们快点,行吗？我可不想再迟到了。"

阿伊莎还要诅咒父亲用了一个相当合理的价格从美军手上买来的车子。阿米纳想要把车顶的美国国旗抹掉,但又怕损坏了铁皮,所以还能够看见车上的几颗星星以及一块蓝色条纹图案。这辆小货车不仅是丑,而且总是出事。气温升高的时候,车里总是会冒出一缕灰烟,必须等着引擎冷却下来。冬天又发动不了。"要等着车子热一下。"玛蒂尔德总是重复说。阿伊莎觉得自己所有的不幸都来自这辆车,她诅咒美国,可所有的人好像都很尊崇美国的样子。"他们是小偷,无能的人,不值一提的人。"她琢磨着。因为这辆破车,她成了同学们嘲笑的对象——"你父母还不如给你买头驴子!那样或许你迟到得还少些呢!"——校长嬷嬷也因此对她提出警告。

在一个雇工的帮助下,阿米纳在车后安了一个小椅子。阿伊莎坐在一堆工具中间,周围还有母亲往梅克内斯市场送的水果和蔬菜。一天早上,还在半睡半醒之间,她感觉到有什么东西在动,碰到了她的小腿。她叫了起来,玛蒂尔德手上的方向盘差点就打滑了。"我感觉到有东西。"孩子为自己辩解道。玛蒂尔德不愿意停下来,她害怕车子停下来之后就再也启动不了了。"肯定都是你自己想出来的。"她一边斥责,一边将手伸进湿漉漉的腋下。车子在学校大门前停了下来,这时十几个孩子在学校门前发出了喊叫。她们有的抓住了妈妈的腿,有的开始往学校里跑去。其中的一个昏了过去,或许是假装的。玛蒂尔德和阿伊莎还没明白过来是怎么回事,接着她们看到了伯拉希姆用手指着什么在笑。"看看你们带来的东西。"他打趣道。一条草蛇从汽车后部溜了出来,无精打采地跟在阿伊莎身后,就像一条陪伴主人出门遛弯的忠实的小狗。

十一月份,冬天来临,早晨出门的时候天还是黑的。玛蒂尔德拉着女儿的手,拖着她来到挂满了冰霜的扁桃树间的小路上,阿伊莎冷得直打哆嗦。在黑黢黢的天色中,除了自己的呼吸声,什么声音都没有。没有动物的声响,没有人的声音来搅扰黎明时分的这份寂静。她们登上潮湿的汽车,玛蒂尔德点火,引擎发出噼噼啪啪的声音。"要等车子热一下,没事儿的。"车子冻僵了,发出的喘息声就像是结核病人的咳嗽声。有时,阿伊莎简直想要发疯。她哭着,踹着轮胎,咒骂着农庄、父母、学校。一记耳光。玛蒂尔德从车里出来,将车推上坡道,一直推到花园尽头的大门。她额头上的一条青筋凸起,简直要爆了,脸也涨成了紫色。阿伊莎觉得有些害怕,这场景也深深地印刻在了她的记忆里。车子终于发动了,但是接着就是一条陡坡。破车的声音越来越响,经常熄火。

有一天,尽管累得要命,而且又得按响寄宿学校的门铃,令人羞愧,玛蒂尔德却突然笑了。这是十二月的一个早晨,寒冷,但是阳光灿烂。天色如此明澈,阿特拉斯山脉清晰可辨,仿佛悬在天际的一幅水彩画。玛蒂尔德模仿着播报器的声音,叫道:"亲爱的乘客,请系好安全带。我们的飞机即将起飞!"阿伊莎也笑了,将背贴在座椅上。玛蒂尔德转动车钥匙,踩下加速器,引擎还是轰鸣,接着发出哮喘般的喘息声。玛蒂尔德宣布放弃:"请原谅,亲爱的乘客,引擎似乎缺乏动力,机翼也有一点小故障需要排除。我们今天不能起飞了,只能改走公路。但是请相信机长,几天后,我们会再次起飞!"阿伊莎当然知道汽车不会飞,然而,在后来的时间里,只要一靠近这条上坡的道路,她总是禁不住激动,禁不住要想:"起飞就在今天!"尽管不可能,她却禁不住去想货车冲进云端的场景,想象着货车将她们带入新的领地,她们可以像个疯子一般尽情大笑,可以从另一个角度看着这座山坡。

阿伊莎讨厌这座屋子。她继承了母亲的敏感,阿米纳由此得出的结论是:女人都一样,胆小,容易动感情。阿伊莎害怕一切:鳄梨树上的猫头鹰,雇工说猫头鹰往往是有人要死的噩兆;她害怕豺狼,豺狼的叫声往往在夜里搅得他们睡不着觉;她还害怕流浪狗、瘦骨嶙峋的肋骨、破败的乳房。她的父亲提醒她说:"如果你出去,带上石头。"她怀疑自己是不是有能力自我防护,真的能远离这些残忍的动物。不过她还是在口袋里装满了鹅卵石,每走一步,石头就相互碰撞。

阿伊莎尤其害怕黑夜。深沉的、浓密的、无尽的黑夜,包围着父母的农庄。晚上,离开学校,母亲开的车子上了往乡间去的道路,城市的光线便渐渐远离,沉入黑暗和危险的世界。汽车渐渐地驶入黑暗,就像驶入一个洞穴,就像进入移动的沙丘。没有月亮的夜晚,甚至不能够分辨柏树那厚重的影子或草垛。黑暗吞噬了一切。阿伊莎屏住呼吸。她念诵着《主祷文》和《圣母经》。她想着耶稣曾经经历过那么多的苦难,她不停地对自己重复道:"不,我做不到。"

在家里,虚弱的、暗淡的光线闪烁着,阿伊莎永远生活在断电的恐惧中。经常,她需要像盲人那样在走廊上摸索,手扶着墙,脸上流满了泪水,叫着:"妈妈! 你在哪里?"玛蒂尔德也一样,她梦想着光明,不断去烦阿米纳:如果阿伊莎趴在本子上弄坏了眼睛,她该怎么做作业呢? 如果塞利姆害怕得发抖,还怎么跑得了玩得动呢? 阿米纳同意买一个发电机,可以充电的,他在农庄的另一头,抽水喂饮牲畜和灌溉农田也需要。可他不在的时候,电池很快就放光了电,灯泡的光于是越来越暗。玛蒂尔德便点亮蜡烛,假意说蜡烛的光更加浪漫,更加美丽。她和阿伊莎讲述公爵和侯爵的故事,豪华宫殿里的舞会。她笑着,但事实是,她想起的是战争,那些灯火管制的时候。她咒骂她的民族,她的十七岁所忍受的牺牲,就这么飞逝的十七岁。因为烧饭和取暖都用的煤,阿伊莎的衣服上散发着一种硫黄的味道,她闻了想吐,而且她的同学也因此取笑她。"阿伊莎身上有股熏肉的味道。"学校里的学生都这么说,"阿伊莎和那些柏柏尔人一样,在乡下的破屋子里生活。"

在房子的西侧,阿米纳给自己安排了一间工作室。在这间他称作"实验室"的屋子的墙上,他用图钉钉了一些图画,阿伊莎将这些图的标题熟记在心:《论柑橘种植》《葡萄枝修剪》《热带农业的应用植物学》。这些黑白的插图对阿伊莎而言没有任何意义,她觉得自己的父亲是一个魔法师,可以影响大自然的法则,和植物、动物对话。有一天,她又因为害怕黑暗而大叫不止,阿米纳将她扛在肩头,走进花园。天如此黑,她甚至看不到父亲的脚尖。冷风掀起她的睡衣一角。阿米纳从口袋里掏出一样东西递给阿伊莎。"这是电筒。冲着天空摇一摇,把光对着鸟儿的眼睛。如果你做到了,鸟儿会很害怕,呆在那里,你甚至能徒手抓住它们。"

还有一次,他让女儿和他一起去他为玛蒂尔德摆弄的那个小花园。花园里有一株很小的丁香,一片杜鹃花,一株从来没有开过花的蓝花楹。在客厅的窗户下方,有一棵橘树,未经修剪的树枝被橘子压弯了腰。阿米纳将手上握的柠檬树枝指给阿伊莎看,他那总是嵌有泥土的食指,指了指那上面正在长出来的两个很大的白芽。他拿着一把小刀,深深地在橘树上割了个口子。"现在瞧好了,"阿米纳灵巧地把柠檬树枝插入橘树,完成了嫁接,"我去找雇工弄点乳香来,然后再捆好。至于你嘛,为这株奇怪的树想个名字吧。"

玛丽-索朗日嬷嬷很喜欢阿伊莎。她被这个小姑娘迷住了,她悄悄地对她生出了很多野心。小姑娘有一颗神秘的灵魂,如果说校长嬷嬷认为她有些歇斯底里,那么玛丽-索朗日嬷嬷却从她身上看到了主的召唤。每天早晨,上课之前,姑娘们都会聚集在砾石小路尽头的小教堂里。阿伊莎经常迟到,但是她只要进了学校大门,她的目光就会坚决地转向教堂,带着一种与她的年龄不甚相符的庄重。她有时在教堂门前几米远的地方跪下来,双手抱成十字状,一步步往前挪,小石子扎进肉里,可她的脸纹丝不动。如果被校长嬷嬷看到了,她就会粗暴地拎起小姑娘:"我一点不觉得这样有什么好的,小姐,上帝能够分辨虔诚的心灵。"阿伊莎爱上帝,她曾经对玛丽-索朗日嬷嬷说过。她爱赤诚的、在冰凉的早晨接纳她的耶稣。别人和她说,痛苦可以使得我们离上天更近一些。她真的相信。

有一天早上，弥撒过后，阿伊莎晕了过去。她甚至没有念完祈祷的最后几个字。她在冰凉的教堂里直打哆嗦，瘦骨嶙峋的肩膀上披着一件旧毛衫。歌声、香的气味、玛丽-索朗日的大嗓门都没能够使她暖和过来。她的脸色越来越苍白，眼睛一闭，倒在了石板地上，直到玛丽-索朗日嬷嬷抱起了她。学生们看到这一幕后发出了尖叫。阿伊莎是个笃信宗教的女孩，她们在说，是个假圣女，是一个会产生宗教幻想的人。

她被平放在用来当作医务室的小厅里。玛丽-索朗日嬷嬷吻着她的面颊和前额。实际上，她并不是在担心小姑娘的身体。她的昏厥其实证明了这具瘦弱的身体和我们的主的身体之间已经建立了对话，而阿伊莎还不能够理解这其中的深意和美好。阿伊莎的唇碰了一下热水，拒绝了嬷嬷递给她的糖。她认为自己不配享有这样的美食。但玛丽-索朗日坚持，阿伊莎伸出舌尖，接着她嚼碎了糖块。

她要求回到课堂上。她说她感觉好多了，她不愿意落下课程。她找到了她的课桌，就在那个白人姑娘科利尼后面。一个上午就这么过去了，平静，安详。她的目光一直盯着白人姑娘的颈背，粉红色的，肉嘟嘟的，覆着一层薄薄的、金色的绒毛。小姑娘在脑袋上高高地盘了个发髻，就像一个芭蕾舞演员。阿伊莎每天都会花很长时间观察这脖颈。她将这脖颈深深印入了心底。她知道，当这个白人姑娘低下头写作业的时候,她的肩头就会鼓起一圈小肉肉。在九月炽热的阳光下,白人姑娘的皮肤会出现一片片发痒的红斑。阿伊莎看见她用沾了墨水的指甲挠痒,把皮肤都抓出了血。汗水沿着她的发梢流下来,一直流到背上,裙子的领子完全湿了,上面留下来发黄的痕迹。在热得要命的教室里,这脖子就好像鹅颈一般弯曲着,与此同时,她的注意力也下降了,看得出她很疲惫,有时下午的课上到一半,白人姑娘就会睡着。阿伊莎从来都不会碰触这位同学的皮肤。有时,她想要伸出手去,想用指尖抚过她椎骨的凹凸,轻抚逃出发髻的、让她想起坐垫里的羽毛的金色发绺。她遏制着自己的欲望,才没有将鼻子凑到她的脖子上去,她是多么想要呼吸这脖子散发出来的香气,多么想用舌尖细细品尝一番。

这一天,阿伊莎看见这颈背哆嗦了一下。金色的汗毛竖了起来,就好像一只准备开战的猫。她在想,究竟是什么让她如此激动,或者仅仅是因为玛丽-索朗日嬷嬷打开的窗户那里突然涌入的一阵凉风?阿伊莎再也听不见老师的声音,以及粉笔与黑板摩擦发出的吱嘎声。这一小块肉简直能让她发疯。她再也无法坚持下去。她抓住圆规,猛地对着白人姑娘深深地扎了下去。旋即她便拔了出来,用食指和拇指抹去一滴血。

白人姑娘发出一声尖叫。玛丽-索朗日转过身,差点从讲台上摔下来:"科利尼小姐！你怎么了,要叫成这样?"

白人姑娘冲向阿伊莎。她用尽力气揪住阿伊莎的头发。狂怒之下,她的脸都变形了:"是她,是这个坏蛋！她刺了我的脖子!"阿伊莎没有动。面对攻击,她低下脑袋,弯着腰,一言不发。玛丽-索朗日嬷嬷抓住白人姑娘的胳膊。她把姑娘拖进办公室,动作很粗暴,其他学生简直不能相信她会这样。

"您怎么敢指控贝尔哈吉小姐?谁能想象阿伊莎会做出这种事情?肯定是你小心眼。"

"可我敢和您发誓!"白人小姐吼道。她用手摸了摸颈背,希望能够在手掌上找到阿伊莎侵犯留下的痕迹,但是没有血。玛丽-索朗日嬷嬷命令她认真抄写一句话:"我不会再以莫须有的罪名指控同学。"

课间休息的时候,白人姑娘向阿伊莎投去恶毒的目光,似乎在说:"你给我等着瞧。"阿伊莎很遗憾她的圆规没有达到预期效果。她原先指望同学的身体会像肿起来的气球一样,一戳就破,就只剩下软绵绵的、对人不构成任何威胁的一层皮。但是白人姑娘仍然生机勃勃,她在学校的院子里跳来跳去,逗得同学咯咯直乐。倚在教室的墙上,面朝着冬日里的太阳,感受到阳光让她的骨骼渐生暖意,阿伊莎平静下来,望着在梧桐树围起来的操场上玩耍的小姑娘。摩洛哥姑娘用手护住嘴,小声交流着各自的秘密。阿伊莎觉得她们很漂亮,长长的褐色头发编成了辫子,在额头上方用一条白色的缎带围住。她们当中大多数人是寄宿生,就睡在学校里。周五,她们回到自己在卡萨布兰卡、非斯和拉巴特的家中。阿伊莎还从来没有去过这些城市,感觉中就和母亲玛蒂尔德的家乡阿尔萨斯一样遥远。阿伊莎既不完全是当地人,也不完全是欧洲人,而那些农民、冒险家、官员的姑娘都在一起并脚跳着,玩跳房子的游戏。她不知道自己究竟是谁,她很孤单,倚在晒得滚烫的教室的墙上。"真是漫长啊,"阿伊莎想,"真是漫长。我什么时候才能再见到妈妈呢?"

晚上,姑娘们都叫闹着冲向寄宿学校的大门。这是圣诞节假期。小石子在漆皮皮鞋下吱嘎作响,她们仿麂皮的外套上蒙上了一层白灰。阿伊莎被一大堆小女生撞来撞去,她们嗡嗡叫着,激动不安。阿伊莎跨出校门,冲玛丽-索朗日嬷嬷挥了挥手,在人行道上站住。玛蒂尔德不在。阿伊莎看到同学们都陆续离开了,她们蹭着妈妈的腿,就像一只只肥猫。有辆美式汽车在学校前停了下来,一个男人从里面走出来,戴着一顶红色的土耳其帽。他围着车子转了一圈,目光找寻着他要找的小姑娘。看到了她之后,他把手放在胸口,点了点下巴以示尊敬。"尊贵的法蒂玛夫人。"①他冲着走向他的学生说。

———————————

① 原文为阿拉伯语。"Lalla"是对女性的尊称,相当于尊贵的夫人。——原注

阿伊莎在想,这个总是趴在作业本上睡觉,把课本弄得到处都是口水的姑娘为什么会被当成尊贵的夫人来对待呢?法蒂玛夫人消失在黑色的轿车里,一群小姑娘冲她招了招手,叫道:"节日快乐!"接着,叽叽喳喳的小麻雀声停了下来,孩子们消失了,城市生活又恢复了。少年们在学校后面的荒地上玩球,阿伊莎听到他们在用西班牙语和法语谩骂。行人偷偷地看她一眼,他们睁开眼睛,仿佛是想要弄明白小姑娘为什么孤零零一个人站在这里,她显然不是乞丐,但她被遗忘了。阿伊莎躲避着他们的目光,她既不想得到他们的同情也不想得到他们的安慰。

夜幕降临,阿伊莎靠在学校的栅栏门上,祈祷着自己能够消失,像一阵风,一个幽灵,一片水汽。时间过得如此之慢,她甚至有种感觉,觉得自己一直就在那里站着,从来没有离开过,胳膊和脚踝冻得冰凉,所有的精力都集中在没到的母亲身上。她用手搓着胳膊,单脚轮流跳着,想要尽量暖一些。现在,她想,同学们都在厨房里享受着浇有热蜂蜜的馅饼。有些同学正在红木桌上写作业,房间里就像阿伊莎想象的那样,塞满了玩具。这时,汽车喇叭声开始到处响了起来,人们都下班了,阿伊莎被车灯刺目的光芒激得跳了起来。城市被拖入一种疯狂的舞蹈,穿着外套、戴着帽子的男人在控制这舞蹈的节奏。他们迈着坚定的脚步进入闷热的房间,想到即将到来的夜晚,能够喝上一口,睡上一觉,他们很开心。阿伊莎开始在原地旋转,就像疯狂的机器,她的双手紧紧握在一起,祈祷嬷嬷们能够把耶稣像和圣母像清洗干净。伯拉希姆没有和她说话,因为校长嬷嬷不允许他和学校的小姑娘说话。但是他冲小姑娘伸出胳膊,拉过她的手,握在手里。两人并排站在栅栏门前,盯着出现在十字路口的玛蒂尔德。

她跳下那辆老旧的破车,将孩子抱在手里。她用带着阿尔萨斯口音的阿拉伯语感谢了伯拉希姆。她在脏兮兮的外套口袋里摸索了一会儿,也许她想要摸出一枚硬币给伯拉希姆,但是口袋空空的,玛蒂尔德涨红了脸。在汽车里,阿伊莎并没有回答玛蒂尔德的问题。她没有谈到白人女孩和其他同学的仇恨。三个月前,阿伊莎在学校出口的地方哭泣,因为有个小姑娘拒绝和她拉手。她的父母告诉她没有关系,她不应该在意这种事情,阿伊莎还为自己父母的冷漠而伤心。但是那天夜里,阿伊莎因为失望而难以入睡的时候,她听见了父母在争吵。阿米纳对这所没有女儿位置的基督教学校很恼火。玛蒂尔德则一边哭泣,一边诅咒孤立女儿的行为。于是阿伊莎再也不说什么了。她没有对父亲说起耶稣。她秘密地爱着这个光着双腿的男人,他给她力量,让她能够控制住自己的愤怒。此时,她没有告诉母亲,她一直饿着肚子,因为在公共食堂的羊肉青豆烩菜里,她发现了一颗牙齿,不是像她今年夏天掉的那颗小乳牙一般白白尖尖的牙齿；掉了之后，有个年轻女人还给了她一颗果仁糖。不是的，这是一颗黑黑的、中间有个洞的牙，是老人的牙，应该是自己从牙床上脱落的，因为支撑着牙的牙龈已经腐烂了。一想到这颗牙，她就禁不住犯恶心。

九月,阿伊莎上学的时候,阿米纳决定要弄一台联合收割机。农庄、孩子、房子里的家具,这些都花去了他太多钱,以至于他去奸诈的废铁商人那里时,口袋里已经没什么钱了。商人向他保证这一定是一台绝无仅有的好机器,才从美国的厂家出来。阿米纳做了个粗暴的手势,让他闭嘴。他不想听类似的夸夸其谈,不管怎么说,这台机器是他目前唯一有能力给自己买的东西了。一连好几天,他高高地坐在机器上,不让任何人染指。"他们会毁了我的机器的。"他对玛蒂尔德解释说。玛蒂尔德看到丈夫日渐消瘦,很是焦急。他的脸因为疲惫,因为日晒雨淋陷了下去,皮肤也和那些非洲步兵一样,变成了深棕色。他日夜不停地劳作,盯着雇工的每一个动作。装袋他也一直都在,监工到深夜时分。经常,家里人发现他趴在方向盘上,因为实在太累,还没能回到家里就睡着了。

有好几个月，阿米纳都不在双人床上睡。他在厨房站着吃饭，一边吃一边和玛蒂尔德说些她听不懂的术语。他好像疯了，冲她瞪着一双充血的眼睛。他应该是想说些什么，但是所能做的就是挥舞胳膊，手势奇怪粗鲁，就好像他在发射子弹，或是准备一刀结果了谁。正因为他不敢向别人倾诉这一切，他内心的惶恐才更加令他痛苦。要承认失败，这简直能要了他的命。既不关机器的事，也不关天气的事情，甚至不是那些种田人无能。不，真正毁了他的，是他自己的父亲错了，这块地不适合种任何东西；只有薄薄的一层是能种东西的，在这薄薄一层下面却是凝灰岩。灰色的、无动于衷的岩石，是让他的野心不断遭受打击的石头。

有时候，疲惫和焦虑压得他实在喘不过气来，他真想就地躺下，蜷起双腿，睡上几个星期。他也想像因为游戏和激动而精疲力竭的孩子那样放声大哭，他对自己说，泪水或许能够冲开一直紧紧扼住他胸口的阀门。阳光，加上失眠，他觉得自己快要疯了。他的灵魂被黑暗占领，还混杂着战争的记忆和对渐渐临近的贫困的想象。阿米纳想起了大饥荒的年代。他大概十岁或者十二岁的模样，他看见从南方北上的那些家庭，还有牲畜，都是瘦骨嶙峋，饿得发不出一点声音，脑袋上都是头癣。他们拥向城市，默默乞讨，饿死的孩子就埋在公路旁。他感觉整个世界都在承受痛苦，成群饿得半死的人跟在他后面，而他无能为力,因为很快他也会成为他们当中的一分子。这个噩梦一直纠缠着他。

★

阿米纳却没有任由自己被打倒。受到一篇文章的启发,他决定投入养牛事业。有一天,玛蒂尔德从学校回来的时候,在离农庄两公里的地方看到了阿米纳,他就在公路边,和一个瘦弱的男人走在一起。那个男人穿着脏兮兮的带风帽长袍,趿拉着两只破拖鞋,弄得脚上都是伤。阿米纳微笑着,那男人拍了拍他的肩膀。看上去他们似乎是老相识。玛蒂尔德在路边停了下来。她从车上下来,整了整裙子,向他们走去。阿米纳似乎有点局促,但还是替他们做了介绍。男人叫布沙伊伯,阿米纳才和他谈成一笔交易,非常骄傲。他用家里剩下不多的一点积蓄,买下了四五头牛,日后将由这个农民每天赶到阿特拉斯山脉的牧场上放养。等牛卖了之后,利润两人平分。

玛蒂尔德一直盯着那男人。她不喜欢他的笑容,因为他笑起来一点也不坦率,就像是喉咙受到刺激后的一阵干咳。他总是用他肮脏的、瘦长的手指去挠脸,这个动作给玛蒂尔德留下了非常可怕的印象。和玛蒂尔德说话的时候他从不直视她,玛蒂尔德很清楚,这不仅仅是因为她是个女人,是个外国女人。这个人会耍他们的，她可以肯定。晚上，她和阿米纳谈起了这些。她等到孩子们都睡觉了，丈夫也躺在了扶手椅里。她试图说服丈夫不要和这个男人有生意上的往来。她觉得自己的理由有点说不出口，就只是直觉，不好的预感，她只是觉得这个农民外表看起来不那么讨人喜欢。阿米纳发火了："就因为他是个黑人你才这么说，因为他是个生活在山里的乡巴佬，因为他不了解城市的做派。你一点也不了解这些人，你也不可能了解。"

第二天，阿米纳和布沙伊伯去了牲畜市场。市场在公路旁，位于原来用来抵抗游牧部落抢劫、保护市民的城墙遗迹和几棵树木之间，山区的农民在树下铺了毯子。天气热得可怕，阿米纳闻到一股牲畜的恶臭，还有农民身上散发出来的尿水和汗水的味道。有好几次，他感到自己想吐或不舒服时，便拿袖子捂住鼻子。牲畜都很瘦，不太闹腾，垂头盯着地面。驴子，山羊，还有几头牛，别人对它们怎么样，似乎它们并不在乎。它们恹恹地嚼着稀稀拉拉的蒲公英、发黄的野草，还有几束巴库拉草。它们在等，安静、顺从，等着从一个残忍的人转到另一个残忍的人手里。农民都很激动。他们大声吆喝着重量、价格、畜龄以及用处。在这个贫瘠、干燥的地方，为了能种地，收割，照顾动物，人们也要斗争。阿米纳跨过一堆堆扔在地上的黄麻，小心翼翼地，生怕踩上在阳光下晒干了的动物粪便,他径直走向市场的西头,牛都集中在那里。

布沙伊伯和卖牛的打了声招呼。这是一个秃头的老年男人,围着白色头巾,他干脆利落地打断了布沙伊伯习惯性的寒暄。阿米纳用科学的态度谈论动物,他问的都是技术问题,老年男人根本回答不了。阿米纳就是想要用明了、粗暴的方式和他讲清楚,他们俩根本不是同一个世界的人。农民很恼火,嘴里嚼着黄色铃兰花的茎,发出和他卖的牛一样的声响。布沙伊伯又把事情揽了过来。他将指头插入牲口的鼻子里,用手摸摸牲口的屁股。布沙伊伯拍着牲口主人的肩膀,问他牛种的问题,还有牛的排泄物如何,他向卖主表示祝贺,说他把牲口照顾得很好。阿米纳往后退了几步,他竭尽全力,不让别人看出他的愤怒和疲惫。讨价还价持续了几个小时。布沙伊伯和卖主说的都是废话,总是先谈定了一个价格,接着就有一个人改了主意,威胁说不行就走,然后是长时间的沉默。阿米纳知道谈价格就是这样的,就像游戏,又像是仪式,但是他还是好几次想要发火,打断这些可笑的传统。下午即将结束,太阳眼见着就要从阿特拉斯山脉背后消失,一阵凉风扫过市场。两个人从卖主手上接过四头健康的牛后,和卖主拍了一下手掌。

布沙伊伯准备离开合伙人回到山顶的村庄时,他表现得很讨人喜欢。他夸奖阿米纳作为一个生意人的素质,夸他谈生意的方法。他发表了一通演讲,关于山区部族的荣誉感,关于说话算话。他和阿米纳说法国人的坏话,说他们都是些喜欢怀疑别人,什么都要走程序的人。阿米纳想起了玛蒂尔德,表示同意。这一天让他觉得精疲力竭,他只想着回到家,和自己的孩子们在一起。

在接下来的几个星期里,布沙伊伯经常会派人给农庄送信。送信的是一个小腿上长满疥疮,疥疮上的脓包招来很多苍蝇的牧人。小伙子也许从来没有吃饱过。他用带有一种诗意的口音谈论起阿米纳的牛,他说山坡上的草很新鲜,说牲口越长越肥,肉眼可见。他说到这些的时候,发现阿米纳的脸上都在放光,能给这家人带来快乐,他感到很幸福。他后来又来过一两次,每次都带着同样的馋相喝茶,玛蒂尔德应他的要求,放三勺糖。

小伙子不再来了。两个星期过去,阿米纳开始着急了。玛蒂尔德只要问起这件事,他就气不打一处来:"我已经和你说过了,别掺和到这件事情里来。这里就是这样的。还轮不到你来教我如何打理农庄!"但是他也怀疑,所以深受折磨。夜里他失眠。精疲力竭之下,恐慌得要发疯的他打发了一个雇工去打听情况,但是雇工一无所获地回来了。雇工没有找到布沙伊伯:"山里很大,贝尔哈吉先生。没有人听说过他。"

一天,那男人来了。布沙伊伯出现在农庄大门前,面庞消瘦,眼睛通红。看到阿米纳走向他,他用双手敲打自己的脑袋,抓挠面颊,发出走投无路的野兽的叫声。他喘不上气来,阿米纳一点也没有听懂他的解释。布沙伊伯不停地重复道:"小偷,是小偷!"他的眼里满是恐惧。他说一伙全副武装的家伙夜里闯进来。他们将守门的打了一顿,然后把他们绑起来,之后把所有的牲口都装上卡车带走了。"牧人毫无办法。他们很正直,工作也很好,但是面对卡车和武器,这些小伙子又能怎么办呢?"布沙伊伯瘫坐在扶手椅中。他把手放在膝盖上,哭得像个孩子。他说他受到了前所未有的侮辱,说他永远也不能洗刷这样的耻辱。喝了一口他放了五块糖的茶之后,他又加了一句:"这对我们来说是极大的不幸。"

"我们去宪兵队。"阿米纳面对农民站着。

"宪兵队!"男人开始哭泣,他绝望地摇摇头,"宪兵队根本没有办法。这些小偷,魔鬼,猪狗不如的东西已经跑远了。我们怎么能找到他们的踪迹呢?"接着他嘟嘟囔囔地说了一通山里人的不幸,说他们远离一切,承受暴力,听凭老天的安排。他哭自己的命运,抱怨旱灾、病痛、分娩时死去的女人、刁滑的官员。阿米纳拉住他的胳膊时,他还在抽泣。

"我们去宪兵队。"尽管阿米纳的个子赶不上农民,但是他自有威严。他年轻、倔强,因为在田间劳作,胳膊上全是肌肉。布沙伊伯知道他打过仗,在法国人的部队中当过军官,因为他的英雄行为,还受过勋。阿米纳抓住布沙伊伯长袍的袖子,紧紧地攥着,后者没有反抗。他们上了汽车,夜幕突然包围了他们。一阵沉默。尽管夜凉如水,布沙伊伯还是在流汗。阿米纳时不时地看他一眼。他盯着路灯惨淡灯光照射下的农民的手,担心他出于疯狂或者绝望,扑上来痛打他一番,然后逃走。

宪兵队的房子出现在视野里。布沙伊伯绝望的口气置换成了讽刺的话语。"你怎么会认为这些无能的人可以帮助我们呢?"他重复道,耸了耸肩膀,就好像阿米纳的幼稚是他所见到的最可笑的事情。他们在大门前停了下来,布沙伊伯坐着不动。阿米纳绕过车子,把副驾驶一侧的门打开,他说:"你过来。"

阿米纳凌晨时分才回的家。玛蒂尔德坐在厨房的桌子前。她正努力给阿伊莎编辫子,阿伊莎使劲抿住嘴才没哭出声来。他看着她们,冲她们笑了一下,什么也没有说,向卧室走去。他没有告诉玛蒂尔德,宪兵就像接待一个老熟人一样接待了布沙伊伯。他们笑着听完他关于山林小偷的故事。然后,他们一副吃惊的表情,问道:"你和我们说说,那卡车什么样?还有这些可怜的牧人,他们伤得不重吧?也许他们能来做证?再讲讲小偷来的情形。可得把这个故事记好了,实在太好笑了。"阿米纳觉得他们笑的是他。他,他自以为自己是个大地主,行为举止都是殖民移民的做派,却终于被他遇到的第一个耍惯嘴皮的人当傻瓜一样愚弄了。布沙伊伯将会坐几个月的牢。但是这安慰不了阿米纳,也偿还不了他的债务。实际上农民说得很有道理,去警察局什么用也没有,除了再多糟蹋一点他的名声外。不,阿米纳就应该揍这个乡巴佬,这坨屎。揍他,直到把他揍死为止。谁会说些什么呢?难道在什么地方还会有一个女人,有一个孩子,有一个朋友,会来找寻这个微不足道的人?或许,所有认识布沙伊伯的人知道他死了,都会长舒一口气。阿米纳应该把他的尸体当作礼物送给豺狼和老鹰,这样至少他还有了复仇的感觉。警察局,他该是有多蠢啊。

第三章

起床的时候阿伊莎感到很轻松。这是圣诞节假期的第一天,她躺在床上,在羊毛毯下祈祷。她为父母祈祷,他们看上去是那么不幸;她为自己祈祷,因为她想好好的,想要拯救他们。自从他们在农庄生活以后,父母就一直争吵不休。前一天夜里,母亲撕烂了她的两条裙子。她说她再也忍受不了这些破衣烂衫了,如果父亲再不给她钱添置衣裳,她就光着身子出去。阿伊莎双手紧握,祈求耶稣,千万不要让母亲一丝不挂地走在大街上,她请求主千万别让他们遭受这样的侮辱。

在厨房里,玛蒂尔德将塞利姆放在膝头,轻抚着她挚爱的小儿子卷曲的头发。她带着疲倦的神色望着沐浴在阳光下的院子,还有被衣服压弯了的晾衣绳。阿伊莎请求妈妈给她准备一个小的食物篮。"我们可以陪你去散步,你不相信吗?你不愿意等我们吗?"她暗暗地看了弟弟一眼,她觉得这个弟弟懒得很,又总是唉声叹气的模样。她才不要带任何人,她知道怎么走。"大家都在等我。我走了。"阿伊莎向门口跑去,挥了挥右手便消失了。

她不停地跑啊跑啊,一直跑到离家将近一公里的小村落,在另一面山坡,一片木瓜树后面。奔跑给她一种任何人也无法触及她的感觉。她跑啊跑啊,这种印刻在身体里的节奏让她什么也听不见,什么也看不见,将她包裹在一种幸福的孤独中。她跑啊跑啊,待到跑得胸口发痛,喉咙口充斥着灰尘和血腥的味道,她就会吟诵《主祷文》获取勇气:"愿你的国降临,愿你的旨意行在地上……"

小村落到了,她气喘吁吁,双腿被荨麻弄伤了,红红的。"……如同行在天上。"村落有五间破屋子,孩子和鸡在屋子前面蹦蹦跳跳的,屋子里住的都是种田的雇工。衣服就晾在吊在两棵树间的绳子上。在屋子后面的,是白色石头垒成的小丘,祖先应该就埋在这下面。这一条满是灰尘的小路,还有畜群经过的山坡,就是他们看过的唯一风景,甚至死后也是。伊托和她的七个女儿住的屋子就在这里。在这一片,这个女人之家很是出名。当然,生到第五个女儿时,就有人笑话了。邻居们都嘲笑父亲巴米卢,他们怀疑他精子的质量,说他是给他的一个老情人下了蛊。听到这个,巴米卢感到非常愤怒。但是到第七个女儿出生之后,一切都反了过来,人们的想法完全变了,方圆几公里内,大家都认为巴米卢是受到神的祝福的人,这家人自有一种魔力。他得到了"七女之父"的称号,这个称号给他带来了满满的骄傲。换了别人也许会哀叹:多么令人烦恼!多么令人恐惧!成天在田间游荡的姑娘,男人会上前搭讪,觊觎她们,让她们怀孕!而且要把她们嫁出去得花多大一笔嫁妆啊!然后卖给出价最高的人!但是宽厚、乐观的巴米卢却是感到笼罩着荣光,在这个充满了女性味道的家里他感到非常幸福,孩子们的声音让他想起春天到来之时的鸟鸣。

七个姑娘中的大多数继承了母亲的高颧骨和浅色头发。老大老二是棕红色的头发,四个姑娘是金色的头发,她们下巴上都用散沫花染料画上了图案。长长的头发编起了辫子,垂在腰际。明黄和胭脂红的彩色缎带遮掉了一部分宽阔的额头。她们都戴着沉重的耳环,耳垂都被拉长了。但是,所有人都注意到,她们的独特之处在于她们笑起来很美。她们的牙齿都是小小的、白白的、亮亮的,就像珍珠一样。甚至伊托那么老了,而且总是喝放了很多糖的茶,也依然有如此灿烂的笑容。

有一天,阿伊莎问巴米卢多大。"我至少一百岁了。"他很认真地回答道。阿伊莎感到非常震撼:"是不是因为这样你才只有一颗牙齿了呢?"巴米卢笑了,没有睫毛的小眼睛闪闪发亮。"可能是因为老鼠。"他装出一副神秘的样子,凑到孩子耳边低语。外面,姑娘们和伊托都在傻笑。"有天夜里,我因为在田里干活,干得太累了,结果正吃着饭我就睡着了,嘴里还留着一块浸过糖茶的面包。我睡得很沉,都没有感觉到一只小老鼠爬到身上来,吃了我嘴里的面包,还偷了我所有的牙齿。等我醒来的时候,就只剩下了一颗牙。"阿伊莎发出一声惊恐的尖叫,屋子里的女人放声大笑。"别吓唬他,爸爸①!别担心,我的姑娘②,在您农庄的家里没有这样的小老鼠。"

★

自从阿伊莎上学之后,她就没有时间到这里来了。伊托看到她,发出了尖叫和笑声。她喜欢主人的这个姑娘,她稻草一般乱蓬蓬的头发,她羞涩的样子,还有她的小篮子。她就像是自己的孩子,因为伊托亲眼看到小姑娘从她母亲阴道里出来,也因为七个女孩中最年长的那个,塔莫,自打主人到了农庄之后就在他们家里干活。阿伊莎找孩子们玩,但是在正中的这间大堂屋里一个人也没有,平常他们都在这间屋子里吃饭睡觉,巴米卢也在这间屋子里骑在老婆身上,根本不在乎孩

① 原文为阿拉伯语。
② 原文为阿拉伯语。

子们在不在。房间阴冷潮湿,炉灶冒出的烟味让阿伊莎觉得呼吸有些困难。伊托正蹲着,用一块硬纸板在扇。她用另一只手打了一个鸡蛋,放在木炭上煎好之后,放了一勺孜然。然后她把鸡蛋递给阿伊莎:"这是给你的。"孩子就地坐下,用手指抓着吃了。伊托轻抚孩子的背部,看到蛋黄顺着孩子小衬衫的领子流下来,禁不住笑了,而这件小衬衫,还是玛蒂尔德花了两夜的时间缝制的。

拉比娅来了,跑得两颊发紫,她只比阿伊莎大三岁,但已经完全不像个孩子了。在阿伊莎的眼里,拉比娅就是她母亲的左膀右臂。她削蔬菜皮削得和母亲一样灵巧,她会清洗被鼻涕糊住了的鼻子,她能够在树根下找到锦葵,剁碎后做菜。她的手和阿伊莎的一样细腻,但是却会揉面,在收获季节还会用长杆打落橄榄,张网兜住。她知道不能去爬太潮湿的树枝,因为容易滑倒。她会吹口哨,流浪狗听到她的口哨便吓得跑开了,垂着尾巴,后腿发抖。阿伊莎很喜欢伊托的孩子们,她看她们玩游戏,虽然并不是很明白。她们一个接在一个后面跑,一个拉着另一个的头发,有时候她们也会扑向前面那个,来回摇摆,把仰面躺倒的那个逗得咯咯直笑。她们喜欢给阿伊莎乔装打扮,逗弄她。她们给阿伊莎的背上挂上一个布娃娃,给她脑袋缠上一条脏兮兮的围巾,她们拍击手掌,命令她跳舞。有一次,她们试图说服她也在手上和脚上用散沫花染上图案。好在伊托在事情还没有发生之前阻止了她们。她们用一种具有讽刺意味的尊敬,叫阿伊莎"主人的女儿"①,还补充问道:"你也不比我们好,不是吗?"

有一天,阿伊莎和拉比娅谈起了学校,拉比娅的态度立即发生了巨大的变化。她是多么同情阿伊莎呀!她把寄宿学校想象成监狱,监狱里的大人用法语吼,小孩子瑟瑟缩缩。一座无法享受四季的监狱,每天都得坐在那里,听任那些残忍的大人的摆布。

小姑娘往田野跑去,没有人问她们去哪里。黏稠的、厚厚的泥土粘在鞋子上,她们的脚步越发艰难。她们不得不用手指抹去鞋底的泥,与大地的接触让她们开心地笑了起来。她们坐在树下,跑得累了之后,她们有点无精打采,用手指抠进地面上的小洞,如果发现了肥壮的蚯蚓,就用手指捻死。她们总是想知道"里面"藏着什么东西:动物的肚子里,花茎里,树干里。她们想要剖开世界的五脏六腑,希望能够洞穿这个世界的秘密。

这天,她们谈起了逃跑,谈到去冒险,想到未来可能得到的巨大自由,她们笑了起来。但是很快她们就感觉到了饥饿,风变得冷了,太阳开始落山。阿伊莎请求好朋友陪她走回去,她害怕一个人回家,在石子路上她拉住了好朋友的臂弯。就

---

① 原文为阿拉伯语。

在离家不远的地方,拉比娅看到了一大堆稻草,那是雇工没有放进牲畜棚的,就在谷仓下面。"来呀。"她对阿伊莎说。阿伊莎生怕让人觉得她胆子小,于是跟了上去。多亏了谷仓顶上的一架橘色的旧梯子,她们爬上谷仓顶。拉比娅笑着,小胸脯一起一伏,她说:"看我!"然后她跳了下去。

几秒钟的时间,一点声响也没有,就像拉比娅的身体蒸发了一般,就像她被神灵掳了去。阿伊莎停止了呼吸。她慢慢走到谷仓顶部的边缘,往下探出身,用细弱的声音叫道:"拉比娅?"过了一会儿,她觉得自己听到了一声嘶哑的喘气声和抽泣声。她如此害怕,迅速从梯子上下去,跑回了家。她看到玛蒂尔德坐在扶手椅上,塞利姆在她的脚边。母亲站起身,她正打算训斥女儿,说她简直让人担心坏了。但是阿伊莎扑向她,抱住了母亲的腿:"我觉得拉比娅死了!"

玛蒂尔德叫来了正在厨房睡得惛惛懂懂的塔莫,她们一起往谷仓跑去。看到倒在稻草上血迹斑斑的妹妹,塔莫发出了惊叫声。她叫着,两眼翻白,玛蒂尔德为了让她镇定下来,给了她一记耳光,直接把她打倒在地。玛蒂尔德弯下身去看孩子,发现小姑娘的胳膊被埋在稻草里的一把镰刀割伤了。她将她抱起来,跑回家中。她一面不停地轻抚着晕厥过去的小姑娘的脸,一面试图叫个医生,可是电话坏了。她的下颌在颤抖,这让阿伊莎感到很害怕,她在想,可能拉比娅会死,那所有人都会讨厌她的。一切都是她的错,明天,她就要面对伊托的仇恨,巴米卢的愤怒,整个村子的诅咒。她双脚跳来跳去,双腿发麻。

"该死的电话,该死的农场,该死的国家!"玛蒂尔德将电话扔到墙上,叫塔莫把妹妹安置在客厅的沙发上。有人拿来了蜡烛凑近孩子,孩子一动不动,在蜡烛的光里像极了一具即将火化的完美尸体。塔莫和阿伊莎什么也没说,她们也没有瘫倒在地上,既是因为害怕玛蒂尔德,也是因为崇拜她,这会儿她正在她用作药箱的箱子里翻找些什么。她冲拉比娅弯下身,时间似乎停止了。只能听到她吞咽口水的声音,剪开纱布的声音,剪断用来缝合伤口的线时剪刀发出的声音。她将一块浸了古龙水的薄布敷在拉比娅的额头上后,说道:"行了。"这会儿拉比娅已经醒了,发出一声呻吟。等阿米纳回来的时候,因为害怕而心事沉重的阿伊莎已经睡了很久,玛蒂尔德却一边哭一边叫。她诅咒这个屋子,她说再也不能继续这样的生活了,这就像野蛮人一样,说她再也不能让她的孩子再多冒一分钟的生命危险。

★

第二天,玛蒂尔德在黎明时分就醒了。她走进女儿的房间,女儿身边是拉比娅。她小心翼翼地查看了给拉比娅包扎的伤口,接着,她在两个孩子的额头上各吻了一下。在女儿的书桌上,她看到基督将临期①的日历上用金色的字母写着"1953年12月"。这日历是玛蒂尔德自己做的,她做了二十四扇小窗子,此刻她发现这二十四扇小窗户都关着。阿伊莎说她不喜欢糖果。她从来不要什么,法式软糖,或是玛蒂尔德藏在一排书后面的烧酒糖渍樱桃。孩子那么老成持重,这让她颇为恼火。"她和她爸爸一样严肃。"她想。丈夫已经去了农田,她此时坐在正对着花园的一张桌子前,身上包着一床毯子。塔莫拿来了茶,她冲玛蒂尔德微微弯下身站着,玛蒂尔德嗅到一股味儿。她讨厌保姆的气味,她忍受不了她的笑,她的好奇,她不讲卫生的样子。她觉得她不干净,就是个农民。

塔莫发出赞叹的叫声。"这是什么?"她指着贴有金光闪闪的星星的日历说。玛蒂尔德敲了一下保姆的手指。

"你别动。这是为圣诞节准备的!"

塔莫耸耸肩膀,回到厨房。玛蒂尔德冲坐在地毯上的塞利姆弯下身。她舔了舔塞利姆的食指,然后将他的食指浸入塔莫端来的糖茶里。塞利姆已经懂得味道了,他吮吸着指头,说了声谢谢。

_____

① 指的是圣诞节前的四星期。

几个星期以来,玛蒂尔德总是说,这个圣诞节要像以前她在阿尔萨斯的时候那样过。他们还住在贝里玛的时候,她并没有坚持要松树、礼物和教堂的那种环形灯架。当时她没有任性,因为她明白那是不可能的,在伊斯兰教区的中心,那间黑乎乎的、安静的屋子里,怎么可能安放她的上帝和仪式。但是阿伊莎如今已经六岁,玛蒂尔德梦想着,觉得应该是她在这间自己的屋子里,给女儿一个难忘的圣诞节的时候了。她知道,学校里的小女孩都会炫耀自己将会收到的礼物,妈妈给她们买的漂亮裙子,她不希望阿伊莎被剥夺这样的幸福时刻。

玛蒂尔德上了车子,开上这条她熟记在心的公路。时不时地,她将左手伸出窗外,招呼那些将手放在胸口向她致意的雇工。她一个人的时候,总是把车开得很快,有人会向阿米纳告状,阿米纳禁止她冒这种险。但是她就是想这样穿越风景,激扬尘云,让生活一路前进,能有多快就多快。她来到了海迪姆广场,在街区的高处停好了车。在出汽车之前,她在衣服外面套了件带帽子的长袍,用头巾围着头发系上,往下拉一拉遮住了脸。几天前,她的车子被石头砸了,坐在后座上的孩子受到了惊吓,大叫起来。她没有告诉阿米纳,因为她害怕阿米纳禁止她出门。他总是说,法国女人在伊斯兰教区是很危险的。玛蒂尔德不看报纸,也很少听广播,但是小姑子塞尔玛的眼睛里是满满的促狭,和她说摩洛哥人民很快就会取得胜利。她笑着说,有个摩洛哥小伙子因为没有抵制法国货,就被惩罚吞下了一包香烟。"有个邻居被人用剃须刀打了,嘴唇因此被割伤。据说是因为抽烟,冒犯了真主。"在欧洲街区,学校门口,母亲们也没少讲,声音很大,也很严厉,她们说遭到了阿拉伯人的背叛,而她们却是非常尊重这些阿拉伯人的。她们希望玛蒂尔德听到这类故事——法国人被劫持,被山里人折磨,因为她们觉得,玛蒂尔德就是这类残忍罪恶的同谋。

把身体和脸都遮好之后,她出了汽车,向婆婆家走去。一层层的布料下她满头大汗,有时她会将头巾往下拉一点,好喘上口气。这样的装扮给她一种奇怪的感觉。她就像一个玩过家家的小女孩,而这种僭越让她感到迷醉。她不动声色地走过,成为众多幽灵中的一个,没有人会猜到面罩下的是一个外国女人。她打一群卖布费克兰花生的小伙子身边经过,在一辆有篷的两轮小货车前停了下来,摸了摸肉嘟嘟的、橘色的欧楂。她用阿拉伯语和小贩讨价还价。小贩是个瘦瘦的、看上去有点狡猾的农民,最后用很便宜的价格卖了她一公斤。她很想拉下面纱,让他看看她的脸,她绿色的大眼睛,然后对小贩说:"我可不是你想的样子!"但是她觉得这个玩笑很蠢,放弃了可以嘲讽这些天真的路人的念头。

她垂下眼眸,面纱一直拉到鼻子上,她觉得这样就仿佛消失了一般,她也不知道自己究竟在想些什么。如果说这样一种消失于人群的状态能够给予她保护,甚至让她有点欣欣然,那么它就像是一个深渊,她会不由自主地往下沉,每走一步,都好像是失掉了一点她的名字、她的身份。遮住了脸,就遮住了自己主要的那一部分。她成了一个影子,一个大家熟悉的人物,但是没有名字、性别和年龄。她很少有勇气和阿米纳谈起摩洛哥女性的生存条件,谈起从来没有出过家门的穆依拉拉。可即便这少有的几次,她的丈夫也总是打断话头:"你抱怨什么呢?你是欧洲人,谁也不能阻挡你干任何事。所以你管好自己就行了,我母亲该怎么样就怎么样。"

但是玛蒂尔德还是坚持要讲,出于一种很矛盾的心理,因为她抵抗不了争论的欲望。晚上,阿米纳已经被田间地头的工作弄得精疲力竭,满心忧愁,压根儿想不了什么事,而她还是要谈起塞尔玛、阿伊莎的未来,这些姑娘年龄都还小,但是命运尚不明确。"塞尔玛应该上学,"她说,如果阿米纳保持冷静,她就会继续说下去,"时代变了。你也该想想你的女儿。可别和我说你也要把阿伊莎培养成一个逆来顺受的姑娘。"这时玛蒂尔德就会用她那带有阿尔萨斯口音的阿拉伯语提起1947年4月阿伊莎夫人说过的那些话。正是为了向这位苏丹的女儿表达敬意,他们才给第一个孩子选了这个名字,玛蒂尔德一直不断提起这一初衷。民族主义者不是也在独立的愿望之中加入了对女性解放的鼓励吗?越来越多的女性接受教育,穿带帽的长袍,甚至还会穿欧式服装。阿米纳同意她的主要观点,他嘟囔着,但并没有承诺。有时,在田间道路上,和雇工们在一起的时候,他会想起这些对话。谁会要一个道德败坏的姑娘?他想,玛蒂尔德什么都不明白。他想起自己的母亲,她的一生就是在封闭中度过的。小的时候,穆依拉拉没有权利和兄弟一起上学。接着,西·卡杜尔,她死去的丈夫,在伊斯兰教区建了房子。他在习俗上让了一步,房子的二楼有一扇唯一的百叶窗,穆依拉拉有权靠近窗户。卡杜尔的现代性也仅止于此,而他见到法国女性还会行吻手礼,会花钱在梅尔斯找个犹太妓女,但事关妻子的名誉,他也不会走得更远。阿米纳还是个孩子的时候,他有时会看见母亲透过百叶窗的缝隙看马路上的风景,她会把食指放在嘴上,表示这是他们俩之间的秘密。

对于穆依拉拉来说,世界自有其不可逾越的边界:男人和女人之间,穆斯林、犹太人和基督徒之间。她想,要想和睦相处,最好彼此就不要遇见。如果每个人都在自己的位置上,那和平就能够继续下去。她将修锅、编织草框这类的活交给犹太街区的犹太人,她还会让那个瘦弱的、面颊上都是绒毛的裁缝给她带点家里活计必不可少的针头线脑来。她从来没有见过卡杜尔的欧洲朋友,而卡杜尔自诩是个现代人,喜欢穿欧式罩袍和带褶裥的裤子。早晨,她打扫丈夫专用的客厅时,即便发现了玻璃杯和烟头上有口红的印记,她也不会多问。

　　阿米纳爱自己的妻子,很爱,对她充满了欲望,以至于有时夜半醒来,都想要咬她,吞了她,完全地占有她。可他也会对自己产生怀疑。当时脑子怎么就抽了一下风,竟然觉得自己能和一个欧洲女人生活在一起,而且是像玛蒂尔德那么解放的女人。就是因为她,因为这痛苦的矛盾,他觉得自己的生活处在歇斯底里的摇摆之中。有时,他感觉到一种强烈而残忍的需要,想要回到自己的文化中,一心一意地爱他自己的神,爱他的语言和他的土地,但是玛蒂尔德的不理解让他发疯。他想要一个和母亲一样的妻子,话说到一半就能够明白,耐心,有这个民族的女性特有的克己,少说话,多干活;一个在晚上默默地、忠心地等他回来,看着他吃饭,觉得自己的幸福和光荣就在这里的女人。玛蒂尔德让他变成了一个叛徒,一个异端分子。有时他真想展开拜毯,将额头贴在地上,听内心里和孩子们的嘴巴里冒出来的祖先的语言。他梦想做爱时也用阿拉伯语在蜜色皮肤的女人耳边温言软语,就像对小孩子们说的那些话。而在另一些时刻,当他回到家里,妻子跳着搂住他的脖子,当他听到浴室里传来女儿的歌声,当玛蒂尔德弄些小情趣,开些小玩笑,他又是那么享受,他觉得自己比别人都要优越。他感觉自己不再是泯然众人矣,他必须承认战争改变了他,现代性也不无好处。他为自己感到羞耻,为自己的不坚定感到羞耻,而且他知道,为此付出代价的是玛蒂尔德。

★

　　来到带铆钉的大门前,玛蒂尔德抓住门环,重重地叩了两下。雅斯米娜过来开了门,她把裙子卷了上去,小腿上都是卷曲的汗毛。这会儿是早晨十点左右,但是家里静悄悄的。只有躺在地上的猫发出的声音,还有保姆把拖把甩在地上的声音。在雅斯米娜惊讶的目光下,玛蒂尔德脱了罩袍,把头巾扔在扶手椅上,她一路小跑上了楼。雅斯米娜在咳嗽,她往井里吐了一口灰绿色的、黏稠的唾沫。

　　楼上,玛蒂尔德看到了正在长凳上睡觉的塞尔玛。她很喜欢这个任性反叛的小姑娘。她才过了十六岁生日,不太讲规矩,但不乏优雅,穆依拉拉很爱她,总是给她好吃的。"她吃得太多了。"有一天玛蒂尔德提醒阿米纳说。是的,太多了,但还是不够。塞尔玛生活在母亲盲目的爱和兄弟粗暴的保护中。自从她臀部和胸部发育之后,塞尔玛宣布自己已经可以上战场了,而她的兄弟们就克制住自己,不再让她倚着墙跳舞。奥马尔比塞尔玛大十岁,他说他已经感觉到塞尔玛身上有一种反叛的倾向,一种难以驯服的劲头。他有点嫉妒她所享有的保护,嫉妒母亲姗姗来迟的,对他却完全没有过的温柔。塞尔玛的美让她的兄弟们变得神经质,就像感受到暴风雨即将来临的动物。他们想要提前揍她一顿,把她关起来,免得她干蠢事,免得一切都太迟。

随着时间的流逝,塞尔玛越来越美,那是一种让人不舒服,让人愤怒的美,让人觉得无所适从,就好像会宣告最不幸的事情的来临。每每看着她,玛蒂尔德就在想,像她这样美的人自己作何感受呢?她会不适吗?美会有重量、味道吗?美会可靠吗?塞尔玛能不能意识到,她的存在会引起不安,引起骚动?她如此细腻如此完美的轮廓,如此可爱的脸庞会让人情不自禁地陷进去?

玛蒂尔德是一个妻子,一个母亲,但是非常奇怪的是,两个人中,塞尔玛却更加女性化。战争在玛蒂尔德的身体上留下了痕迹,她在 1939 年 5 月 2 日过了十三岁生日:她的乳房迟迟才发育,就好像因为害怕、匮缺和饥饿萎缩了;她的头发是一种淡金色,非常细,就好像婴儿的毛发一般,透过头发都能隐约瞥见头皮。塞尔玛则正相反,浑身上下散发着一种自信的肉欲的味道。她的眼睛很黑很亮,就好像穆依拉拉的盐渍橄榄。她的眉毛很浓,头发也很浓密,发际很低,嘴唇上方有一层淡淡的棕色绒毛,这让她有点像比才①或梅里美②笔下

---

① Georges Bizet(1838—1875),法国作曲家。
② Prosper Mérimée(1803—1870),法国小说家。

的女主人公。不管怎么说,玛蒂尔德觉得地中海周围的女人就是这种类型的:毛茸茸的、充满热情的、狂热的棕发女人,足以令男人发疯。尽管还很小,但塞尔玛懂得扬起下巴,抿住嘴唇,扭动右胯,这都让她具有一种爱情小说女主人公的气质。女人都很讨厌她。在中学里,她的女老师总是针对她,不停地训斥她,惩罚她。"这是一个反叛、傲慢的少女。要知道,我只要背过身去就很担心。知道她在那里,坐在我身后,我就会有恐惧之感,我也知道这没道理。"她对玛蒂尔德这样说过,因为是玛蒂尔德承担着监督小姑子学习的任务。

★

1942 年,阿米纳被囚禁在德国的时候,穆依拉拉平生第一次走出了熟悉的贝里玛的街道。她和奥马尔、塞尔玛一起坐火车到了拉巴特,阿米纳就是在那里的总指挥部应征入伍的,她希望能给她最亲爱的长子寄个包裹去。穆依拉拉上了火车,她穿着白色的长袍。当火车离开车站,冒出滚滚浓烟,发出长鸣的时候,她有些害怕。她盯着站台上的男男女女,看着他们徒劳地挥手。奥马尔让母亲和妹妹坐在头等车厢里,那里有两个法国女人。两个法国女人见了他们开始窃窃私语。她们似乎在惊讶,穆依拉拉这样的女性——脚踝上戴着首饰,头发用散沫花染了颜色,手上都是老茧,竟然也会和她们一起旅行,而且就坐在她们身边。头等车厢是禁止当地人坐的,她们简直不敢相信,这些文盲能做出这样的蠢事,这样不谨慎。待到检票员进了车厢,她们不禁激动地颤抖起来。"这出戏马上就能结束了,"她们想,"待会儿就会告诉这个伊斯兰女人,她的座位应该在哪里。她以为她想坐哪里就能坐哪里吗?还有规矩呢。"穆依拉拉从她的长袍下拿出火车票,还有注有儿子被俘消息的军人证明。检票员翻看了证明,搓了搓额头,有点尴尬。"一路顺风,夫人。"他取下鸭舌帽致意,然后就消失在走廊的尽头。

两个法国女人无法相信。这趟旅程就这么被毁了。她们无法忍受这个戴面罩的女人的举止行为。她们也很厌烦从她身上散发出来的香料的味道,她欣赏一路风景的愚蠢的眼神。她们被激怒了,尤其被和她在一起的那个不讲究的小东西给激怒了。这是个六七岁的小姑娘,尽管穿得像是个有产阶级,可也遮掩不了她没有教养的事实。塞尔玛是第一次坐火车,她很是激动。她在母亲膝头竖起身子,嚷嚷着要吃东西,她放肆地吃着糕点,蜂蜜沾得满手都是。她和在过道里走来走去的哥哥大声说话,唱着阿拉伯语的歌曲。两个法国女人当中更年轻一些,同时也是更愤怒一些的那个瞪着小姑娘。"她长得倒是挺漂亮。"她心想。她也不知道为什么,小姑娘的美反倒激怒了她。她觉得小姑娘是从哪里偷来了一张美丽的脸庞,从一个更配拥有这张脸,更会精心对待它的人那里,肯定的。小姑娘很美,可她不在乎这份美,这就让她变得更加危险。尽管车厢拉起了细纱窗帘,但是太阳还是透过车窗照进了车厢,橘色的、温暖的光让塞尔玛的头发闪亮闪亮的。她古铜色的皮肤显得更加柔和,更加细腻。她那长长的、大大的眼睛很像法国女人以前在动物园看过的豹子的眼睛。法国女人想,人类根本不可能有这样的眼睛。"肯定是给她化了妆。"她在朋友耳边说。

"你说什么?"

年轻的法国女人冲穆依拉拉探过身,一板一眼地说:

"不能给孩子化妆。这眼线,眼睛上的。这样很粗俗,你明白吗?"

穆依拉拉打量着她,没明白她在说什么。她转向塞尔玛,塞尔玛笑着将点心盒子递给两个乘客:"老太婆不说法语。你想什么呢!"年轻一点的法国女人被激怒了。她失去了一次显示自己优越性的机会。如果这个当地女人听不懂,她怎么说都没用,她也就不再试图教育她了。接着,就好像是疯了一般,她抓住塞尔玛的胳膊,拉到自己身边。她从包里拿出手绢,往上面啐了口唾沫,然后粗鲁地擦拭着塞尔玛的眼睛,塞尔玛发出号叫。穆依拉拉把孩子拉回来,但另一个仍然坚持埋头苦干。她看了看手绢,让她绝望的是,手绢很干净。她使劲地擦,想向自己同时也向旅伴证明,这个小姑娘就是个荡妇,一个婊子。是的,她知道这些女人,这些棕发女人,她们什么都不怕,她们让她的丈夫完全陷入疯狂。她了解她们,恨她们。奥马尔正在过道上抽烟,被叫喊声惊动了,突然跑了过来:"发生什么事了?"看到戴眼镜的小伙子,法国女人害怕了,她默默地离开了车厢。

第二天,回到梅克内斯后,很高兴给阿米纳寄了信和橘子的奥马尔扇了妹妹一记耳光。她不知道发生了什么。看到她哭了,哥哥对她说:"什么时候你都不能化妆,明白吗?如果你胆敢涂口红,我就让你笑得好看,滚开。"然后他用食指在小姑娘的脸上比画了一个可怕的笑。

★

塞尔玛在床上竖起身来,伸出双臂环住了嫂嫂的脖子,亲吻她的脸。自从认识了之后,塞尔玛就成了玛蒂尔德的向导、翻译和最好的朋友。塞尔玛和她解释这里的习俗、传统和打招呼的方式。"如果你不知怎么回答好,只需要说'阿门'就行了。"塞尔玛教给她怎么装懂,怎么不受别人的干扰。她们俩单独在一起的时候,塞尔玛向玛蒂尔德问个没完。她想了解法国的一切,旅行,巴黎,玛蒂尔德在解放的时候遇到的美国大兵。她什么问题都问,就像一个囚犯问另一个至少成功逃脱过一次的人。

"你来干什么?"她问玛蒂尔德。

"我想要为圣诞节采买些东西,"法国女人轻声说,"你愿意和我一起去吗?"

玛蒂尔德陪着小姑子去到她的卧室,看着她脱衣服。坐在地上的垫子上,她望着塞尔玛纤细的髋骨,略有些脂肪的小肚子,她的乳头颜色发暗,乳房从来不受文胸里金属钢圈的束缚。塞尔玛套了一条黑色的优雅长裙,圆领口非常好地突出了她细腻的颈背。她从一只盒子里拿出一双泛黄的、带有小小的霉点的手套,拿出一种可笑的精致态度戴上。

穆依拉拉很着急。

"我不希望你们在教区里闲逛,"她对玛蒂尔德说,"你不知道,那些人都很好妒。只要能让你们瞎,他们即使失去一只眼睛也行。像你们这样的两个漂亮姑娘,那可不行。教区的人会对你们施魔法的,等你们回来的时候,你们会发高烧,甚至更糟。如果你们想逛,那还不如去新城,在那里你们不会有危险的。"

"可是有什么差别呢?"玛蒂尔德打趣她道。

"欧洲人不那么看,他们不会用邪恶的眼神看人。"

两个姑娘笑着出了门,穆依拉拉在门后站了很久,她颤抖着,愣在那里。她也不明白究竟是怎么回事,她在想,看到姑娘们上马路,她究竟是担心还是快乐。

塞尔玛再也忍受不了这些愚蠢的传说,这些穆依拉拉不停重复的落后的迷信。塞尔玛再也不听她的了,如果她不是害怕被别人说是不尊重老人,她早就用手堵上耳朵。每次母亲要将她置于神灵的保护之下,将厄运挡在身外的时候,她就会闭上眼睛。穆依拉拉没有什么新的东西。她的生活就是原地转圈,总是做着同样的动作,温顺,被动,想到这里塞尔玛就很难受。老人就像这些愚蠢的狗,想着咬自己的尾巴,转得晕头转向,最后哼唧唧地躺在地上。塞尔玛再也无法忍受母亲无时无刻的存在,母亲只要听见门响,就会问:"你去哪儿?"母亲不停地问她有没有饿。没有事情的时候,尽管年纪那么大了,她还是会爬到楼上的晒台,看塞尔玛在干什么。穆依拉拉的关怀,她的柔情沉甸甸地压在塞尔玛心头,在她看来,简直是一种暴力。有时,年轻姑娘真的想要冲着穆依拉拉和女佣雅斯米娜大吼,但是她知道,两个女人都一样是奴隶,尽管其中一个是另一个在市场上买来的。为了锁和钥匙,为了冲出关住她的梦想和秘密的门,年轻的女孩子可以付出一切。她祈祷,命运能够眷顾她,她有一天可以逃到卡萨布兰卡去,可以得到重生。就像那些人在喊"自由!独立!"一样,她也在叫："自由！独立！"但是没有人听到她的叫喊。

她请求玛蒂尔德带她去戴高乐广场。她想要"轧轧马路"，就像新城的少男少女间流行的讲法说的那样。她渴望着能够和他们一样。他们活着，就是为了让大家都看得见，他们沿着共和国大街逛来逛去，步行，或者开车，车子的速度放到最慢，车窗开着，喇叭按到最大音量。她希望像这里的姑娘一样能够让人看见，成为集市上的女王，被选为梅克内斯最美丽的姑娘，在小伙子和摄影师面前搔首弄姿。如果能够在男人的颈窝里印上一吻，尝尝他们的身体是怎样一种味道，知道他们是怎么看她的，她愿意付出一切代价。她还从来没有经历过真正的爱情，但是她不怀疑这是世界上最美好的事物。旧时代的包办婚姻已经结束了。或者，至少玛蒂尔德是这么说的，她愿意相信。

★

玛蒂尔德接受了小姑子的请求，倒不是为了讨她的欢心，而是因为她也的确有东西要在欧洲街区买。塞尔玛现在已经几乎长成个大姑娘了，但是她还是在玩具商店前停留了很久。当她将戴着手套的手放在橱窗上，有个店员立刻跑出来叫道："把手拿开！"大家都怀疑地看着她，看着她穿着欧洲人的衣服,头发在靠近颈部的位置松松地绾了个髻。她不停地调整她的白手套,老是去整自己的裙子,很是可笑,她向行人微笑,幼稚地希望能够遮盖自己的缺点,掩饰自己的不安。在一间咖啡馆门前,三个小伙子看到她后冲她吹口哨,玛蒂尔德看到她抱之以微笑,觉得颇为尴尬。她用手抓住了塞尔玛,加快脚步,因为她害怕有人看见她们,害怕阿米纳会知道这个令人恼火的小插曲。两个人匆匆走向大市场,玛蒂尔德说:"我要买晚饭的东西。你别跑远。"在市场入口,一群女人席地而坐,等着有人招工,带她们到家里做女佣或者照看孩子。她们脸上都戴着面纱,只有一个例外,她一口牙都掉光了,把塞尔玛吓了一跳。塞尔玛想:"谁会要她呢?"小姑娘穿一双黑色平底便鞋,慢慢地走着,在潮湿的卵石街面上拖着脚步。她本来更愿意留在市中心,吃个冰激凌,看看橱窗里的裙子,还有自己开车的那些女人。她本来也想加入那些年轻人的队伍,他们在周四下午举办家庭舞会,就着美国音乐跳舞。透过橱窗,她看见店员在安置一台自动售卖机,那上面有个穿黑衣服的男人,扁扁的鼻子,厚厚的嘴唇,他一直在摇头。塞尔玛站在那尊半身雕像前,几分钟以后,她也摇上了头,就像是个自动娃娃。在肉店,她看到招贴画上的公鸡上方写着这样的句子:"公鸡啼鸣,赊账概允。"她笑了起来。她想要让玛蒂尔德看这张招贴画,玛蒂尔德却很恼火:"你就知道笑。你没看到我忙着吗?"玛蒂尔德很着急。她在口袋里翻腾着。她紧皱眉头,数着小贩递过来的零钱。钱是永不停息的争端。阿米纳指责她不负责任,花钱大手大脚。玛蒂尔德必须坚持,为自己辩护,有时需要请求阿米纳给一点,比如学校的钱、车子的钱、女儿衣服的钱或是做头发的钱。他不相信她的话,指责她是拿钱去买了书,买了化妆品,还有一些不必要的料子,缝制大家都嗤之以鼻的裙子。"是我挣的钱!"他有时吼道。他用手指着桌上的食品,补充说:"这个,这个,都是我工作挣来的。"

在少女时代,玛蒂尔德从来没有想过一个人的自由,似乎这是没有办法想的事情,因为她是个女人,因为她没有接受过教育,她的命运因此只可能与另一个人的命运紧紧联系在一起。等她意识到自己的错误时已经太晚了,现在她有了辨识力,也有了一点勇气,可是已经不可能走了。无论如何,孩子们成了她的根,不管她愿意与否,她已经依附于这片土地。没有钱,什么地方也不能去,这份依附,这份顺从简直让她难过得要死。时光白白流逝,她没有丝毫改观,她一直有一种恶心的感觉,就好像是自己的一个污点,来自她自身的什么东西压迫着她,让她想吐。总是这样,每一次,当阿米纳把一张票子放在她手上,当她因为馋而不是因为需要给自己买一块巧克力,她都要想一想自己是不是配得上。她害怕有一天,老了,在这块陌生的土地上,她一无所有,什么也没有做成。

　　1953 年 12 月 23 日晚上回到家里时,眼前的场景让阿米纳一阵眼花缭乱。他踮起脚尖,走向小客厅,玛蒂尔德点起了几根蜡烛,插在她自己用树叶制作的冠冕上。碗柜上的点心盖了一块绣花布,墙上挂着红色的花环,装点着玻璃球和天鹅绒蝴蝶结。

　　玛蒂尔德成了自己领地的女主人。在农庄生活了四年之后,她证明了自己具有一种能力,就是用有限的东西完成很多事情:用桌布和田间野花来装饰餐桌,把孩子打扮成还算体面的小布尔乔亚,还有就是准备一日三餐——尽管她这个厨娘是抽烟的。她不再像过去那样容易害怕;她知道怎么用拖鞋头碾死虫子,她还能自己把农民送来的整头的牲畜切割成小块。阿米纳很为她感到骄傲,他喜欢看着她在家里忙来忙去的样子,汗津津、红彤彤的脸,袖子挽到肩膀处。妻子的神经质让他感到心悸,他抱着她时,叫她"我的爱""亲亲""我的小士兵"。

如果他能够,他会给她冬天和白雪,让她相信她是在自己的家乡阿尔萨斯;如果他能够,他会在墙里给她凿一个贵族的壁炉,让她能够得到温暖,就像她童年房子里的炉膛。他既不能给她火,也不能给她雪,但是这天夜里,他却没有睡,而是叫醒了两个雇工,让他们跟着,穿越田野。农民什么也没问。他们温顺地跟着主人,待到在乡间走出很远,黑夜和动物的声音包围着他们时,他们想,或许他们落入了陷阱,也许主人是要和他们算账,或者为了他们也不知道什么时候犯下的罪而训斥他们。阿米纳让他们带上斧子,他不停地转过身去,对他们轻声说:"快点,要不然天就要亮了。"两个雇工中的一个,叫亚舒尔的,拽了拽主人的袖子:"先生,这里已经不是我们的地盘了,这是寡妇的土地。"阿米纳耸了耸肩,推了一下亚舒尔:"往前走,闭嘴。"他伸出胳膊,用手上的小探照灯照着路。"那儿。"阿米纳抬起头,就这样停了几秒钟,喉结分明可见,盯着树梢的方向,他看上去很幸福,"就这棵树,那儿,砍下来,带回家。快点,不要弄出声音。"差不多用了一个小时的时间,男人挥舞着斧头,砍向一株小松柏,松柏的树叶如同夜色一般幽蓝。接着,三个男人扛起树,一个抬着树梢,另一个抬着根部,第三个则在中间支撑保持平衡。就这样,他们穿过迈尔西埃寡妇的产业。如果真的有人见证了这一场面,他大概会觉得自己疯了,因为树叶遮挡住了三个男人的身影,看上去就好像这株树横过来自己在走,走向某个未知的方向。两个雇工扛着他们的战利品,没有抱怨,但也不知道刚才究竟发生了什么。阿米纳的名声很好,大家都说他是个诚实的人,可是这会儿竟然成了个小偷,成了个偷猎者,偷女人的东西。再说,既然偷了,为什么不偷动物,偷作物,偷机器?非要偷这么一棵弱小的树?

阿米纳打开门,两个雇工这是平生第一次走进主人的家。阿米纳将手指竖在嘴上,他在雇工的面前脱下鞋子,两个人于是也就和主人一样脱了鞋。他们将树放在客厅中央。树实在太大了,树尖都碰到了天花板。亚舒尔想要搬个梯子来将树锯断,但是阿米纳很恼火。这个人在客厅里那么碍事,阿米纳毫不通融地将他赶了出去。

等到第二天醒来,因为夜里睡得太少,阿米纳疲惫极了,而且肩膀也痛,他轻抚着妻子的背。玛蒂尔德的皮肤湿乎乎的,热得发烫,她微张的唇际流淌出一丝口水,阿米纳感觉到自己对妻子的强烈欲望。他将鼻子埋入妻子的颈窝,没有理睬她的呢喃。他就像一头野兽那样占有她,一声不吭,盲目冲动,他抓挠她的乳房,不顾指甲里的泥垢,将手指插入她的头发。玛蒂尔德在客厅里看见树之后,强忍住才没有叫出声来。她转向跟在自己身后的阿米纳,立刻明白了今天早上,他是在要她的奖赏,之所以他会怀着如此的激情占有她,就是为了庆贺他的胜利。玛蒂尔德围着松柏转了一圈,拾起了几根落下的松针,放在手掌里搓揉,她呼吸着这熟悉的味道。被父亲嘶哑的喘息声弄醒的阿伊莎看到这场面,根本没有弄懂究竟发生了什么。然而母亲如此幸福的样子让她感到很吃惊。

这一天,当玛蒂尔德和塔莫正在给一只雇工带给他们的巨大的火鸡褪毛时,阿米纳去了共和国大街。当他走进一个上了年纪的法国女人开的漂亮商店时,两个女营业员都在嘲笑他。阿米纳低下头,很后悔自己没有换鞋。他的鞋子上满是夜里出去沾上的泥浆,而且他也没有时间让人烫好衬衫。商店里全是人。十来个人站在收银台前面排队,手上满满的大包小包。优雅的女人在试帽子和鞋子。阿米纳慢慢地走近靠在墙上的玻璃展示柜,里面放着女士拖鞋。"您需要什么?"一个年轻的女店员问他,就是刚才不怀好意地嘲笑他的两个当中的一个。阿米纳差点要说自己弄错了。他静默了几秒钟的时间,在思忖应该采取的态度,而年轻姑娘瞪圆了眼睛,歪着头又说道:"穆罕默德,你懂法语吗?你没看到我们还有很多事情要做?"

"这个,我的尺寸,你们有吗?"他说。

店员转向阿米纳指的地方,她带着复杂的神情看了他一眼。

"你是要这个吗?"她问,"扮成圣诞老人?"

阿米纳低下头,就像一个犯了错的孩子。年轻姑娘耸耸肩:"在这儿等着。"她穿过商店,走向仓库。这个男人,她想,也不像是变态的老板打发来买奇装异服逗孩子玩儿的仆人。不,他更像那些在伊斯兰教区的咖啡馆被逮捕的年轻的民族主义者,是她梦想着想要与之睡觉的那种人。但是她很难想象这样的人戴上白胡子和那种丑得要命的帽子的模样。在收银台前,阿米纳不耐烦地跺着脚。他夹着包裹,觉得自己好像是在犯罪,一想到可能会被熟人看到,他就浑身冒汗。回程中,他一边想着即将给孩子们带去的快乐,一边全速在乡间疾驶。

他在车里穿上了衣服,就这样进了屋子。走上台阶,他打开餐厅的门,突然清了清嗓子,用一种老成而充满热情的声音呼唤孩子们。阿伊莎没有反应过来。她转了好几次头,看向母亲和笑个不停的塞利姆。这个圣诞老人怎么来到这里的?戴着红帽子的老人一边捶打肚子一边笑着,但是阿伊莎注意到他没有背着礼物袋,这一点让她感到失望。而外面,在低处的花园里,也没有雪橇和驯鹿。她低下头,发现圣诞老人穿的鞋子和雇工穿的鞋子差不多,是灰色的橡胶靴,上面都是泥浆。阿米纳搓了搓手。他不知道该做些什么，说些什么。他突然之间觉得自己很可笑。他转向玛蒂尔德，而妻子兴高采烈的微笑给了他继续扮演下去的勇气。"孩子们，你们都乖吗?"他用低沉的声音问道。塞利姆的脸色变得苍白起来，他紧紧靠着母亲的腿，伸出手拽着她，哭了。"我害怕，"他叫道，"我怕!"

阿伊莎得到了母亲自己缝制的一个布娃娃。布娃娃的头发，她用的是棕色的羊毛，先用水浸湿，然后涂上油，编好辫子；身子和脸是用一个旧枕套缝的，她绣上了不对称的眼睛，还有微笑的嘴巴。阿伊莎很喜欢这个布娃娃，因为母亲还特意洒上了她自己用的香水。她还得到了拼图、书以及一盒糖。塞利姆收到了一辆小车子，车顶上有个很大的按钮，按下去，车子就会亮起来，发出刺耳的叫声。阿米纳给妻子的礼物是一双粉色的拖鞋。他带着局促的笑容将盒子递给玛蒂尔德，玛蒂尔德打开包装纸，看着拖鞋，紧紧咬住嘴唇，才没有哭出来。她不知道，究竟是因为这拖鞋太丑、太小，还是这东西的粗俗让她陷入这样一种悲伤和愤怒中。她说了声"谢谢"，接着就把自己关进了浴室里，她一只手抓住两只鞋，用鞋底敲击着自己的额头。她想要惩罚自己的愚蠢，对于这个阿米纳一无所知的节日竟然如此期待。她憎恶自己不懂放弃，不具备婆婆那种克己的精神，自己是如此无聊，如此浅薄。她想要取消晚餐,埋首于被子床单之间,忘记一切,奔赴明天。现在,这场面在她看来已经变得有些可笑了。她还让塔莫换上街头粗俗剧里侍女的黑白制服。她还做了一顿让她精疲力竭的晚饭,想起她费了很大劲才上了浆的火鸡,想起她把手伸进鸡肚子里,虽然还没吃,但足以令她感到恶心了。她把精力都耗在了这些微不足道、毫无价值感的家庭琐事里。她走向餐桌,如同走向绞架,在阿米纳面前,她使劲睁大眼睛,逼退涌到眼眶里的泪水,同时也是为了让他相信,她是幸福的。

第四章

1954年1月,天寒地冻,扁桃树都结了冰,一窝才出生的小猫也冻死在厨房的门口。寄宿学校里,嬷嬷们于是破了例,允许教室里成天地生着火,上面蹾一口锅子。上课的时候,小姑娘都穿着大衣,有些在罩袍下穿了两双紧身袜。阿伊莎已经习惯了学校的单调节奏,在玛丽-索朗日嬷嬷送给她的一个本子上,她一一列举她的快乐与悲伤。

阿伊莎不喜欢:

她的同学,走廊上的寒冷,中饭,太长的上课时间,玛丽-塞西尔嬷嬷脸上的肉瘤。

她喜欢的是:

小教堂的安静,有些早晨的钢琴曲,体育课;因为她跑得比同学快,跳绳的时候,同学才抓住绳子,她已经跳上了。

她不喜欢下午,因为她会犯困,也不喜欢早晨,因为她总是迟到。她喜欢有规则,而且大家都遵守规则。

当玛丽-索朗日嬷嬷对她做的事情表示赞赏,阿伊莎总是红着脸。在祈祷的时候,阿伊莎握着嬷嬷粗糙冰凉的手。每当她看见这年轻修女的脸,看见她分明的、没有什么魅力可言的轮廓,感受到她被冷水和劣质香皂毁了的皮肤,她的心里就洋溢着欢乐。嬷嬷好像一直在擦洗她的脸颊和眼皮,因为这部分皮肤都几乎变成了半透明状,而以往有可能甚是可爱的雀斑也都被擦去了。也许她是要费力擦去所有的光芒、所有的女性特征、所有的美丽以及所有可能的危险。阿伊莎从来没有想到过她的这位老师是女的;在她宽大的罩袍下是一具活生生的、悸动的身体,和母亲一样的身体,也会叫,会享受,会化作泪水。和玛丽-索朗日嬷嬷在一起,阿伊莎就脱离了尘世。她把人的鄙俗与丑陋都抛下了,她飘浮在一个高尚的世界里,在耶稣和他的使徒陪伴下。

小学生突然合上了书,就好像一出戏落幕,大家齐声鼓掌一般。姑娘们开始七嘴八舌,玛丽-索朗日嬷嬷叫大家安静,但是没人听她的:"排好队,如果不守纪律,姑娘们,就不能出门。"阿伊莎用手肘支着脑袋,望向院子里的风景。她试图看得更远些,越过树叶已经落光的树,越过围墙,越过伯拉希姆能够暂避寒冷的门卫室。她并不想出去,也不想握住那个总是阴暗地用指甲戳她,然后笑个不停的小姑娘的手。她讨厌城市,想着要和这一大群她并不熟悉的姑娘穿过城市,她感到很焦虑。

玛丽-索朗日将手放在阿伊莎的背上,她说她们一起走,带着整个班级,不需要担心。阿伊莎站起身,揉揉眼睛,穿上母亲缝制的大衣,大衣在腋窝那里已经有些紧了,这让她走起来步态有些异样,很是生硬。

小姑娘聚集在学校门口。尽管她们已经竭力在克制自己,想让自己安静下来,但是小小的人群中还是有一种歇斯底里的激动,似乎随时都会爆发动乱。这天早上,谁都没有听玛丽-索朗日讲课。没有人理解到嬷嬷话中的警告之意。"上帝喜欢他所有的孩子,"嬷嬷的声音纤细脆弱,"没有低级的,或者高级的种族。虽然有所不同,但在上帝面前,所有人都是平等的。"阿伊莎也没有弄懂嬷嬷到底想要讲什么,但是这些话给她留下了强烈的印象。她记住了一条训诫:只有男人和孩子可以得到上帝的爱。她认为女人是被逐出这普遍之爱的,她很担心自己有一天会变成一个女人。这一注定的命运在她看来实在残酷,她想起了被逐出天堂的夏娃和亚当。倘若有一天,"女人"在她的身体里破茧而出,她就不得不承受这种放逐,不再拥有神圣的爱。

"往前走,姑娘们!"玛丽-索朗日嬷嬷大幅度挥了一下手臂,让孩子们随着她一直走到停在马路上的车子边。一路上,她在给她们上历史课。"这个国家,"她解释道,"这个我们如此热爱的国家拥有千年的历史。姑娘们,看看在你们周围,这水池,这城墙,这些门,都是伟大文明的产物。我已经和你们说过穆莱·伊斯梅尔①的故事,他是我们法国太阳王②的同代人。记一下他的名字,姑娘们。"小姑娘都在嘲笑嬷嬷,因为她坚持用喉音念出苏丹的名字,好显示她会说阿拉伯人的语言。但是没有人对此发表什么评论,因为大家都记得,有一天,吉奈特说:"我们现在开始学说贱民的语言了?"玛丽-索朗日嬷嬷发了火。姑娘们可以肯定,玛丽-索朗日嬷嬷完全是出于克制才没有扇吉奈特耳光,又或许是因为吉奈特只有六岁,还需要教育和耐心。有天晚上,玛丽-索朗日嬷嬷和校长嬷嬷交心,校长嬷嬷一边听她说,一边伸出粗粝的舌头在唇上舔了一遍,在齿间将唇皮一小块一小块地咬了下来。她和校长嬷嬷说,在艾兹鲁的时候,她漫步在激流边的雪松下,她看到了一道光,是神的光。她看到女人,背上背着孩子,头发上披着彩

---

① Moulay Ismaïl(1647—1727),摩洛哥阿拉维王朝第二位苏丹。他在位期间,摩洛哥政治稳定,经济繁荣,并在欧洲殖民者与奥斯曼帝国夹击下保持了王国的独立。

② 指的是路易十四。法国在路易十四治下到达了法国封建王朝统治的鼎盛时期。

色的头巾;她看到男人,拄着木棍,带着家里人和羊群往前走。她觉得自己看到了雅各、撒拉和所罗门。这个国家,她感叹道,到处都是贫穷和侮辱,就像《旧约》的版画上所描绘的那样。

★

班级的姑娘在一幢颜色沉郁的大楼前停了下来,没人猜得到这大楼是干什么的,或者里面都有些什么。一个穿着深蓝色西装的人在门前等她们,与其说是门,不如说就是在墙上抠出的一个洞。向导的双手绞在一起,放在身前,看到这一队小学生渐渐走近,他似乎显得很不安,甚至有点惊慌失措。他的声音尖细,打着战,他试图提高声音,把嗡嗡一片的声音压下去,但最终还是要靠嬲嬲发火才能压得住。"我们马上要下台阶。下面很暗,地面也很滑。请大家一定要当心。"姑娘们进入了一个洞穴一样的地方,她们立刻沉寂了下来,因为害怕,因为从墙面到地面散发出的寒意,因为这地方阴森森的气氛。一个姑娘——由于缺乏光线,也不知道是谁——发出了瘆人的一声尖叫,像是妖怪在叫,又像是狼叫。"请稍微放尊重些,姑娘们。就是在这里,我们的基督教兄弟遭受了可怕的折磨。"姑娘们默默地穿过迷宫一般的走廊和地道。

　　玛丽-索朗日嬷嬷请年轻的向导说话,可他声音发颤。他没想到听众的年纪那么小,在孩子面前,面对敏感的心灵,他不知道说什么好。有好几次,他在苦思冥想合适的词语,翻来覆去地重复话语,一边用破手绢擦拭额头一边请求原谅。"我们现在是在关押基督徒的监狱里。"他向对面的墙伸出了手臂,将墙面上囚犯留下的话指给姑娘们看,那已经是几个世纪以前留下的了,她们发出了尖叫。现在他背朝小学生站着,忘记她们的存在终于让他找回了话语和胆量。他讲述着成千上万的人所遭受的磨难——"在十七世纪的时候有将近两千人"——穆莱·伊斯梅尔把他们关在这里。向导强调这位"创国苏丹"的天才之举,他建造了好几公里的地下隧道,被囚禁在这里的奴隶步履艰难,奄奄一息,什么也看不见。"往上看。"他说,自信,近乎威严。姑娘们默默地仰起头,朝向天空的方向。岩壁上有个洞,囚犯就是从那里被扔下来的,还有勉强够他们存活下来的食物。

　　阿伊莎紧紧地贴着玛丽-索朗日嬷嬷。她呼吸着她衣裙的味道,手指扒在她用作腰带的绳子上。向导向大家详细解释这种地下囚室的体系时,告诉她们,囚犯都被关在这里面,有时他们因为窒息而死去,她觉得眼里都是泪水。"就在这墙里,"向导现在觉得吓一吓这些小雏鸟给他带来了某种不正常的快感,"在这墙里能够找到白骨。信仰基督教的奴隶们建造起了保护城市的城墙,有时他们太累了,倒了下去,迫害他们的人就把他们埋在墙里。"他现在换上了先知的声音,坟墓里发出的声音,让孩子们心头发颤。在这伟大国家的城墙里,在王城的围墙里,把墙扒开,就能找到奴隶、异端分子、不受欢迎的人的尸体。阿伊莎在后来几天里一直想着这个。她似乎看见到处都是蜷缩着的、透明的尸骨,她满怀激情地为这些被罚入地狱的灵魂祈祷,祈祷他们能够安息。

几个星期以后,阿米纳看见自己的妻子趴在床头的地板上,鼻子冲地,膝盖蜷曲着,抵在胸前。她的牙齿一直在打战,咯咯作响,以至于阿米纳都害怕她会咬掉自己的舌头吞下去,在伊斯兰教区,癫痫病人发作的时候听说真有过这样的事情。玛蒂尔德呻吟着,阿米纳把她抱在自己怀里。他能够感觉到妻子的肌肉在他的手掌下缩成了一团,他轻轻地抚着她的胳膊,安慰她。他接着叫来了塔莫,连看都没有看一眼保姆,就把看护妻子的责任交给了她:"我要去工作了。照顾好她。"

晚上,等阿米纳回家的时候,玛蒂尔德已经陷入了谵妄。她扭来扭去,就像一个被湿床单囚禁的囚犯,她用阿尔萨斯语呼唤母亲。她的体温高得吓人,身体都在抽搐,就好像被实施了电击一样。阿伊莎缩在床头哭泣。"我去找医生。"阿米纳在凌晨时分宣布道。他发动汽车上了路,把玛蒂尔德留给保姆照料,不过似乎女主人的病没有吓到保姆。

就剩下她一个人的时候,塔莫开始了她的工作。她放了各种植物,仔细配比,然后倒入沸水。阿伊莎看得目瞪口呆,塔莫一边搓揉带有芬芳气味的糊糊,一边说:"要把邪祟赶出去。"她替玛蒂尔德脱了衣服,玛蒂尔德没有任何反应,然后她把这草药糊糊涂在玛蒂尔德白花花的、壮硕的身体上,那么白,白得炫目。也许用这样一种方式来控制自己的女主人,她可以从中找到一种阴暗的乐趣。她也许想要报复这个严厉而伤人的基督徒,她把塔莫当作野人来看待,还说她像聚集在橄榄油罐旁的蟑螂一样脏。但是,夜里哭了很久的塔莫一个人在房间里,替她女主人按摩臀部,将手放在她的两鬓上,虔诚地祈祷。一个小时后,玛蒂尔德平静了下来。她的下颚也放松了,牙齿不再打战。塔莫靠墙坐着,手指上沾满了绿色的草药,嘴里念念有词,阿伊莎看着她的嘴唇,也跟上了她的节奏。

医生到的时候,他看见这个阿尔萨斯女人几乎半裸着身子,全身都是绿兮兮的东西,在走廊里就能够闻见味道。塔莫坐在病人的床头,看见男人进来,用被单搭住了玛蒂尔德的腹部,低头走出了房间。

"是那个阿拉伯女佣干的?"医生手指着床的方向问道。绿色的糊糊弄得床单、垫子和床罩上到处都是,还滴在了玛蒂尔德初到梅克内斯时买的、她非常喜欢的地毯上。塔莫还在墙上、床头柜上留下了指印,整个房间像是那些介于天才和抑郁之间的、痴傻的艺术家的作品。医生皱着眉头,闭上眼睛,停顿了一两分钟的时间,这个时刻在阿米纳看来却似乎漫长得没有尽头。他原本指望医生会冲向病人,立刻开始听诊,找到解决办法。但是他非但没有这样做,而是围着床转了一圈,整整床单的一角,把书放回该放的位置,总之是一系列毫无用处的、荒唐的小动作。

终于,他脱下外套,小心翼翼地折好,放在椅背上。时不时地他会尖刻地瞥一眼阿米纳,似乎是在教他该怎么做。只有在冲病人弯下身子,将手伸入被单听诊时,他似乎才想起身后还有个人正看着他,于是他转过身。

"都出去。"阿米纳照做了。

"贝尔哈吉夫人,您听得见我说话吗?您感觉如何?"

玛蒂尔德那张因疲倦而塌陷的脸转向了他。她努力睁大那双美丽的绿色眼睛,似乎很迷茫,就像一个在陌生地方醒来的孩子。医生以为她要哭,要请求帮助。看到这个身材高挑的金发女子,想到她在必要的时刻,或者有机会展现文雅的时刻应该是很妩媚的样子,医生的心好像被劈开了一样。她的双脚干裂,长满老茧,指甲又长又厚。医生抓住玛蒂尔德的手臂,小心翼翼地不想沾染到绿色的草药。他搭了搭她的脉搏,然后将手伸进被单,触压她的腹部:"张嘴,说'啊'。"玛蒂尔德照他说的做了。

"是疟疾。在这里很常见。"医生将椅子拖到玛蒂尔德的书桌前，他欣赏了一会儿汉斯叔叔①的作品，是1910年前后的科尔马小镇，接着他又盯着一本讲述梅克内斯城市史的书看了一会儿。桌子上散放着一张质量一般的信纸和一些涂涂画画的草稿纸。他从皮质公文包里掏出处方笺，开始开药。然后他打开卧室门，目光搜寻着病人的丈夫。走廊上只有一个小姑娘，瘦瘦小小，披头散发。她靠着墙，手里拿着一个斑斑点点的布娃娃。阿米纳过来了，医生把手里的纸递给他。

"去药店买这个药。"

"她怎么了，医生？她会好吗？"

医生怒了。

"赶快去办。"

医生关上卧室的门，停留在病人的床头。他觉得自己应该保护她，不是保护她不受病患的折磨，而是保护她不受身边环境的侵害。站在这个赤身裸体、穷尽了气力的女人前，他在想象着她和那个暴风雨一般的阿拉伯男人的亲密关系。正是因为在走廊上看见了这一结合的产物，那个让人有些倒胃口

① Jean-Jacques Waltz(1873—1951)，人称汉斯叔叔，出生于阿尔萨斯著名小镇科尔马的画家，留有很多描绘科尔马的插画、版画作品。

的产物,他才更加能够想象到。他觉得恶心,内心深处有一种抗拒。当然,他知道这个世界变了,战争颠覆了所有的法则、规章,就好像把人都放在一个大口瓶里摇,身体彼此碰触。可是在他看来,某些人之间的身体接触是下流的。这个女人倒在这个毛发浓密的阿拉伯人的怀中,这个粗鲁的人占有她,命令她。这一切是不合理的,不符合事物的秩序,这种爱制造混乱和不幸。混血意味着世界末日。

玛蒂尔德要喝水,他将一杯凉水送到她的唇边。"谢谢,医生。"她说,握住了医生的手。

或许是这个心照不宣的动作鼓舞了医生,他问道:"请原谅我的冒犯,亲爱的夫人,但是我很好奇,您怎么就降落在这个见鬼的地方呢?"

玛蒂尔德太虚弱了,无法开口说话。她想要挠抓这只还紧紧握着她的手。很遥远的,在她思想的深处,好像有点什么东西正在浮出水面,想要发声。某种反抗的意识正在酝酿,但是她没有力气赋予它形式。她想要找到一种防御的方式,一种尖酸的反驳,因为这个词让她愤怒——"降落",就好像她的生活就只是一个事故,就好像她的孩子、这座房子、她所有的存在就只是一个错误,一次迷失。"我必须找到合适的词回击他,"她在想,"必须锻造出用来防卫的词语。"

在母亲待在卧室里的日日夜夜,阿伊莎非常担心。如果母亲死了,她会面临什么样的命运?她在家里奔来跑去,就像被压在玻璃板下的一只苍蝇。她转动着眼睛,想要问那些并不让她感到信任的大人。塔莫好言好语地哄她。塔莫知道,小孩子就像是小狗,尽管不把真相告诉他们,他们也什么都明白,死亡临近,他们是能感受到的。阿米纳也不知所措。没有了玛蒂尔德的游戏,没有她喜欢开的那些愚蠢的玩笑,家里沉浸在悲伤中;她曾在房门的上方都放上了小水桶,内胆都是用阿米纳外套的袖子缝的。只要她能站起来,只要她能再在花园的灌木丛中组织一场躲猫猫的游戏,他愿意付出一切,只要她能够再一边吸气,一边讲述阿尔萨斯的民间故事。

★

在邻居生病的时候,迈尔西埃家的寡妇经常来探望玛蒂尔德,看看她怎么样了,借给她小说看。玛蒂尔德也很难解释寡妇为什么会突如其来表达对她的友谊。以前,她们只保持着疏离的往来,在田里遇见的时候会互相挥手致意一下,如果果子结得太多,要烂掉,也会互相赠送。玛蒂尔德不知道的是,圣诞节那天,寡妇黎明时分起床,一个人在冰冷的房间里啃一只橘子。她用牙齿把橘子皮咬下来,她喜欢橘子皮在齿颚间留下的苦涩味道。她打开朝向花园的门,尽管雾凇封住了每一株植物,尽管平原上回旋着冰冷的风,她还是赤脚走进花园。看到她的脚,就知道她是个农民;曾经在炙热的土地上行走过的双脚,不怕被荨麻的荆棘刺伤,脚掌上都是老茧的脚。寡妇对自己的领地熟记在心。她知道地上有多少卵石,知道有多少株玫瑰正在盛开,知道有多少只兔子在兔棚里扒土。圣诞节的这天早上,她看向雪松的方向,发出一声短促的尖叫。那一排完美的、将她的领地围起来的雪松篱墙,如今就像是在夜晚被拔去一颗牙齿的嘴。她喊来正在家里喝茶的德利斯:"德利斯,快来呀,快!"德利斯虽然是个工人,但他仿若她的合伙人,既是儿子,又仿佛替代了她已经故去的丈夫。他听见她的叫喊便跑过来了,手里还拿着茶杯。她用食指指着缺了棵树的地方,德利斯费了点时间才明白发生了什么。她知道他可能又要呼唤神灵了,他要通过这种方式把她保护起来,好让她不要受到有人加之于她的厄运的侵扰,因为碰到超出常规的事情,德利斯只会用魔力来解释。这位上了年纪的女人,脸上沟壑纵横,将手放在瘦削的胯部。她将额头靠近德利斯的额头,灰色的眼睛直直地望着德利斯,问他知不知道圣诞节。德利斯耸耸肩,他好像是说,"不太明白"。他在这里,看到一代代的基督徒——可怜的农民或是富裕的地主,他看到他们翻地,建起木板屋,搭了帐篷睡觉,但是对于他们的隐私、他们的信仰,他一无所知。寡妇敲了敲他的肩膀,笑了。

干脆响亮的笑声，银铃一般，就像花一般盛开在乡间的寂静中。德利斯用食指搔了搔脑袋，神情迷茫。真的，这个故事毫无意义。肯定是某个神灵针对这个老女人设计了一次报复的戏码，这株被偷走的树就是魔魇的信号。他想起了关于女主人的谣言。有人说她的这块土地里埋了好几个死婴，甚至是胎儿，因为她贫瘠的肚子没有办法让他们出生，还说有条狗有次拖着一只婴儿的胳膊，一直跑到村里；有人说夜里会有男人上这里来，在寡妇衰败的胯下寻求安慰。尽管德利斯成日都在这里，尽管他完全见证了老寡妇近乎苦行僧的生活，他却无法对这些中伤之语置之不理。她对他没有秘密可言。她的丈夫入伍离开，接着被囚禁，接着死于集中营的斑疹伤寒，她都是向德利斯倾吐她的惶恐与悲伤。他欣赏她的勇气，他没有办法看着这个开拖拉机，照料牲口，带着一种威严向工人发号施令的女人哭泣。他感谢她能够反抗邻居罗杰·马里亚尼，那个人是在三十年代，从阿尔及利亚过来的，就在寡妇和她的丈夫约瑟夫到这里来之前不久。罗杰对待工人非常粗暴，他唯一的信条就是剥削北非的劳力。

寡妇双臂交抱，在几分钟的时间里就这么站着，静静地，一动不动。接着她突然转过身，用完美的阿拉伯语对德利斯说："忘了这件事吧，好吗？走，去干活了。"在接下来的日子里，每次想到这棵缺失的树，她那瘦弱的身体都会笑得发颤。

因此在暗地里,她也对玛蒂尔德和她的丈夫生出了一种感情。一个人孤独地在自己的地盘度过节日后,她决定去一趟贝尔哈吉家,她见到了疲惫不堪的玛蒂尔德。老女人问玛蒂尔德,能帮她做些什么,又发现在玛蒂尔德度过时光的沙发上有几本折了页的小说,于是说能借些小说给她。阿尔萨斯女人眼里出现了炙热的光芒,她握住她的手,对她表示感谢。

一天，玛蒂尔德还在康复期，一辆炫目的车子停在了阿米纳产业的栅栏门前，司机还戴着鸭舌帽。阿米纳看见一个身材高挑、穿着讲究的男人下了车，走到和他并排的地方，带着很重的口音，问他：

"我能见一下这里的主人吗?"

"我就是。"阿米纳答道。那个男人似乎很高兴。他穿着一双很漂亮的漆面皮鞋，不自觉地吸引了阿米纳的目光："您的鞋弄脏了。"

"没关系，相信我。真正让我感兴趣的，是这片美丽的地方。您能允许我参观一下吗?"

德拉冈·帕罗奇问了阿米纳很多问题。他问他是如何得到这片土地的，他准备发展哪一类的作物，收入怎么样，对未来有什么期待。阿米纳的回答都很简短，因为他对眼前这个带有外国口音的男人很是怀疑,穿得这么讲究,很不适合在田间地头行走。走了一会儿阿米纳已经出汗了,他眼角的余光扫到了访客那张圆脸上,他也正用手绢擦拭着额头和脖颈。阿米纳在想,他甚至都没有时间问他姓甚名谁。而这时男人自我介绍了,阿米纳不禁做了个鬼脸,访客于是爆发出了笑声。

"是匈牙利的姓氏,"男人说,"德拉冈·帕罗奇。我在雷恩街有间诊所。我是医生。"

阿米纳点点头。他不再往前走。一个匈牙利的医生到这里来干什么?他要把他拖进什么样的阴谋里?德拉冈·帕罗奇突然站住了,抬起眼睛。他仔细地观察面前的一排橘子树。橘树的年份都还不长,但已经结满了果子。德拉冈注意到有根柠檬树的树枝长在了橘树中,黄色的果子和硕大的橘子混在一起。

"这很有趣。"匈牙利人走近树。

"啊,这个?是的,孩子们看到了笑个不停。这是我们的一个游戏。我的女儿把这棵树称作'柠檬橘'。我还在木瓜树上插了根梨树枝,但是还没能命名。"

阿米纳没有再讲下去,他不愿意在这位医学博士面前表现出业余或者异端的形象。

"我想要给您推荐一笔交易。"德拉冈抓住阿米纳的手臂,将他拽到一棵树的一角阴影下。他说自己一直以来,都梦想着要把这里的水果卖到东欧去。"橘子和椰枣,"他和阿米纳说,而阿米纳对他所谓的东欧国家指的究竟是什么一无所知,"橘子从这里到卡萨布兰卡港口的运输我来负责。我付橘子采摘的人工费,您也可以收到一笔土地的租金。这样行吗?"阿米纳握住他的手。这一天,当他和阿伊莎一起从学校回来,他们发现玛蒂尔德坐在通向花园楼梯的台阶上。孩子奔向母亲的怀抱,她觉得自己的祈祷产生了效果,玛蒂尔德又重新活了过来。"我向您致敬,玛利亚。"

★

当玛蒂尔德能够起床的时候,她发现自己体重减轻了,感到很高兴。在镜子里,她看见自己惨白的脸,消瘦的轮廓,还有黑眼圈。她习惯于在草坪上铺一张床单,就在家里的玻璃门前,孩子在一旁玩耍,这样在阳光下度过上午的时光。春天的到来令她欣喜。每天她都能在枝头看到新绽放的花苞,她的指尖捻碎了芬芳的橘子花,她冲脆弱的丁香花俯下身去。在她面前,那片还没有种上作物的农田满满都是血红色的虞美人和橘色的野花。在这里,没有阻碍鸟儿飞翔的障碍物,没有电线杆,没有汽车的噪声,没有能撞碎它们小小脑袋的墙。

自从这美好的日子回来之后,她听见了鸟儿叽叽喳喳的声音,尽管很难看到它们,树枝在它们歌声的回响中微颤。农场远离一切,曾经叫她感到害怕,让她沉浸在一种深深的悲伤之中,然而,在这初春的日子里,却令她着迷。

一天下午,阿米纳回来和他们坐在一起。他在儿子身边躺下,那股懒散劲头让阿伊莎吃惊不已。"我遇到一些很有趣的人,你应该会喜欢他们。"他对妻子说。他讲了德拉冈突然出现在他们家的农田间,还有他那些异想天开的计划,然后他就分析了两个人的合作有可能给他们带来的好处。玛蒂尔德皱起眉头。她没有忘记布沙伊伯是怎么利用丈夫的天真的,她担心这一次又是被这一类的虚假承诺给诱骗了。

"为什么会挑中了你呢?罗杰·马里亚尼种了好几公顷的橘子树,而且他在这一带也很出名。"

妻子的怀疑态度伤害了阿米纳,他突然起身道:

"那你可以自己问。他妻子和他这个周日请我们吃午饭。"

周日整个上午,玛蒂尔德都在抱怨没有合适的衣服。她最终穿上了那条已经过时的蓝裙子,她指责阿米纳一点都不理解她。她梦想着能拥有迪奥的新款,据说那在新城得到了欧洲女人的狂热追捧。

"战争才结束的时候我就穿这条裙子了。这种长度不再流行了。我看上去像什么啊?"

"你只要戴上哈依克①就行了,这样至少你不会再问这类问题。"

阿米纳笑了,玛蒂尔德很烦他。今天早上醒来她就情绪不好,本该让她开心的这顿午饭在她看来也成了苦差事。

"但这是什么性质的午餐呢? 就我们,还是还有其他客人? 你觉得我们是不是应该装装样子?"对此,阿米纳只是耸耸肩说:"我怎么知道呢?"

帕罗奇夫妇住在新城,就在跨大西洋饭店旁边,从他们家望出去,能够完美地看到城里的风光,还有那些清真寺的塔尖。夫妇俩站在房门口的台阶上等他们,台阶上方有一方橘色和白色相间的篷子,用来遮挡过于炽热的阳光。看到阿米纳和玛蒂尔德从车子上下来,走向家门,医生张开双臂,就像老父亲欢迎孩子们归来一样。德拉冈·帕罗奇穿着一套水手蓝的西服,打着大领结的领带。他的漆皮皮鞋和他浓密的、精心照料过的小胡子一样闪闪发亮。他的脸颊鼓鼓的,嘴唇也很丰满,身上的一切都是圆滚滚的,表达出一种对美食的爱好,一种活着的乐趣。他挥了挥手,接着把手放在玛蒂尔德的脸颊上,就像人们对待小姑娘那样。这是一双巨大的、长着长

---

① 北非地区的女性传统服饰,常见为白色。

长黑色汗毛的手,是杀手的手,屠夫的手。玛蒂尔德禁不住去想,可能就是这样一双巨大的手,将婴儿从女人的阴道里拽出来。她的脸颊感觉到了男子通常戴在无名指上的、冰冷的、阻止血液流动的戒指。

在他身边是一个金发女子,人们很难注意到她的面庞,或者欣赏她的身姿,因为她的胸实在太大了,光彩夺目,目光会不自觉地被吸引到这里。女主人冲玛蒂尔德慵懒地笑了一下,伸出软绵绵的手。她的发型是当下时髦的样子,裙子似乎也是时装杂志上的新款,只是在她身上似乎总有种粗俗,缺少雅致的味道。其中的缘由有她涂抹橘色唇膏的方式,还有她把手放在胯骨上的模样,尤其是她在每句话结束的时候舌头发出的声响。她似乎想要和玛蒂尔德缔结某种不那么明智的同谋关系,而且这关系主要是建立在性别或者国籍上。科琳娜是法国人。"来自敦刻尔克。"她重复道,还特别强调了小舌音。走上阶梯,玛蒂尔德把带来的两盘东西——一个是阿尔萨斯圆形奶油蛋糕,还有一个是无花果蛋糕——递过去的时候,觉出自己甚是可笑。女主人用指尖抓住两个盘子,那个笨拙的样子就像是第一次抱上孩子的模样。阿米纳也为自己的妻子感到羞愧,玛蒂尔德感受到了这一点。科琳娜不是那种浪费时间做糕点的女人,不是那种在闷热的厨房里,在仆人和吵闹的孩子身上虚掷时间、青春和美丽的女人。德拉冈似乎察觉到了这种不自在,因为他热情地表示了感谢,其中的善意让玛蒂尔德非常感动。他揭开点心上的盖布,俯下身去,肉墩墩的鼻子停留在离点心几厘米的地方,深深地、长时间地吸气。"太香了!"他感叹道。玛蒂尔德的脸都红了。

等到科琳娜把玛蒂尔德拖进客厅,让她在一张扶手椅上坐下,建议她来点喝的,然后,她也在她对面坐了下来,向她讲述自己的故事,这时,玛蒂尔德在想:"这就是个婊子。"她完全没有在意年轻女人说了些什么,因为她可以肯定,她说的都是谎话,她可不想自己被骗了。人们之所以到这里来,到这座偏远的城市,就是为了撒谎,为了重新编造自己的历史。她不得不听科琳娜和这个富有的妇科医生之间的相遇故事,但是她一秒钟也没有相信将他们连接在一起的所谓一见钟情。在喝餐前酒的时候,她一边挥霍地喝着上好的波特酒,一边脑子里只想着一件事情。她看着摩洛哥饭店的老板出出进进,看着女人丈夫光彩四射的微笑,看着妇科医生手指上箍得紧紧的戒指,她想:"这就是个婊子。"这句话在她的脑子里回旋,就像机关枪一轮轮地连射。她想象着科琳娜在敦刻尔克一家妓院里的样子,因为羞耻和寒冷而神情呆滞的可怜姑娘,又矮又胖,祖胸露乳,穿着尼龙的连体衣和短裤。德拉冈也许是将她带离了那个肮脏之地,也许他对她怀有一种激情,或是某种骑士的情感,但这什么都改变不了。这个女人让玛蒂尔德感到很困惑,她既让她感到倒胃口,又让她觉得很受吸引,她既对她充满了兴趣,又想逃离她。

在喝餐前酒的阶段,有好几次,谈话陷入了令人尴尬的沉默中,德拉冈就会把话题转到点心上,说他很喜欢吃,同时冲玛蒂尔德展现出同谋一般的微笑。他总是和女性相处融洽。小的时候,父母给他注册了男生学校,再也没有比这个更让他感到痛苦的了,他不得不承受那种令人压抑的雄性力量。他喜欢女人,不是想要勾引她们,而是要做她们的朋友,就像一个兄弟。等到他成人了,他的生活充满了动荡,他四处奔波,女性也一直是他的同盟军,她们能够理解令他窒息的忧伤。她们知道,将一切都归结为抽象的性别意味着什么,就像他的一切曾经被归结为他所信奉的宗教的荒诞一样。从她们身上,他学会了如何将顺从和战斗性融为一体,他能够理解,快乐本身就是对那些想要否定你的人的报复。

阿米纳和玛蒂尔德对帕罗奇家如此精致叹为观止。看着这对夫妇,还真的很难想象怎样才会有这样的淡雅,在家具上,在壁纸的安排上,在颜色的选择上如此精心。大家坐在迷人的客厅里,非常宽阔的弧形玻璃落地窗朝向花园,花园也打理得美妙绝伦,尽头的墙上爬满了九重葛,紫藤也正开着花。

在一棵蓝花楹树下，科琳娜安排了一张桌子和几把椅子："是不是在外面吃有点太热了？"

每次她说话或者笑的时候，那对乳房便上下跳动，感觉随时就要跳出裙子，舒展开来，乳头也要像春天到来后的花苞一样爆开。阿米纳眼睛一直盯着她，他微笑着，胃口很好的样子，前所未有地英俊。因为在大自然中劳作，风雨与烈日雕琢了他的脸庞，他有一双仿佛能望得很远的眼睛，他的皮肤散发出一种美妙的味道。玛蒂尔德并不是不知道他对女人的吸引力。她在想，他究竟是为了让她高兴才接受了这邀请，还是这圆鼓鼓的女人把他们引到了这里。

"您的夫人非常优雅。"走到屋前台阶上的时候，阿米纳特意说，他在科琳娜的手上落下随意的轻吻。"哦，但是这些点心看上去很美味，"德拉冈回答道，"您的夫人是烹饪大师呢。"待到吃饭的时候，德拉冈又再次谈起了点心，玛蒂尔德简直想逃。她将手放在双鬓上，重新整理了一下已经垮塌下来的发式。她的额头上都是汗，蓝裙子的腋下和乳房之间也都是汗水。一个上午她都在厨房忙活，然后还得跑来跑去喂孩子，叮嘱塔莫。车子在离农庄十公里的地方又熄火了，是她推的车子，因为阿米纳说她不懂怎么有效操作。在她将一块过于瓷实的鹅肝慕斯送入嘴中的时候，她在想，她丈夫就是个骗子，之所以让她推车，是为了不想在推车的时候弄坏自己周末会客的外套。就是因为他,她才在抵达帕罗奇家时成了这副尊容,精疲力竭,浑身是汗,裙子皱巴巴的,双腿都是蚊虫叮咬的痕迹。她恭维了科琳娜,说前菜非常美味,她把手伸到桌子底下,挠了挠发痒的脚踝。

她想要问:"您战争期间在做什么?"因为她觉得这是了解别人的唯一方式。但是喝了白葡萄酒变得有些饶舌的阿米纳开始和德拉冈谈论起摩洛哥的政局,女人则静静地笑着。科琳娜任由烟灰落在地上,火星烧坏了地毯的流苏。她神情倦怠,因为酒精双眼变得雾蒙蒙的,她提议玛蒂尔德陪她去花园里转一圈,玛蒂尔德尽管不愿意,还是接受了。"我就听她说。"她对自己说,充满恶意,很固执。科琳娜从一个独脚小圆桌里拿出一包香烟,让玛蒂尔德也抽一支。"下次您要把孩子也带来。像以前那样,我让人做些小甜点,里面房间还有以前主人留下的一些玩具。"她说,声音因为忧郁干巴巴的。科琳娜坐在通向花园的楼梯上。"您是什么时候来摩洛哥的?"她问。玛蒂尔德寻找合适的词,讲述了自己的故事,她也意识到这是第一次有人这样听她说自己的事,饶有兴趣,并且充满善意。科琳娜在战争爆发后就坐船到了卡萨布兰卡。德拉冈从匈牙利逃出来,然后再逃到德国,逃到法国,听一个朋友说那是重新开始一切的理想之地。在大西洋沿岸的白色之城,他在一间著名的诊所里找到了医生的职位。在那儿他挣了很多钱,但是老板的名声不好,再说他做的那些手术性质也有问题,最终他还是离开了。他选择了梅克内斯,因为这里温情的生活,还有果园。

"是什么类型的手术呢?"玛蒂尔德问,因为科琳娜的阴谋论调激起了她的好奇心。

科琳娜往身后的方向瞧了瞧,她的屁股往玛蒂尔德的方向挪了挪,低声耳语道:"在我看来,是完全超乎常规的手术。您难道不知道,欧洲人想要做这个都往那里跑吗?那个医生是个天才,或者说是个疯子,是什么都无所谓,但是大家都说他能把一个男人变成女人!"

学期结束,嬷嬷们要求见一下阿伊莎的家长。阿米纳和玛蒂尔德提前一刻钟出现在校门口,玛丽-索朗日把他们带进了校长嬷嬷的办公室。他们走上长长的石子小径,走过小礼拜堂的时候,阿米纳转头看了一眼。神啊,等待他的究竟是什么?玛丽-索朗日让他们在一张松木桌前坐下,桌上堆放着一些卷宗。一个十字架悬挂在壁炉上方。校长嬷嬷进来时,夫妻俩都站了起来,阿米纳一副做好准备的样子。前一天晚上,他已经和玛蒂尔德讨论了有可能的指责:经常迟到,阿伊莎不够得体的衣服,她的一些神秘的想象。他们当时吵架了。"别再讲这些折磨她的事情。"阿米纳威胁道。"给我们买辆汽车。"玛蒂尔德反驳道。但是面对校长嬷嬷,他们觉得彼此是一体的;无论她说什么,他们都会捍卫孩子。

校长嬷嬷让他们坐下。她注意到阿米纳和妻子之间的身高差,这一点似乎让她觉得很有趣。她想,也许只有一个坠入情网的、谦逊的男人才能接受自己身高只到妻子肩头的事实。她在扶手椅上坐下,似乎想要打开一只抽屉,但是没找到钥匙。

"瞧,玛丽-索朗日嬷嬷和我,我们想要告诉你们,我们对阿伊莎很满意。"

玛蒂尔德的双腿禁不住颤抖起来,她在等坏消息的到来。"这是个羞怯和野性的孩子,当然驯化不是件容易的事情,但是她的成绩很好。"

她将一本终于从抽屉中拿出来的登分册推到他们面前。嬷嬷骨骼分明的手在纸上划过,她的指甲很白,修剪整齐,就像孩子的手指一般纤细。

"阿伊莎的各科成绩都在平均分之上。我们今天之所以想见你们,是因为我们想您的女儿也许应该跳一级。你们赞同吗?"

两个嬷嬷盯着他们,绽放出灿烂的微笑。她们在等他们的回答,看到夫妻俩并没有很激动的样子,她们似乎有些失望。阿米纳和玛蒂尔德没有动。他们盯着登分册,两人之间好像在静静地交流着什么,一个眼神,皱起的眉头,紧咬的嘴唇。阿米纳没有拿到业士①文凭,他对于学校的记忆就是老

---

① 法国现代教育体制中的高中文凭。

师不许他们做什么的时候招呼上来的耳光。玛蒂尔德,她最记得的就是寒冷,那么冷,冷得她无法学习,拿不住笔。这会儿是她先开了口:

"如果你们认为这样对她有好处的话。"她差点加上一句,"你们比我们还要了解她"。

等到他们看见在马路上乖乖等着他们的阿伊莎,他们用奇怪的眼神打量了她一番,就好像是第一次见到她一样。这个孩子,他们想,总是和他们有点距离,尽管她那么小,但是她有心事,有秘密,内心里藏着某种顽固的东西,是他们不能理解或者抓住的。这个瘦弱的小姑娘,膝盖有点歪、神情忧伤、蓬着一头乱发的小姑娘竟然那么聪明。在家里,她很少讲话。晚上,她就只是玩着蓝色地毯的流苏,因为地毯上的灰尘,她不停地打喷嚏。她从来不说自己在学校里干什么,她藏起了她的痛苦、快乐和友情。陌生人到家里来的时候,她就像遭到追打的小虫子一般飞快地逃开了,她躲在自己的房间里,或是到外面的平原上。不管到哪里,她都在跑,她那瘦长的双腿仿若从她的身体中分离出来。她的脚赶在她的上半身、她的胳膊之前,如果她满脸通红,出汗了,那都是为了赶上这双因为咒语而远离身体的纤细的腿。她似乎什么都不知道,什么都不了解。她也从来没有请谁帮过她写作业,每每玛蒂尔德在她写作业的时候低头看她的本子,她只是欣赏女儿娟秀的字体,欣赏她写作业时的那份自如和执着。

　　阿伊莎没有问老师找他们来干什么。他们说,他们对她感到满意,说是要到新区的餐馆吃饭以示庆贺。她握住玛蒂尔德伸过来的手,跟着爸爸妈妈。看上去,唯一让她感到开心的是母亲递过来的那一摞书。"我想你赢得了奖励。"他们在餐馆的露台上坐下来,在红色的、布满灰尘的遮阳板下。阿米纳拿起了阿伊莎的小杯子,往杯底倒入一点啤酒。他说这是特别的一天,她可以和父母一起喝一点。阿伊莎把鼻尖埋进自己的玻璃杯。啤酒闻起来没什么味道,于是她将它倒入嘴中,吞下了这苦涩的液体。母亲用手套擦去了她脸颊上留有的一点泡沫。她很喜欢这个味道,冰凉的液体从喉头落入胃,带来清凉的感觉。她没有提要求,没有任性,但是她把杯子往桌子中央稍稍推了一点,并没有想过父亲会重新给她倒上。父亲还有点心神不宁,女儿看上去像一个小邋遢鬼的样子,可是她认识拉丁语,而且在数学上超过了所有的法国姑娘。"特殊天赋。"老师说。

　　阿米纳和玛蒂尔德开始有点醉意了。他们要了薯条,笑着,用手指拿了薯条吃。阿伊莎还是没怎么说话。她脑袋有点雾蒙蒙的,感觉身体从来没有这么轻,勉强能感受到胳膊的存在,就好像她的思想和情感间产生了一种很奇怪的时差,发生了什么让她感到迷惑的意外事故。她对父母产生了一股强烈的爱意,几秒钟之后,这种情感又开始变得有点陌生。她开始想一首她学过的诗,但是最后一句想不起来了。她没有办法集中精力,一群小伙子在咖啡馆前停下来,给客人表演小杂耍的时候她也没有笑。她觉得困得要命,睁不开眼睛。她父母站起身来,和一对亚美尼亚夫妻打招呼,他们是杂货店老板,父母会把水果以及成筐的扁桃仁卖给他们。阿伊莎听到他们提到自己的名字。她的父亲说话很大声,手放在女儿瘦骨嶙峋的肩头。她咧开嘴笑,看着父亲黑乎乎的手,将脸颊埋在他的手里。大人们问她,"你几岁了?""喜欢学校吗?"她没有回答。她似乎漏过了什么东西,但是她知道,是好事,这是她睡着前最后想到的,接着她就将脑袋趴在餐桌上睡着了。

后来她醒来,脸颊上被母亲吻得湿乎乎的。他们向共和国大街走去,走向帝国影院,影院的大门像是希腊剧场。他们给她买了一个冰激凌,她坐在走廊上吃,慢慢地,乃至于她父亲觉得她的吃法太不端庄,于是夺过蛋筒扔进了垃圾箱。"你要弄脏你的裙子了。"他为自己的行为辩称道。电影院在放《火车鸣了三次笛》①。在大厅里,一群少年彼此打闹;男人穿着周日的盛装大声讨论时事,还发生了争吵;一个年轻女子在卖巧克力和香烟。阿伊莎太小了,父亲只好把她放在自己的

---

① 即美国黑白西部片《正午》。

膝头，这样她才能看到屏幕。灯光熄灭，引座员是个上了年纪的摩洛哥女人，刚才就是她把他们带到座位上的，这会儿她冲那群年轻人喊道："闭嘴！"①阿伊莎紧紧贴着父亲，就好像父亲炽热的皮肤把她弄得头昏脑涨一样。她把自己的脸埋进父亲的颈窝里，根本没关心屏幕上演的什么，也没去管引座员的手电筒冲着一个点了香烟的男人在晃。电影在放映的时候，玛蒂尔德将手插入阿伊莎的头发中，她一绺一绺地拽着，孩子的身体不禁一阵阵微颤，打颈背处一直窜到脚掌。等三个人出了电影院，阿伊莎的头发更加蓬了，比平常还要蓬，这个样子在街上，展露在人前，她觉得很羞愧。

回程的路上，在车里，气氛阴沉了下来，不仅仅是因为暴风雨来临之前，黑压压的天空和小龙卷风扬起的灰尘。阿米纳已经忘了嬷嬷带给他们的好消息，一心只想着冒冒失失就花出去的钱。玛蒂尔德将脑袋靠在车窗上，她一个人在说话。阿伊莎在想，就这部电影，母亲怎么能说上那么多。她听见玛蒂尔德尖锐的声音，当母亲转向她，问她："格蕾丝·凯利②很漂亮，是吗？"她点点头。玛蒂尔德喜欢电影，非常狂热，乃至于这份狂热令她感到痛苦。看电影的时候她几乎一口气也不

---

① 原文为阿拉伯语。

② Grace Kelly(1929—1982)，美国女演员。

喘,身体绷紧,紧紧盯着彩色屏幕上的脸。两个小时后,当她离开黑暗的放映厅,街面上的喧闹总是让她无措。城市才是虚假的、不体面的,仿佛真实世界才是庸俗的虚构,是谎言。她非常享受能够在别处生活的这一点幸福,至少曾经接触过高贵的激情,而同时,这又在她心里激起一种愤怒和苦涩。她真想走进屏幕,去体验同样质感、同样强度的感情。她多么希望能够得到屏幕上那些人物的尊严。

1954 年夏天,玛蒂尔德经常给伊莱娜写信,但是她的信都石沉大海。她想,应该是国家的动荡造成了通信的问题,因此对于伊莱娜的沉默,她并不感到担心。弗朗西斯·拉科斯特接替纪尧姆将军继任新总督之后,于 1954 年 5 月到任,宣称要与对法国人民采取恐怖手段的暴乱和谋杀作斗争。他威胁那些民族主义者说会采取报复手段。奥马尔,阿米纳的弟弟对他本来倒也没有太苛刻的评论。有一天,他却告诉玛蒂尔德,他诅咒他,因为他得知抵抗组织的穆罕默德·泽科杜尼死于狱中,他气得发狂:"看来只有拿起武器才能解放这个国家。他们会看到民族主义者究竟给他们留下了什么。"玛蒂尔德试图让他平静下来:"不是所有欧洲人都是这样的,你也知道。"她和他举了那些赞成摩洛哥独立的法国人的例子,说他们甚至因为帮他们运送物资到地下牢房而遭到逮捕。但是奥马尔耸了耸肩,往地上啐了口唾沫。

到了八月中,苏丹被废黜将近一年的时候,他们上穆依拉拉家待了一天,穆依拉拉用千次祈祷来迎接长子,感谢上帝能够给予他这样的保护。他们关在一间屋子里,谈钱和其他问题。玛蒂尔德待在小客厅,给阿伊莎编辫子。塞利姆在屋子里到处跑,差点从石头的楼梯上摔下来。奥马尔很喜欢他的这个小侄子,让他跨坐在自己的肩膀上。"我带他到公园里去逛一会儿。"他说着,便出了家门,也没在意玛蒂尔德的叮嘱。五点钟,奥马尔还没有回来,玛蒂尔德很着急,就去找丈夫。阿米纳往窗外俯身看去。他叫了弟弟的名字,但是回答他的是吼叫和辱骂。游行者叫着要集会,要起义,他们要求穆斯林证明他们的骄傲,要在统治者面前高昂头颅。"得去找塞利姆,"阿米纳叫道,"快下楼。"他们几乎都没有来得及和穆依拉拉打个招呼。穆依拉拉的脑袋在发抖,她将一只手放在儿子的额头上,为他祝福。阿米纳推开楼梯上的姑娘们。"你真是疯了,"他对玛蒂尔德说,"你怎么能让他走呢,你不知道最近天天都有游行吗?"

必须尽快出老城区。这些狭窄的街道就是个陷阱,他们很担心一家人会被困在这里,然后只能听凭游行者的摆布。嘈杂声越来越近,从伊斯兰区的墙头传出此起彼伏的声音。他们看见人们陆续拥来,前后都是人,在以疯狂的速度移动。

人群越来越拥挤,把他们包围住了,阿米纳把女儿抱在怀里,开始往伊斯兰教区的城门方向跑。

他们终于到了车边,钻进车里。阿伊莎开始哭,她吵吵着要妈妈抱,问弟弟是不是会死,阿米纳和玛蒂尔德不约而同地叫她闭嘴。暴乱的人群赶上了他们,阿米纳没法倒车了。大家的脸都凑在车玻璃上。一个年轻男子的下巴在车窗上留下了一道长长的油迹。一双双陌生的眼睛在审视这个奇怪的家庭,还有这个不知道属于哪一方的孩子。一个年轻男人开始大叫,手臂伸向天空,人群受到了鼓舞。这个年轻男子还不到十五岁,长了少年的那种很稀疏的络腮胡。他那低沉的、充满仇恨的声音与他温和的目光形成了鲜明的对照。阿伊莎盯着他,她知道这张脸将永远镌刻在她的记忆之中。这个男孩让她感到害怕,但是她又觉得他很帅,穿着法兰绒的裤子,小上衣在她看来挺像美国飞行员穿的那种。"国王万岁!"年轻男子叫道。于是大家齐声重复:"穆罕默德·本·尤塞夫万岁!"声音这么响,阿伊莎觉得是这声音让汽车产生的颤动。小伙子们用棍棒敲击车顶,正好给他们唱诗一般的声音敲出了节奏,他们的喧闹声越来越大,真成了一种旋律。他们开始到处乱砸,车玻璃,路灯的灯泡,街面上到处都是玻璃碴。游行者的劣质鞋子踩在上面,割伤了脚,但没有人注意到自己的脚在流血。

"趴下。"阿米纳叫道。阿伊莎将脸贴在车子的地板上。玛蒂尔德用手护住脸,不停重复道:"一切都会好的,一切都会好的。"她想到了战争,想到了她跳进一条壕沟躲避飞机轰炸的那天。她将指甲深深地扒在土里,屏住了呼吸,接着她夹紧了臀部,那么紧,她几乎达到了高潮。此刻,她很想分享过去的体验,想将嘴唇贴在阿米纳的嘴唇上,将恐惧溶解在欲望中。突然,人群散了开来,就好像一颗炸弹落在人群中央,一具具身体被炸飞了,抛向不同方向。车子震了一下,玛蒂尔德看到一个女人的眼睛,她正用指甲尖在敲车玻璃。她用食指指了指在颤抖的阿伊莎。也不知道为什么,玛蒂尔德对她产生了信任。她打开车窗,女人却扔下两个大洋葱就跑了。"毒气弹!"阿米纳叫道。几秒钟的工夫,车厢里就充斥着一股刺鼻的酸味,三个人都开始咳起来。

阿米纳发动了车子,缓缓穿过开始在周围凝聚的烟雾。他在公园门前停了下来,冲出汽车,将身后的车门打开。远远地,他看见弟弟和儿子正在玩耍,就好像几米之外的动乱发生在另一个国家。苏丹后妃的花园平静安宁。一个男人坐在长凳上,他的脚下摆着一个已经生锈的大铁笼。阿米纳走过去,他看见笼子里有一只瘦猴,灰扑扑的毛,爪子踩在自己的粪便上。他蹲下来,想要再看清楚一点,畜生转过来冲他张开嘴,露出牙齿。它吹了声口哨,啐了一口,阿米纳都不知道猴子究竟是在笑还是在威胁他。

阿米纳叫了声儿子，儿子跑过来扑进他怀里。他不想和弟弟说话，也没有时间解释或者指责，就回到了车里，留下奥马尔一人独自站在草坪中央。在回农庄的路上，警察设置了路障。阿伊莎注意到地面上带有钉子的长链条，她想象着轮胎戳破了之后发出的声响。一个警察示意阿米纳靠边停车。他慢慢地走近汽车，拿下太阳眼镜，仔细观察车里的人。阿伊莎好奇地看着他，小姑娘的好奇竟让警察无言以对。他似乎没弄明白眼前的一家人，而这家人乖乖地看着他，一句话没说。玛蒂尔德在想，这个警察会如何想象他们的故事。他会以为阿米纳是个司机吗？他是不是以为，玛蒂尔德是一个富有的殖民移民的太太，而这个仆人奉命陪她？但是警察似乎对大人的命运并不感兴趣，他盯着孩子们看。他观察着搂住弟弟，似乎是为了保护他的阿伊莎的手。玛蒂尔德缓缓降下车窗，冲年轻男人笑了一下。

"马上就要颁布宵禁令了。快回家。走吧。"警察拍了一下车身，阿米纳发动了车子。

在 7 月 14 日的国庆舞会上,科琳娜穿了一条红色的裙子,一双编织的浅口皮鞋。花园里点起了彩色的小油灯。她只和自己的丈夫跳舞,对于其他客人的邀请,她礼貌地一一拒绝。她认为这样就不会遭人嫉妒,可以得到夫人们的友情,但是那些夫人却正相反,觉得她粗俗,让人看不起。"我们丈夫难道还辱没了她吗?"她们心里想。在这样的场合,科琳娜总是显得小心翼翼。她害怕酒精,害怕激情,因为她知道随之而来的早晨的痛苦。她害怕这种堕落的感觉,说得太多的感觉,想要讨好人的绝望的感觉。在午夜之前,有人来找德拉冈,他背靠着吧台在喝酒;因为有女人要分娩,是女人的第三个孩子,必须快。科琳娜拒绝继续留下来:"如果你不在,我也不会跳舞的。"于是他先陪她回了家,然后再去医院。第二天早上,等她醒来,丈夫还没有回来。她躺在百叶窗紧闭的卧室,听着风扇叶片的声音,睡衣被汗水浸湿了。最后她还是起床了,拖着脚步走到床边。街上,让人疲惫不堪的热气已经漫了上来,她看见有个男人正在用棕榈叶打扫人行道。对面的房子里,邻居们在忙。孩子坐在门口的台阶上,母亲忙着从一间房跑向另一间房,关闭百叶窗,斥骂还没有完成装箱的保姆。父亲则坐在车驾驶的位置抽烟,车门开着,似乎父亲已经被这即将开始的漫长旅行弄得疲惫不堪。他们要回国,科琳娜知道新城很快就会空了。几天前,她的钢琴老师告诉她,她这就要去巴斯克①:"能够逃掉几个星期,远离这炎热和仇恨,是多么幸福呀。"

科琳娜离开了阳台,她想她也无处可去。没有什么地方可以回得去,没有充满回忆的童年的屋子。想到敦刻尔克那阴暗的街道,想到那些窥探她的女邻居,她不禁因为恶心而颤抖。她仿佛又见到了她们,站在她们破房子的台阶上,两手抓住肩头的大披肩,肮脏的头发在脑后绾起来。她们对科琳娜很是怀疑,她的身体在十五岁的时候骤然长开了,虽仍是小女孩的肩膀,却支撑着巨大的乳房,脆弱的双脚支撑着圆滚滚的臀部的重量。她的身体就是一个陷阱,她成了坠入这陷阱之中的囚徒。餐桌上,父亲看她一眼都不敢。她妈妈只会愚蠢

---

① 欧洲地区,分属现在的法国和西班牙。

地重复道:"这个小姑娘,打扮她还真是麻烦呀。"士兵总是觊觎她,女人则认为她有毒:"像这样的身体,就是会让人产生变态的念头!"人们觉得她就是贪,心甘情愿地堕落。这样的女人生来就是为了满足别人的欲望。男人扑向她,剥去她的衣服,就像拆开一份礼物,急不可耐,粗暴无礼。他们欣赏着这对炫目的双乳,无与伦比,从胸罩里释放出来,就像一团奶油一般摊开。他们扑上去,张开嘴尽情啃咬,好像一想到这甜点永远都不会耗尽,他们对这奇迹的探索永无尽头,他们就禁不住要发疯。

科琳娜关上百叶窗,一个上午她都在这阴翳中度过,躺在床上抽烟,直到烟蒂烧到了她的嘴唇。她的童年和德拉冈的童年一样,就只剩下一堆堆的石头,在轰炸下坍塌的大楼,埋在荒郊野外坟地里的尸体。他们在这里也遭受过失败,才到梅克内斯的时候,她以为也许能建立新的生活。她幻想着,太阳、优质的空气、平静的生活也许能够拯救她的身体,她或许最终能给德拉冈一个孩子。但是几个月过去了,接着几年,屋子里还是只能听到风扇嗡嗡的声音,从来不曾响起孩子的笑声。

丈夫在午餐前回来的时候,她针对自己提了无数个残忍的问题。她用这些问题来折磨自己,"他多重?""哭了吗?""和我说说看,亲爱的,那孩子好看吗?"德拉冈用湿漉漉的眼睛看着她,紧紧挨着爱人,温柔地回答她的问题。这天下午,他打算好要去贝尔哈吉的农场,科琳娜说陪他去。她喜欢年轻的玛蒂尔德,喜欢她的神经质和她的笨拙。听到年轻女人讲述她的生活时,科琳娜很感动。玛蒂尔德曾经说过:"我只有孤独。在我的处境,又怎么指望还有什么社交生活呢?您根本想象不到,在这样的城市,和一个本地人结婚意味着什么。"科琳娜差点想回答她说,和一个犹太人、一个侨民、一个无国籍的人结婚,做一个没有孩子的女人,也不是那么容易的事情。但是玛蒂尔德还年轻,科琳娜想,她并不明白。

到了农场,科琳娜看到她躺在一株柳树下,两个孩子睡在她身边。她静静地走近,不想打搅正在睡梦中的孩子,玛蒂尔德示意她坐下,她在草坪上铺了一张床单。在树荫下,伴随着孩子们轻盈的呼吸,她望向坡下的树,枝头挂着各种颜色的果子。

这年夏天,科琳娜几乎每天都要到小山坡上去。她喜欢和塞利姆一起玩,塞利姆很漂亮,令她着迷,她轻轻啃咬着他的小脸蛋、小屁屁。有时候,玛蒂尔德会打开屋里的收音机。她开着门,音乐传进花园里,她们各握着孩子的一只手,让他转圈,舞蹈。有好几次,玛蒂尔德留她吃晚饭。夜幕降临,男人也过来了,他们一起在花园里阿米纳搭建的凉棚下吃饭。凉棚上,一株紫藤开始攀爬。

城里的消息传到他们这里的时候，多少都有些走形，传来传去就成了谣言。玛蒂尔德不想知道其他地方都发生了什么。这些消息都很夸张，带有太多的戾气和不幸。但是有一天科琳娜来，精神都垮了，玛蒂尔德也没有勇气让她闭嘴。"摩洛哥悲剧性的狂热"，她手里拿的一张报纸上是这样的标题。她说话声音很轻，怕两个孩子听到 8 月 2 日在佩蒂让发生的恐怖事件："他们杀了犹太教徒。"接着，她就像一个用功的学生一般，细数刑罚的过程。有个十一个孩子的父亲，他的胸被一劈两半。尸体被装进袋子里，然后他们烧毁了房屋。她描述那些被带到梅克内斯火化的尸体，她念起拉比们说的话，几乎所有的犹太会堂都在传——"上帝不会忘记。我们会为逝者复仇。"

第五章

　　九月，阿伊莎返校了。从此之后，她的迟到有了新借口，都是因为病人。自从拉比娅事件之后，大家都在传，玛蒂尔德有江湖郎中的才能。她知道药品的名称，而且知道如何调配。大家都说她镇定、慷慨。无论如何，从这一天起，每天上午，都有很多农民聚集在贝尔哈吉家门口。开始的时候，阿米纳去开门，总是带有怀疑的神情问：

　　"你来干什么？"

　　"您好，老板。我来找夫人。"

　　每天早上，玛蒂尔德的病人都排成长队等候。葡萄收获时节，会来很多采摘女工。有些是被虱子咬了，另一些是静脉炎，或是生了孩子之后，奶水没了。阿米纳不喜欢看到这些站在台阶上等候的成群结队的女人。一想到她们要进他家，想到她们能够窥探到他在做什么，他的一举一动，想到她们在村庄里传布在主人家都看到了些什么,他就很恼恨。他提醒妻子,可别让别人以为她在搞什么巫术,要小心别人的诽谤,以及在所有人心中沉睡的妒意。

玛蒂尔德懂得治疗伤口,用乙醚杀死虱子,教女人使用奶瓶或是给婴儿洗澡。她和农民说话的时候挺严厉的。他们在解释又一次怀孕时讲起的那些淫荡的笑话,她也从来不笑。每当他们一次又一次地讲起什么鬼怪,什么婴儿在母亲肚子里睡着了,什么有个女人从来没有被男人碰过却怀孕了,她就翻翻白眼。农民的宿命论让她感到恼火,他们总是把一切都交给主,她无法理解他们怎么那么认命。她总是有多少时间就会讲多少时间,重复那套该如何讲卫生的说法。"你很脏!"她吼道,"你的伤口又发炎了。要洗澡。"她甚至拒绝给一个走了很远路来的女人看病,因为她双脚沾上了干粪便,而且她怀疑她身上有虱子。从此往后,每天早上,屋子周围都是四邻八乡的孩子的叫声。孩子们多半是因为饿才叫的,因为这些女人为了能够及时赶回农田劳作,或是因为又怀了孕,毅然给孩子们断了奶。小孩子从母乳过渡到了蘸着茶水的面包,日渐消瘦。玛蒂尔德哄着这些眼窝深陷、脸颊消瘦的孩子,有时禁不住热泪盈眶,简直不知道怎么哄才好。

很快,玛蒂尔德就感觉需求已经超出了她能够应付的范围,她觉得自己很可笑,这个临时诊所里,她只有酒精、红汞和干净的毛巾。有一天,有个女人来了,怀里抱着一个孩子。小孩子被包裹在脏兮兮的被子里,玛蒂尔德走近一看,发现孩子小脸上的皮肤发黑,而且起了皱,就像是架在炭火上烤的甜椒皮一样。在他们这样的家庭里,经常就在地上做饭,经常会发生小孩的脸被滚烫的茶壶烫了的事情,或者嘴巴耳朵被老鼠咬了。

"我们不能这样,听之任之。"玛蒂尔德总是这样说,她决定真的装备起一个诊所。"我不会问你要钱的,"她发誓道,"我自己想办法。"

阿米纳耸耸眉毛,他笑了。

"仁慈,"他说,"是伊斯兰教徒的责任。"

"也是基督教徒的责任。"

"那我们是一致的。没有什么再需要多说的了。"

★

阿伊莎习惯了在散发着樟脑和肥皂味的诊所做功课。她时不时从作业本上抬起头,看着那些农民拎着兔耳朵,把兔子当作酬金感谢他们。"他们节衣缩食,特地给我带来的,如果我拒绝了,他们会难过的。"玛蒂尔德对女儿解释道。阿伊莎冲那些因为咳嗽脑袋摇晃不停的孩子微笑,这些孩子的眼睛上都是苍蝇。她注意到,母亲的柏柏尔语越说越好了,她还发现,母亲会大声斥骂塔莫,因为她看到血就会哭。玛蒂尔德有时也会笑,当她在草地上坐下,赤着双脚,和那些女人的脚挨在一起时。她在一个瘦骨嶙峋的老女人的脸颊上印下她的吻,而如果小孩子要糖吃,她也时不时地会迁就他们。她要求大家讲古老的故事,于是女人们就讲给她听,舌头弹在没了牙齿的牙床上发出声音,她们笑着,将脸埋在自己手中。她们用柏柏尔语讲她们自己的故事,已然忘了玛蒂尔德是她们的女主人,而且是个外国人。

"身处和平环境的人是不能够这样生活的。"玛蒂尔德不断说是贫穷激起了反抗。丈夫和她都产生了同样的对人类进步的向往:少一些饥荒,少一些疼痛。他们各自都对现代化产生了疯狂的希望:用了机器可以有更好的收成,而药品可以结束某些疾病。但是阿米纳却经常试图阻止他的妻子。他担心她的身体,担心这些陌生人身上的病菌在他家传播开来,危及孩子。有天晚上,一个女工带了个孩子来,孩子已经高烧了好几天。玛蒂尔德建议他脱掉衣服,让他赤着身子睡,身上盖上湿毛巾。第二天一早,女人又来了。孩子浑身发烫,而且夜里出现了抽搐。玛蒂尔德让女工上车,把孩子放在阿伊莎身边。"我把女儿放到学校,然后我们去医院,你听懂了吗?"在当地医院的等候室里,她们等了很长时间,接着棕色头发的医生终于给孩子听诊了。等到傍晚玛蒂尔德再到学校去接阿伊莎的时候,她脸色苍白,下颚在颤抖。阿伊莎感觉到发生了什么事情。"小男孩死了吗?"她问。玛蒂尔德把阿伊莎抱在怀里,紧紧地搂住她的身子和胳膊。她哭了,泪水流在孩子的脸上:"我的小姑娘,我的小天使,你感觉怎么样? 看着我,我亲爱的。你还好吗?"这天夜里,她无法入睡,仅此一次,她祈求主的保佑。她想她是因为自己的虚荣心遭到了惩罚,她自认为自己差不多是个郎中了,但其实她一无所知。她干的就是让孩子也承受了风险的事,也许第二天,阿伊莎也会高烧,然后医生就会告诉她,就像今天早上一样:"是脊髓灰质炎,夫人,要注意,这种病传染率很高。"

而这个诊所也是和邻里发生纠纷的所在。好些男人都来和阿米纳抱怨过,说玛蒂尔德劝他们的妻子未必需要尽妻子义务,她讲了些事情,她们都记在了脑中。这个基督信徒,这个外国人,她不应该插手这些事情,她挑拨起了家庭内部不和谐的声音。有一天,罗杰·马里亚尼出现在贝尔哈吉家门口。这是第一次,这位富有的邻居穿过分隔两家产业的马路。平素里玛蒂尔德看到他,他都是骑着马在田间驰骋,帽檐压得很低。这一次,他进入客厅,女工们都席地而坐,手里抱着孩子。看到他,有些女工逃走了,连再见都来不及和玛蒂尔德说,而此时,玛蒂尔德正仔细地将一块油膏纱布贴在一个男孩的伤口上。马里亚尼双手交叉背在身后,他穿过房间,最后在玛蒂尔德身后站住。他嘴里嚼着一根草茎,舌头发出的声音惹恼了玛蒂尔德,因为她集中不了精力。她转身面向他,他冲她笑了:"请继续。"他在椅子上坐下,等着玛蒂尔德把男孩打发走,她建议男孩站在树荫下,说他需要休息。

现在就剩他们俩了,马里亚尼站起身。看到玛蒂尔德那么高,看见她的那双似乎面对自己毫无畏惧的绿眼睛,他晃了一下。在他一生之中,女人看到他都感到害怕,听到他的粗嗓门都会跳起来,而当他抓住她们的腰或者头发,她们就会试图逃跑,当他在谷仓或者灌木丛后面占有她们,她们则低声哭泣。"他的双亲会回来找你的。"他对玛蒂尔德说。他漫不经心地握着一瓶酒精,把玩着桌上的剪刀,发出声音。"你以为会怎样?他们会把你当成一个圣女来看?就像他们为那些隐士做的那样,给你建座庙?这些女人,"他指了指在外面工作的女工,低声说,"她们已经习惯了忍受痛苦。您这是在教她们怜惜自己,您听懂我的意思了吗?"

★

但是没有什么能够削弱玛蒂尔德的意志。有个九月初的周六,她去了帕罗奇大夫位于雷恩街的诊所,诊所位于一幢毫无美感可言的大楼的四楼。在候诊室,四个欧洲女人坐在那里,其中一个怀孕的女人看见玛蒂尔德之后将手放在肚子上,似乎要保护腹中的胎儿,免得受到伤害似的。她们在这间超热的房间里耐心等待了很久,房间静得令人压抑。其中的一个睡着了,右手支撑着脸。玛蒂尔德试图阅读她带来的一本小说,但是天实在太热了,她没有办法思考,她的精神涣散了,一会儿想想这个,一会儿想想那个,根本无法集中精力。

终于,德拉冈·帕罗奇走出办公室,玛蒂尔德看到他,站起身来,舒了口气。他穿着白大褂的样子很是英俊,黑发往后梳去,和她第一次看到时那个快乐的男子很是不同,黑眼圈让他看起来有些忧郁。他的脸上带有那种属于好医生的疲倦。在这些好医生的轮廓上总是能够看见病人的痛苦,这些轮廓本身仿佛是透明的一般,我们会觉得,是病人倾吐的秘密压弯了他们的肩膀,是这份秘密的重量,是他们的无能为力拖缓了他们的步态和语速。

医生走近玛蒂尔德,他犹豫了一下,在她的两边面颊各吻了一下。他注意到她的脸红了,为了驱走尴尬,他看了看她拿在手里的书的封面。

"《伊凡·伊里奇之死》①。"他慢慢地读道。他的嗓音很

---

① 列夫·托尔斯泰的经典中篇小说。

低沉,让人觉得很诚信,能够感觉到,这具身体,这颗心里装了很多非同一般的故事。"您喜欢托尔斯泰?"

玛蒂尔德点点头。他陪她来到自己那间宽敞的办公室,和她讲了一个小故事:"1939年,我才到摩洛哥,我住在拉巴特的一个俄国朋友家,他是在俄国革命时逃出来的。有一天,他邀请朋友在他家吃晚餐。我们喝了点酒,玩牌。其中有个客人,我们都叫他米歇尔·伊沃维奇,躺在客厅的沙发上睡着了。他的呼噜打得震天响,于是我们笑开了。主人说:'谁能想到他竟然是伟大的托尔斯泰的儿子呢!'"

玛蒂尔德睁大了眼睛,德拉冈继续讲了下去:

"千真万确,就是这个天才的儿子,"他一边感叹一边示意玛蒂尔德在黑色的皮质扶手椅上坐下,"战争快结束的时候他死了。我后来就再也没有见过他。"

一阵沉默,德拉冈好像觉得这场合有点不对劲。玛蒂尔德将脸转向水绿色的屏风,女病人都是在这屏风后脱衣检查的。

"坦率地说,"玛蒂尔德开了头,"我不是来看病的。我想要请求您的帮助。"

德拉冈将下巴放在交叠的手掌之上。这话他听过多少回了呢?"一个妇科医生对任何情况都不会觉得意外。"他在布达佩斯医学院的一个老师曾经对他说过。做好一切准备,为了要个小孩,愿意承受最糟糕的试验的,苦苦哀求的女人;同样做好一切准备,却为了摆脱孩子,愿意承受最猛烈的痛苦的,苦苦哀求的女人;出现了羞于启口的症状,发现丈夫欺骗了她们,绝望至极的病人;最后,还有那些发现腋下的肿块,或是因小腹疼痛而来就诊却已经太迟的女人。"您一定忍受了巨大的痛苦,"他总是这样问这些病人,"为什么您不早点来呢?"

德拉冈打量着玛蒂尔德那张美丽的脸庞,她的皮肤显然不适合这样的纬度,出现了一块块红斑。她有什么有求于他的呢?她会问他借钱吗?她是为了丈夫来的?

"您说。"

玛蒂尔德开始说,她越说越快,充满激情,这激情让妇科医生都坐不住了。她谈到了拉比娅,她的肚子和屁股上奇怪的瘢痕,她的呕吐。她谈起了热米亚,孩子十八个月了,还站不起来。她向他承认,这些已经超出了她的能力范围,她根本没有能力对付白喉、百日咳、沙眼,虽然她能够了解相应的症状,但是她根本不懂得如何治疗。德拉冈看着她,张大了嘴,眼睛瞪得大大的。他很惊讶于她描述每一种病症时的那份严肃,他抓过本子和笔,开始记录她说的话。有时,他会打断她,提个问题,"这些瘢渗不渗液?还是干的?""您有没有对伤口进行消毒?"他被这个女人对医学的热情感染了,还有她所表达的,想要了解人体机制的这份愿望。

"正常情况下,在我没有检查病人的时候,我是不会给出建议或者药品的。但是这些女人绝对不会让一个男人检查身体的,更不要说让一个外国人来看。"他和她说起有一次在非斯,一个很富有的商人请他出诊,因为他妻子大出血。一个衣衫褴褛的看门人将他带进屋内,而德拉冈不得不隔着一层不透明的纱询问病人。女人第二天死了,血流尽了。

德拉冈站起身,从书橱里拿出两大本书:"这些解剖图是匈牙利语的,我很抱歉。我试着给您找找法语的,不过在这段时间里,您可以先熟悉起人体来。"另一本书是关于殖民地医学的,附有黑白照片。在回城的路上,阿伊莎翻着这本厚厚的书,她停在一幅图上,下面是这样的说明:"斑疹伤寒防治,摩洛哥,1944。"穿长袍的人排了一排又一排,周围是一团团的黑雾,摄影师很好地抓住了他们脸上的恐惧与迷醉。

　　玛蒂尔德将车子停在邮局前。她打开车门，伸直双腿，脚落在了人行道上。她还从来没有经历过那么热的九月。她从包里拿出纸笔，开始把早上没有写完的信写完。在第一小节里，她说道不能完全相信报纸上的话，说佩蒂让当然是很可怕，但是同时，情势又非常复杂。

　　"我亲爱的伊莱娜，你已经出发去度假了吗？我想应该是的，但也许我错了，或许你此刻还在孚日山区，在我们儿时游泳的湖边。我的舌尖还留有越橘蛋糕的味道，是那个脸上长满痘痘的高个子夫人送的。这味道深深地留在了我的记忆中，每每我悲伤之时，我就会想到这种味道，它能够给我以安慰。"

　　她重新穿上鞋，跨上了邮局门口的台阶。她排进柜台前的队伍里，柜台里是一个笑盈盈的女人。"米卢斯，法国。"玛蒂尔德解释道。接着，她径直走入有一百多个信箱的中央大厅。在四面的高墙上分布着一个个黄铜的小门,每扇门上有个数字,玛蒂尔德在 25 号信箱前停下脚步,"25"是她出生的年份,她曾经和阿米纳说过,不过阿米纳对这一类的巧合不感兴趣。她将放在口袋里的小钥匙插入锁孔,但是没能转动。她拔了出来,重新插入,但是仍然没有反应,信箱门还是没有打开。玛蒂尔德不断地拔出插入,动作越来越粗鲁,以至于别的用户都注意到了她的恼火。也许她是来偷情人寄给她丈夫的信? 或者,这是她想要报复的那个情人的信箱? 有个职员慢慢走近她,就像是一个动物园的管理员,负责将野兽带回笼子里。这是个非常年轻的男子,棕色头发,地包天。玛蒂尔德觉得他很丑,而且可笑,脚那么大,和她讲话时还一副一本正经的样子。这还是个孩子,她想。但是,他非常严厉地看着她:

"发生了什么,夫人? 我能帮到您吗?"她猛地拔出了钥匙,手肘险些撞到年轻男人的眼睛,因为他比她矮了太多。"开不了。"她恼火地说。

邮局职员从玛蒂尔德的手中接过钥匙,但是他必须踮起脚尖才能够到锁孔。他的缓慢动作激怒了玛蒂尔德。钥匙终于断在锁孔里,玛蒂尔德又等了一会儿,小伙子才去叫他的上级。她的工作已经耽搁了;因为她答应过阿米纳早点做完工人工资的账,而且如果她不给他及时做好午饭,他也会生气的。小伙子终于回来了,借助凳子和螺丝刀,他庄严地拧开了信箱的铰链。他用绝望的语调说他从来没有"碰到过这样的情况"，玛蒂尔德真想抽开他脚下的这张凳子。信箱门终于松动了，他面向玛蒂尔德打开。"谁说这钥匙没问题的？因为假如是您弄错了，就得由您来付修理费。"玛蒂尔德推开他，她把里面的一堆信件拿走之后，连声"再见"也没说，便径直向邮局出口走去。

当酷热包围了她，当她感觉到太阳的灼热在她的头顶上留下了印迹时，她获知了父亲的死讯。一封电报，是伊莱娜昨天打来的，干巴巴的措辞。她把电报纸翻过去，重新读了信封上的地址，然后她盯着电报上的那些个字母，仿佛这就只是个玩笑。这怎么可能，此时，在几千公里之外，在她的家乡，一片金黄的秋天，人们正在埋葬她的父亲？就在那个棕色头发的男人向他的上级解释 25 号信箱的不幸插曲时，人们正将乔治的棺材抬往米卢斯公墓。玛蒂尔德开车往农庄驶去，一路上她都不能相信这是真的。她有些神经质，她在想究竟需要多少时间，那些毒虫子才能够耗尽那么高大的父亲，才能够堵住这个巨人的鼻孔，才能够彻底包裹住这个躯壳，吞噬他。

★

得知了岳父的死讯之后，阿米纳说："你知道，我很喜欢他。"他没有撒谎。他很快就感受到自己对这个率直、开朗的男人的强烈情意,这个男人接纳了他,让他进入自己的家庭,没有任何偏见,没有表现出一点家长作风。阿米纳和玛蒂尔德在阿尔萨斯,在乔治出生的那个小镇的教堂里结的婚。在梅克内斯,没有人知道这件事情,阿米纳让他的妻子一定要保守秘密。"这是非常严重的罪行。他们不会理解的。"没有人见过在仪式结束时拍的那些照片。摄影师要求玛蒂尔德往下站两个台阶,这样才能和丈夫保持差不多的高度。"要不然会有点滑稽。"他解释说。婚礼如何组织,乔治完全听从女儿的意愿,有时他会瞒着伊莱娜偷偷塞几张钞票到小女儿的手里,免得她因为一些华而不实的花费为难。乔治明白,人需要享受,需要打扮得漂漂亮亮,他不认为这是女儿的轻浮。

阿米纳从来没有看到过像那天晚上一般酩酊大醉的人。乔治都走不动路了。他摇晃着,挂在女人的肩头,跳舞,借以掩饰自己的晕眩。将近午夜的时候,他扑向自己的女婿,用手臂紧紧箍住他的脖子,就像有时为了制住好斗分子那样。乔治没有意识到自己用了多大的劲,但阿米纳觉得他简直能杀了他,因为过度的爱掐断他的脖子。他拖着阿米纳来到热得要命的大厅角落,有几对男女在花环状的油灯下跳舞。他们靠在木头的吧台上,乔治要了两杯啤酒,也没注意到阿米纳拼命摇手表示拒绝。阿米纳觉得自己已经喝太多了,几分钟之前,他甚至躲到谷仓后面去吐过。乔治让他喝,想看看他的耐力怎么样,同时也想让他说话。他让阿米纳喝,是因为这是他所知道的,缔结友谊、建立信任的唯一方式。就像孩子们割伤手腕歃血为盟一样,乔治想要用啤酒浸润他对女婿的爱。阿米纳想吐,他一直在打嗝。他在找玛蒂尔德,但是新娘似乎消失了。乔治揽住他的肩膀,将他拖入醉鬼的对话中。他一口浓重的阿尔萨斯口音,他让周围的人做证:"上帝知道,我对非洲人,对你这个种族的信仰没有任何反对之意。但是你如果想知道的话,我对非洲真的一无所知。"四周,那些被酒精灌得昏头昏脑的人都在嘲笑他,他们耷拉着湿漉漉的嘴唇。这块大陆的名字继续在他们脑中回响着,浮现在他们眼前的,是赤裸着乳房的女人,裹着缠腰布的男人,一望无际的田野,四周都是热带植被。他们听到"非洲"这个词,想象着一个能让自己成为世界主人的地方,前提是能够在瘴气和传染病中存活下来。"非洲",一堆乱七八糟的画面,与其说这是关于非洲的画面,还不如说是关于它的幻觉。"我不知道在你家是怎么对女人的,不过,"乔治说,"小姑娘可不大好相处,是吧?"他给了旁边的老跛子一记肘击,就好像要他来证明一下玛蒂尔德的粗野。那人呆呆地看向阿米纳,什么也没说。"我有点太随她的性子了,"乔治继续说,舌头有点大,似乎已经转不动了,"小姑娘没了妈妈,你还能怎么办呢?所以我就让自己对她温柔一点。我放任她在莱茵河边疯跑,人们把她抓到我面前来,因为她偷了樱桃,或是光着身子在河里游泳。"乔治没有注意到阿米纳的脸红了,没有发现他有些不耐烦。"你瞧,我从来没有勇气揍她。伊莱娜冲我吼也没用,我做不到。但是你,你可不能揍她。玛蒂尔德,她应该明白控制权在谁手里。嗯?儿子?"乔治继续说啊说啊,最终他已经忘了是在和女婿说话。他们之间从此建立起一种男性的、粗俗的同志情感,可以一起谈论女人的乳房和屁股,安慰他们所有的幻灭。乔治的拳头敲击着柜台,他带着淫荡的神情提议一起去逛窑子。周围人都笑了,这时他想起来,今晚是阿米纳的新婚夜,关系到的是他女儿的屁股。

乔治好色,好酒;一个异教徒,一个绝妙的、狡猾的人。但是阿米纳喜欢这个巨人。最初在村里驻守的那些个夜晚,乔治总是在大厅的一角,坐在扶手椅里抽烟斗。他在观察女儿和这个非洲人之间渐渐产生的淳朴爱情,一句话不说。女儿还小的时候,他教过她,千万不要相信故事书里说的那些蠢话:"说黑鬼会把坏小孩吃掉,这不是真的。"

★

之后的日子,玛蒂尔德一直很伤心,阿伊莎从来没有看到母亲这样过。她吃着饭就会泣不成声，或是生伊莱娜的气，因为她没有把父亲的情况告诉她。"他已经病了好几个月了。如果她早点告诉我，我也许还能去照顾他，和他道个别。"穆依拉拉过来悼唁："他现在解脱了。我们活着的人必须考虑别的事情。"

几天之后，阿米纳失去了耐心，他指责她忽视了农庄和孩子们："这里，人们是不会耗上这么久的。我们和逝者道别，然后继续生活。"一天早上，阿伊莎正在喝加了糖的热牛奶，玛蒂尔德宣布道："我必须走，否则我会疯掉。我必须去父亲的坟墓上看看，等我回来后，一切都会好的。"

阿米纳默许了，而且同意付旅费，在妻子走前的几天，他想到那个一直折磨着他的问题。"乔治死的时候，我又重新想到了这个问题。我们在教堂举办的婚礼，在这里是没有法律意义的。国家很快就会独立，我可不想万一我死了，你对孩子，对农庄不具有任何权利。等你回来，我们应该把这个问题解决了。"

两个星期之后,1954年9月中旬,阿米纳醒来,心情很好,他和阿伊莎说,带她去兜一圈,逛逛周边的田野。他对她说:"对农民来说是没有星期天的。"开始时看到阿伊莎不听他的,他感到很吃惊,女儿一下子就从他面前跑过,超过了他,投入扁桃树的小路,然后就消失了。她似乎认识这里每一株树,小脚灵活得不可思议,避开了荨麻的刺,还有夜里一场雨造成的泥洼,虽然这场雨对作物很有用处。有时,阿伊莎会转过身来,似乎是等得有些不耐烦了,她等着他,眼睛瞪得圆圆的,很惊愕的样子。有一秒钟、一分钟的时间,阿米纳产生了一个疯狂的念头,接着他又放下了。"一个女人,"他想,"可不能掌管一个这样的农场。"对于她来说,应该有其他的发展计划,成为一个城里人,一个受过教育的女人,也许是个医生,或者律师也不坏。他们沿着田野一路走去,看到这个孩子,农民都在叫。他们挥动手臂,害怕联合收割机的传送带把小姑娘吞了,这种事情他们看见过,老板的孩子在这里,可不能冒这个险。父亲混入了雇工的队伍中,他们在交谈,阿伊莎觉得他们的谈话实在是有些没完没了。她躺在潮湿的土地上,看见挂着沉甸甸的云团的天空,出现了一支奇怪的鸟儿的队伍。她在想,它们是不是信使,是从阿尔萨斯过来的,为母亲归家报个信。

亚舒尔是农场开工后第一批为父亲工作的工人,此时他骑马来到了他们面前,一匹灰色的马,尾巴上沾了点点泥浆。阿米纳示意女儿说:"从这边过来。"收割机器停止了转动,阿伊莎小心翼翼地迈了一步,加入了他们。阿米纳跨上马背,笑着说:"来!"阿伊莎不愿意,她的声音也很纤细,她借口说她更喜欢跑,说她会跟着他,但是阿米纳不听她的。他认为她是想玩,就像他自己还是个孩子的时候那样,喜欢那些带有暴力色彩的游戏,比如说玩打仗的游戏,互相布陷阱,心里怎么想的,往往嘴上反过来说来迷惑对方。他往马的臀上给了一脚,马冲了出去,他伏在马身上,脸颊贴着马脖子,马张大了鼻孔呼气。接着他开始全速地围着孩子转圈,尘土飞扬,挡住了太阳。他在扮演苏丹,扮演氏族部落的首领,扮演十字军战士。很快,胜利之后,他要劫持这个孩子,这个比一头小山羊大不了多少的孩子。他伸出手,稳稳地从阿伊莎的胳膊下伸过去抓住她,就像玛蒂尔德拎住猫脖子那样。他让阿伊莎坐在自己身前的马鞍上,发出牛仔或是印第安人的叫声,他觉得自己叫声挺搞笑的,但是女儿抖了一下。她开始哭,瘦弱的身体因为哭泣而颤动。阿米纳紧紧地抱住她。他的手摸了摸女儿的头,对她说:"别怕,安静点。"但是孩子一把抓住马的鬃毛,她看向地面,觉得自己一阵晕眩。阿米纳这时感觉到孩子屁股底下流出了热乎乎的液体。他猛地抬起孩子的身体,孩子一直在叫,然后他看了看她已经湿了的裤子。"不会吧!"他叫道。他用指尖拎着孩子,就好像孩子让他感到恶心,好像这味道,或是自己女儿的懦弱让他感到厌烦。他勒住了马衔,翻身下地。父亲和女儿面对面,两个人都垂下眼睑不说话。马儿的马蹄在地上刨,阿伊莎又受了惊,扑过去抱住父亲的腿。"可不能像这样胆小。"他抓住女儿的胳膊,看了看在马鞍上流淌的尿液。

两个人一起走回家,彼此之间保留着一定距离。阿米纳想,阿伊莎并不合适他来管,他不知道和她在一起怎么办。自从玛蒂尔德回欧洲以后,他就想着要分一点时间给女儿,要做一个有爱心的、得体的父亲。但是他很笨拙,神经质,这个七岁的小女人总是让他觉得不是那么自在。她的女儿需要女性的陪伴,一个能够懂她的人,不仅仅是塔莫对她的温情;因为塔莫愚蠢,而且她有点邋遢。他有次逮到过塔莫在厨房里,举着茶壶,将壶嘴凑在嘴边喝茶,他简直想扇她一记耳光。他想要让女儿摆脱这些该死的影响,而且他一个人要往返学校和农场之间,也有点应付不来。

这天晚上,他走进阿伊莎的房间,坐在她的小床上,看着她,女儿正坐在自己的书桌前。

"你在画什么?"他问,并没有离开他坐的位置。阿伊莎没有抬起眼睛看他,她只是说:"我在为妈妈画点东西。"阿米纳冲她笑,有好几次他试图讲点什么,但是他还是放弃了。他站起身,打开橱子的抽屉,玛蒂尔德把她的衣服都整理好放在里面。他拿出了一条妻子织的羊毛短裤,这衣服看起来太小了。他拿了差不多一沓衣服,放进一个棕色的大袋子里。"你到贝里玛的奶奶家里睡几天。我想这比较好,而且也方便上学。"慢慢地,阿伊莎把图画一折为二,抓起散落在床上的布娃娃。她跟着父亲来到走廊上,在弟弟的额头上印下一吻,弟弟靠在塔莫的肚子上已经睡着了。

这是第一次,夜晚的时候就只有他们俩,父女俩,大眼瞪小眼地,这让他感到很紧张。在车里,阿米纳有时会冲女儿转过脸去,笑着,仿佛在对她说:"一切都会好起来的,别担心。"阿伊莎也对他报以一笑,接着,或许是夜晚的静谧让她放开了,她要求他说:"和我讲讲战争。"说这句话的时候,她的声音很笃定,就好像用了大人的那种语调,比平常更要低沉一点。阿米纳感到有点吃惊。他的眼睛盯着路,说道:"你以前注意到过这道疤吗?"他用手指头点了点右耳后面,顺着下来渐渐至肩膀处。天太黑了,阿伊莎没有办法看到疤痕的棕色凹凸,但是她很清楚父亲皮肤上这奇怪的花纹。她点点头,内心非常激动,因为这秘密终于有了答案。"在战争期间,就在我遇到妈妈之前——"阿伊莎笑了。"我在集中营里待了几个月,因为我们被德军俘虏了。那里有很多和我们一样的士兵,殖民地军队的摩洛哥人。我们的确是被当作囚犯来对待的。饭菜不太可口,而且也不够丰盛,我体重掉了很多。但是我们没挨揍,也没人强迫我们劳动。实际上,那会儿最糟糕的是无聊。有一天,有个德国军官把囚犯召集到一起。他问我们当中有没有理发师,我至今都没明白究竟怎么回事,我也没多考虑,便迅速穿过人群,来到了军官面前,我说:'我,先生,我是我们村里的理发师。'那些认识我的人于是都笑了。'你真是自寻死路。'他们对我说。但是军官相信了我,他让人在集中营的中间放了一张桌子和一张椅子。有人给了我一把老掉牙的理发推子,一把剪刀,还有德国人喜欢往头上抹,用来定型的黏糊糊的一种产品。"阿米纳将他的手放在脑袋上,模仿那些德国军官的动作,"我的第一个顾客坐了下来,于是,我的小姑娘,麻烦开始了。我完全不知道该如何使用这推子,当我把推子放在那个德国人的颈背上,推子仿佛不听我使唤。在德国士兵的脑袋中央于是出现了一个大洞。我满身大汗,我对自己说，最好能够剪得一样齐，但是天晓得，这把该死的推子太不受控制了。过了一会儿，德国人坐不住了，他把手放在脑袋上，看上去很神经质。他说了句德语，我没明白他的意思。最后他粗暴地推开了我，抓住放在桌子上的一面小镜子。看到自己的模样后，他开始吼叫，就算我听不懂也没什么关系，我知道他在骂我，百般辱骂。他把那个将理发任务交给我的人叫来，那个人要我解释。你知道我是怎么回答他的吗？我举起胳膊，笑了，我说：'是非洲发型，先生！'"

阿米纳笑了，他敲击着方向盘，表达内心的激动之情，但是阿伊莎没有笑。她没有理解这个故事的精彩结尾。"但是这条疤痕是怎么来的呢？"阿米纳想了一会儿，他不能告诉女儿实情。他是在和女儿说话，而不是和同寝室的战友。怎么能诉她呢？是逃跑，带刺的铁丝网勾到了他的脖子，肉挂在上面，但是他没有感觉到疼痛，因为害怕远远超过了肉体的痛苦。这个故事现在还不能说，也许过些时候，他想。"是这样的。"他简单开了头，声音温柔，阿伊莎从来没有听到过父亲用这样的声音讲话。而此时，城市的灯光已经出现在眼前，她能够分辨出父亲的脸，还有颈部的凸起。"我逃出集中营的时候，在黑林山①走了很久。天很冷，我没有看到一个活人。有

① 德国南部巴登-符腾堡州的山脉。

一天夜里,我睡觉的时候,听到了有什么声音,像是一声咆哮,一种残忍的动物发出的叫喊。当我睁开眼睛,一只孟加拉虎出现在我眼前。它扑向我,锋利的爪子撕裂了我的脖子。"阿伊莎发出小小的、兴奋的叫声。"幸亏我身上有枪,我终于用枪顶住了它。"阿伊莎笑了,她想要摸一下那道从发根一直延伸到锁骨的长长的疤痕。她甚至忘记了这趟黑夜行的原因,因此当父亲在离穆依拉拉家几米远的地方停下车来,她吃了一惊。阿米纳一只手拎着棕色的袋子,另一只手抓住了阿伊莎的手腕。进了家门,阿伊莎开始哭叫,她请求父亲不要把她一个人留在这里。女人们把他推出门外,她们哄着小姑娘。但是穆依拉拉最终也烦了阿伊莎的闹腾,她在地上打滚,把坐垫扔到地上,愤怒地推开人们递给她的点心。"这个小法国人真是坏脾气。"老祖母总结道。

大家将孩子安置在塞尔玛卧室旁边的一间房间里,雅斯米娜接受第一个晚上睡在床头的地板上。尽管保姆在一旁,或许她的呼吸让阿伊莎感到安心,可是阿伊莎还是几乎彻夜难眠。她觉得这座房子就像是小猪努力建造的一个稻草窝,狼来了,轻轻一口气,就能把它吹飞掉。

第二天,在课堂上,当玛丽-索朗日嬷嬷在黑板上写下数字,阿伊莎想:"妈妈在哪里呢?她什么时候才能回来?"她在想,大人是不是在骗她,这趟旅行是不是那种没有回程的旅行,就像寡妇迈尔西埃的丈夫那样。她邻座的莫奈特在她耳边说了点什么,老师拿着教鞭在书桌边缘敲了敲。莫奈特是个活泼的孩子,话很多,个子很高,高得令班上所有同学都感到吃惊。她似乎对阿伊莎有一种感情,阿伊莎也不知道为什么。莫奈特总是说个不停,坐在教堂的小板凳上,或者课间休息在院子里,在食堂,甚至在课堂上,问问题的时候。莫奈特总是激怒大人,有一天校长嬷嬷都不禁叫道:"该死!"她那张皱巴巴的脸因为替她羞愧而通红。阿伊莎也不知道莫奈特的话里有几分是真的,有几分是假的。莫奈特真的有个做演员的姐姐在法国吗?她真的去美洲旅行过,在巴黎的动物园里看到过斑马,亲吻过她表哥的嘴唇吗?她的父亲埃米尔·巴尔特真的是个飞行员吗?莫奈特描述他的时候,讲到了那么多的细节,放进了那么深的情感,阿伊莎最终还是相信了在梅克内斯的飞行俱乐部里有这样一个天才的存在。莫奈特和她解释了 T-33 战斗机、派珀小型单翼侦察机和"吸血鬼"战斗机之间的差别,她详细描述了他父亲掌握的最危险的飞行动作。她说:"哪天我领你去,你自己看。"这一允诺一直萦绕在阿伊莎的心头。从此之后她的脑子里只有两个念头:某个下午去飞行俱乐部和母亲从法国回来。她想象着自己朋友的父亲可以驾驶他的一架飞机去找到玛蒂尔德。如果她好好地说,如果她求求他,也许他会同意帮她这个小小的忙。

莫奈特在自己的弥撒经本上画画。她给那里面的圣像画上浓密的黑色小胡子。在她们缔结友谊的最初几个月里,她的举动让阿伊莎莞尔,因为阿伊莎从来不敢相信可以如此不惧权威。阿伊莎观察着自己朋友干的这些蠢事,张大了嘴,眉毛上挑,充满了崇敬之情。有好几次,嬷嬷们让她揭发自己的朋友。但是阿伊莎从来没有这么做,她觉得自己非常忠诚。有一天,莫奈特把她拖进了寄宿学校的厕所。天很冷,大多数姑娘都会尽量忍上好几个小时,不想脱了衣服,牙齿打着寒战,坐在马桶上尿尿。莫奈特看了看四周。"去看好门。"她命令阿伊莎道。阿伊莎的心都快蹦出来了,她说着,"快点""你好了吗?""你到底在干什么? 我们要有麻烦了!"大个子莫奈特从自己的罩衫下拿出了一个玻璃瓶。她撩起羊毛裙,把裙边咬在嘴里。她褪下短裤,阿伊莎惊恐地看到了朋友还没有长毛的外生殖器。莫奈特把小瓶子凑上去,把尿尿在里面。热乎乎的液体沿着瓶口流入瓶底,阿伊莎开始颤抖,因为惊吓,也有点兴奋。接着她感觉到自己双膝发软。她差点往后退了几步,准备逃跑,因为她想,她也许落入了一个陷阱,也许莫奈特要让她喝尿。她也许是太幼稚了,也许很快,莫奈特会纠集班里的其他女孩,她们会扑向阿伊莎,把瓶口塞进她的齿间,然后叫道:"喝! 喝!"但是莫奈特提上了短裤,整了整裙子,然后用自己湿乎乎的手抓住了阿伊莎的手。"跟我来。"她对她说。她们开始跑上那条小石子路，往教堂的方向跑去。阿伊莎被赋予在门前警戒的任务，但是每时每刻，她都在朝里看，看看莫奈特到底在作什么怪。因此，她看到了她的朋友将瓶子里的东西倒进了圣水盘。从这天开始，每当阿伊莎看见老嬷嬷或是小女孩将手指伸进圣水盘，然后画个十字时，她就禁不住一阵战栗。

"一个月有多少天?"阿伊莎问穆依拉拉,祖母把她紧紧地抱在自己干瘪的胸前。"妈妈就要回来了。"老祖母保证说。阿伊莎不喜欢祖母身上的味道,不喜欢从她的头巾里冒出来的一绺绺橘色布条,不喜欢她涂在脚掌上的指甲花。还有她的手,长满了老茧,那么粗糙,这双手的抚摸可不令人期待。手上的指甲因为做家务泡了太多的水而遭到了损害,皮肤上都是小小的伤口,也都是家务造成的;这里是一个小伤,那里是她某个节日的时候在后厨割的一条血淋淋的伤疤。阿伊莎尽管不喜欢祖母身上的味道,可害怕的时候还是喜欢躲进祖母的房间里。穆依拉拉总是嘲笑孙女的性格,她把这种神经质归结到她的欧洲血缘。城市里十来座清真寺的声音同时响起时,阿伊莎就开始颤抖。最后一次召集祈祷,穆安津①

---

① 在清真寺宣礼塔上报祈祷时间的人,原意为"宣告者"。

在巨大的喇叭前喘着粗气,喇叭传出的洞穴般的声音也能令孩子惊吓不已。在学校里,嬷嬷给阿伊莎看过一本书,天使长加百列手执环状的金色法器,他会唤起死者接受最后的审判。

有一天晚上,阿伊莎正和塞尔玛待在一起写作业,她听见门被敲响了,接着奥马尔发出一声叫喊。姑娘们放下了作业,在扶栏边俯身而下,看庭院里究竟发生了什么。穆依拉拉站在橡胶树下,声音低沉,而且一种阿伊莎简直都不相信的冷峻,她威胁儿子将受到惩罚。她走近大门口,这时儿子求她说:"我不能把他们关在门外! 这可关系到国家的未来,我的母亲①。"他拥抱了母亲,尽管母亲拒绝,他还是用力抓过母亲的手,感谢她。

母亲上了楼梯,嘴里念念叨叨的,有斥骂,也有苦恼。她的儿子会让她送命的! 她究竟对真主安拉做了什么,究竟犯下了怎样的罪行,才生了这样两个儿子? 亚利尔被魔鬼附了身,奥马尔总是给她找那么多麻烦。战前,奥马尔在老城区一所高中读书,多亏了一位欧洲朋友,卡杜尔帮他顺利报上了名。父亲死了,哥哥上了战场,奥马尔再也不需要向任何人汇报他的行踪。有好几次,他回到贝里玛的时候满脸是血,嘴唇肿胀。他喜欢打架,口袋里总是藏着把刀。一个没有父亲的儿子是公开的危险,穆依拉拉总是说。他已经被中学开除了

---

① 原文为阿拉伯语。

好几个星期,他都没有告诉母亲,最终穆依拉拉还是从邻居那里知道的,说他有一天胳膊下夹着一张报纸进了学校,用胜利者的口吻叫道:"巴黎落入德国人之手了!这个希特勒真厉害!"那会儿,穆依拉拉发誓,等阿米纳从战场上回来,她一定要把这一切都告诉长子。

奥马尔和他哥哥一样英俊,但是他长得有些特别:棱角分明的脸,高颧骨,细薄的双唇,浓密的棕色头发。尤其是他个子很高,还总是喜欢用一种非常深沉、充满恶意的方式表达他的想法,以至于大家都觉得他比实际年龄要成熟。从十二岁开始他就戴眼镜,玻璃片很厚,但实际上又不够度数。他这种近视的眼神让人觉得他很迷茫,似乎他马上就要伸出双臂向人求救。这种神经质也让阿伊莎感到害怕,就像是碰到了一头饥饿的或是才挨了揍的动物。

奥马尔从来不曾公开承认过,但的确,奥马尔非常感恩战争期间长兄不在家。他经常梦到阿米纳被炮弹震碎,四分五裂的尸体在壕沟里腐烂。关于战争,他只知道自己父亲和他说过的那些:毒气,满是泥浆和老鼠的壕沟。他不知道,如今人们已经不再这样打仗了。阿米纳存活了下来。更糟糕的是,他作为战争的英雄回来了,胸前挂满了沉甸甸的奖章,讲述的都是传奇故事。1940年,阿米纳成了俘虏,奥马尔必须装出惊恐和绝望的样子。1943年,他回来了,奥马尔装腔作势地好像松了口气，接着，哥哥决定自愿参战重回前线，奥马尔又表现出敬佩之情。有多少次，奥马尔不得不承受哥哥所讲述的英雄故事？从集中营里逃出来，在冰天雪地的农田里逃跑，一个穷苦的农民假说他是自己的雇工。有多少次，当阿米纳声情并茂地讲述自己坐在运煤车里的旅程，讲述自己在巴黎遇到一个活泼的姑娘留他住下时，奥马尔也不得不假装和他一起笑？当他哥哥成为万众瞩目的对象，奥马尔就微笑着。他拍一拍哥哥的肩膀，说："这真的是贝尔哈吉家的人，嗯，是真的！"但是他真是受够了，想到那些姑娘舔舔嘴唇，伸出一点舌头，咯咯地笑着，准备好被一个战争英雄带走的样子。

奥马尔恨他的哥哥，也同样恨法国。战争就是他的报复，是他的救赎时刻。他曾经对于这场冲突寄予厚望，想过也许战争结束之后他能够得到双份的自由。他的哥哥可能会死，法国可能会战败。1940 年，法国投降之后，面对那些曾经在法国人面前表现出一丁点卑躬屈膝的人，奥马尔非常开心地公开表示了他的轻蔑。他很乐意地去撞他们一下，在商店里排队时对他们推推搡搡，往夫人的皮鞋上吐唾沫。在欧洲城，他辱骂仆人、保安、园丁，因为他们低着头把工作证递给法国警察时，警察威胁他们说："等你结束工作后，就给我走开，明白了吗？"他呼吁他们起来反抗，手指着大楼下方禁止当地人乘坐电梯或进入浴场的标语牌给他们看。

奥马尔诅咒这座城市,诅咒这个陈旧的、因循守旧的社会,诅咒这些殖民者、士兵、农业主以及自以为生活在天堂的中学生。对于奥马尔来说,对生活的渴望一直伴随着摧毁的欲望:摧毁谎言,打碎幻象,将语言化为烂泥,摧毁内在的污浊,从而建立新秩序,而他可能成为新秩序之下的主人之一。1942年是一个凭票供应的年份,奥马尔必须面对食物匮缺与配给的问题。他很恼火,阿米纳成了一个囚犯的时候,他却不得不身陷如此卑微的战斗之中。他知道法国人比摩洛哥人多一倍的东西。他听说巧克力就不配给当地人,借口说这不是他们日常的食物。他接触了一些在黑市买东西的人,他说自己可以帮他们推销商品。对于奥马尔扔在厨房操作台上的鸡是怎么来的,糖或者咖啡都是哪里来的,穆依拉拉倒是也不问,她摇摇头。有时就是这么一副让人恼火的神情,把儿子都快要逼疯了。这份寡情让他气得要死。对她来说,这些东西难道还不够好吗?她就不能和他说声谢谢,对他有一点感恩之情,因为他养活了妹妹、他的那个异端的弟弟,还有这个馋得要死的奴隶?不,他母亲的眼里就只有阿米纳和那个愚蠢的塞尔玛。无论他为这个国家,为这个家庭做了什么,奥马尔觉得自己都不会得到理解。

战争结束之际,奥马尔在一些反抗法国殖民者的秘密组织里有了很多朋友。开始的时候,组织的头头不愿意把工作交给他。他们对这个容易冲动的小伙子表示怀疑,他没有耐心听关于平等和妇女解放的演讲,而且他总是用嘶哑的嗓音号召大家投入武装斗争:"立刻!就现在!"奥马尔总是一把推开组织领导建议他阅读的书籍和报纸。有一次,奥马尔冲一个脸上有刀疤的西班牙人发了火,那个西班牙人曾经参与过反抗佛朗哥①统治的战争,宣称自己是个共产党人。他号召无产阶级起义,主张捍卫所有民族的独立。奥马尔辱骂他,说他是个叛徒,嘲笑他话太多,而他自己一直主张,应该用行动去替代那些词语。

但是毫不动摇的忠诚以及身体力行的勇气弥补了奥马尔的缺点,最终也说服了各个组织的领导们。于是他越来越经常地离家,几天,甚至是一个星期不回家。穆依拉拉没说什么,但是那会儿,她简直快要担心死了。听到大门的响动,她就会立刻起床。开始时她指责雅斯米娜,但是最终她会哭倒在她的怀里,尽管这个女仆的黑皮肤让她感到难受。她整夜整夜地祈祷,她想象自己的儿子正在蹲大牢,或是死了,因为姑娘,或是因为政治。但是儿子最终都回来了,唾沫横飞,思想坚定,眼神沉郁。

---

① Francisco Franco(1892—1975),西班牙内战期间的民族主义军队领袖。1936年发动内战,1939年至1975年长期统治西班牙。

这天晚上,奥马尔在母亲家里安排了一个会议,他让母亲发誓绝不会告诉阿米纳。穆依拉拉开始拒绝了他,她不愿意给自己家里招惹事端,她拒绝把武器藏到卡杜尔·贝尔哈吉亲自建造的墙里。她完全不愿意去听奥马尔的那些民族主义的长篇大论,而奥马尔差点就冲着她吼,差点说"你儿子为法国人卖命,你却很高兴"。但是他还是控制住了自己,他将嘴唇伸向她,亲吻她干瘪多皱的双手,尽管他为自己的这种行为感到羞耻:"我不能丢面子。我们是穆斯林!我们是民族主义者。西迪·穆罕默德·本·尤塞夫万岁!"

穆依拉拉对苏丹还有一种令人感动的尊敬。穆罕默德·本·尤塞夫一直在她的心里,尤其是此时他正在远离国家的地方流亡。和其他女人一样,她会半夜到阳台上,欣赏月光下苏丹的脸庞。她为西迪·穆罕默德·本·尤塞夫在加斯卡夫人家避难而哭泣。玛蒂尔德还笑,这让她感到很不高兴。她看得出,当她说到这个黑人居住的奇怪的小岛,说到大象和野兽见到被废黜了权力的苏丹和他的家人就会拜服,玛蒂尔德根本不信。穆罕默德是受到上帝保护的人,他在去往遭到诅咒的小岛的飞机上完成了一件堪称奇迹的事情。他和家人差点因为煤油的故障被摔死,但是苏丹将他的手绢放在舱内的座位上,于是飞机毫无阻碍地在目的地降落。正是因为想到了他,想到了先知,穆依拉拉在儿子的请求下让了步。她匆忙冲向楼梯,避免见到来家里开会的那些人。奥马尔跟着她,这时他发现阿伊莎坐在台阶上,便粗暴地推开了她。

"走,快滚,动一下,简直像个面粉袋子。你是不是懂阿拉伯语?别让我把你当间谍,你明白吗?"

他举起胳膊,将手掌心冲着她,阿伊莎想,他可能会把她推到墙上压扁,就像塞尔玛用指甲捻死一只只巨大的绿苍蝇一样。阿伊莎赶快逃开了,她关上身后的门,脑门上全是汗。

1954年10月3日,玛蒂尔德先乘飞机到了布尔歇机场①,接着乘坐一架老式飞机飞往米卢斯。旅程似乎没有尽头,尤其是她迫不及待地想要发泄对伊莱娜的一腔怒火,想要和她算算这笔账。她竟敢不让她第一时间了解父亲的死讯?她这样做就是劫持了乔治作为人质,她把她的小爸爸据为己有,在他的额头上印满虚伪的吻。在飞机里,玛蒂尔德哭了,因为她想,也许父亲曾经要求过伊莱娜,可是伊莱娜应该是撒了谎。于是她在想,一旦见到伊莱娜,她应该怎么说,做什么动作。她仿佛又重新激活了童年的场景,她在伊莱娜面前大发脾气,而这时她听见伊莱娜笑着说:"爸爸,来看看我们的小姑娘。她简直是魔鬼附身了!"

等到她降落在米卢斯,一阵凉爽的风吹来轻抚她的面庞,

①　位于法国巴黎东北偏北方向十一公里处的一座民用机场。

她所有的愤怒顿时烟消云散。玛蒂尔德看了看周围,就像在梦中,梦里我们欣赏周边的风景时,总是害怕多做一个动作,多说一个词,自己就会被抛出梦境之外。她把护照递给海关官员,她真想告诉他,这是她童年时代的家乡,她是回家。听到可爱的阿尔萨斯口音,她真想吻他的面颊。伊莱娜在等她,消瘦而苍白,穿着优雅的丧服,她慢慢地挥了挥她戴着黑手套的手,玛蒂尔德向她走去。她姐姐老了。伊莱娜此刻戴着一款宽大的眼镜,看上去神情冷峻,有点男性的味道。在她的右鼻孔下的美人痣上有几根白色的、坚硬的短毛。她带着一种玛蒂尔德从来未曾感受过的柔情拥抱了她。玛蒂尔德想:"现在我们都是孤儿了。"这想法叫她落泪。

在回家的路途上,车子里,玛蒂尔德一直保持沉默。回家实在令她太激动了,她也不想做得太多,再说也怕唤醒了姐姐的嘲讽精神。玛蒂尔德离开的这段时间,村庄已经得到了重建,她曾经认识的那些人已经摆脱了她的存在。她的虚荣心有点点受伤,因为她的离开既没有阻挡百合花的盛开,也没有阻挡广场路面的重铺。伊莱娜将车停在她们小时候的屋子对面的小路上。玛蒂尔德站在人行道上,看着她曾经无数次在其中玩耍的花园,然后她抬起头,看向书房的窗户,她经常透过这扇窗看到父亲威严的身影。她的心揪紧了,脸色惨白,她也不知道涌上心头的究竟是这份熟悉,还是一种因为陌生而产生的迷茫,就好像来到这里,她不仅仅是换了个地方,而且换了时间的维度。这趟旅程首先回到的是过去。

开始的几天,有很多人来看她。下午她和大家一起喝下午茶,吃点心。一个星期以后,她因为生病掉的体重就全回来了。老同学要么带个孩子来,或是正怀着孕,大多数都变成了说一不二的家庭主妇,一直在抱怨丈夫好酒,或是喜欢轻佻的女人。她们吃着酒渍樱桃,时不时地给孩子喂一颗。孩子的嘴上染的尽是红色,最终在门口的沙发上睡着了,满脸的不安。玛蒂尔德最要好的同学约瑟芬娜许是喝多了德国烧酒,讲了有天下午,她原本说是要回娘家的,后来逮到了丈夫和另一个女人偷情:"他们竟然在我的床上!"朋友们都来了,就是为了看看玛蒂尔德生活如何,是不是和她们一样充满了失望。她们想知道她是不是也一样,尝尽了生活的烦恼和粗俗,有的只是不得已的沉默、分娩的痛苦和毫无柔情可言的性交。

有天下午,暴风雨来了,年轻女人聚集在壁炉旁。伊莱娜对络绎不绝来到家里的女人以及妹妹表现出的殷勤有些厌烦了。但是玛蒂尔德跪在父亲的坟前时显得非常伤心,以至于她都不敢回绝这些简单的消遣。"和我们说说非洲的生活是什么样的!走运的人!我们连家门都没有出过呢!"

"嗯,其实并不是那么异国情调的,"玛蒂尔德娇媚地说,"当然,一开始的时候,的确觉得好像是到了另一个星球,但是很快，就必须对付日常生活了，和别的地方没什么两样。"

大家求她再多讲一点，她也很享受这些家庭主妇期待的眼神，她们看上去比自己都要老。她撒了谎，关于她的生活，关于丈夫的性格，她说的话前言不搭后语，时不时地她还爆发出尖锐的笑声。她不停地重复说自己的丈夫是个具有现代意识的人，说他在农业种植方面很有天赋，以铁腕开垦出一片广阔的土地。她谈到了她的"病人"和她的诊所，说她创造了奇迹，这样就向听众瞒过了她缺乏知识和手段的事实。

第二天，伊莱娜叫她去了父亲的书房，递给她一个信封："这是你的一份，现在归还给你。"玛蒂尔德不敢打开，但是她摸着信封的厚度，尽力克制住自己的快乐。"你知道的，爸爸不是个谨慎的生意人。翻看他的账户，我发现了不少差错。几天后我们一起去找公证人，他会把一切整理清楚，这样你走的时候也可以安心了。"此时玛蒂尔德已经在阿尔萨斯待了三个星期，伊莱娜越来越经常地提起她走的事情。她问玛蒂尔德有没有订票，是不是收到丈夫的信，她认为玛蒂尔德的丈夫肯定已经迫不及待了。但是玛蒂尔德不愿意听这些，她不愿意想她的生活是在别的什么地方，而且那里有人在等她。

她走出书房，手里拿着信封，她和姐姐说她要去城里一趟："走之前我有点东西要买。"她扑进了商业街，就像扑进某个男人的怀抱。她激动得浑身发抖，在走进一间雅致的商店之前,她不得不深吸了两口气。商店的主人叫奥古斯特。
她试了两条裙子,一条黑的,一条深紫色的。她在两条裙子之
间犹豫了很长时间。最后她买了深紫色的,但是走出商店时
她很生气,生气她竟然还要选择,而且那条黑裙子很显瘦。在
回家的路上,她晃动着购物袋,就像一个放学回家的小姑娘,
梦想着能把作业本扔进沟里。在镇上最为雅致的一家帽子店
的橱窗里,她看到一顶意大利宽边女式草帽,帽檐很宽,很柔
软,上面是一条红色的缎带。玛蒂尔德跨上了商店的台阶,有
个店员给她开了门。店员是个上了年纪的男人,彬彬有礼,应
该是同性恋,玛蒂尔德想。她看到了商店里面,气氛沉郁,让
她有点失望。

"您要点什么?小姐。"

她默默地指了指那顶帽子。

"没问题。"

男人迅速滑过地板,慢慢地取下橱窗里的帽子。玛蒂尔
德试着戴上,当她看见镜子里的自己,她跳了起来。她看到了
一个女人,一个真正的女人,一个时髦的、小资的巴黎女人。
她想起姐姐总是说,骄傲自满的人身后站着魔鬼,说在镜子里
自我欣赏是非常不好的事情。店员没什么表情地看着她,接
着他似乎有点不耐烦,因为玛蒂尔德在不停地调整帽子的位
置,一会儿把右边压低一点,一会儿又换成左边。她盯着标签

看了很长时间,那上面有价格,接着她就沉浸在深思中,似乎在思考什么复杂的事情。另一个客人进来了,店员恼火地向帽子伸出手去,现在他准备拿回去。

客人走近玛蒂尔德,说了句:"真迷人。"

玛蒂尔德的脸红了,她拿下帽子,慢慢地覆在胸前,没有察觉到自己这个动作多么性感。

"小姐,您不是本地人。我敢打赌,您是艺术家,我说的对吗?"

"没错,"她回答道,"我在剧院工作。我正好受聘参加这一季的演出。"

她走向柜台,拿出那个装钱的信封。店员正在以极慢的速度包帽子的时候,玛蒂尔德在回答年轻男子的问题。他穿着一身雅致的套装,一顶土黄色的帽子略略遮住了他的目光。玛蒂尔德沉浸在自己的谎言中,一半是羞耻,一半是激动。店员穿过商店,在玻璃门前,他将帽盒递给玛蒂尔德。而那个穿套装的男人提出什么时候再约见面,她回答说:"很遗憾,我排练非常忙。您有一天可以在舞台上看到我。"

在家门前,她为手里大大小小的包裹感到羞愧。她全速穿过客厅,把自己关在房间里,很幸福,同时又很难为情。她洗了个澡,把父亲书房的留声机搬到床边来。这天晚上,她受邀参加一个聚会,她一边准备一边听着一首乔治很喜欢的德国老歌。待她去到招待会,客人们都说她的紫裙子很漂亮,男人们则微笑着看她细腻的丝绸长袜。开始喝的是汽酒,非常干,喝了一会儿她的唾液似乎都没有了,于是她不得不继续喝,这样才能说话。每个人都在问她在非洲的生活,问阿尔及利亚,因为他们永远分不清楚阿尔及利亚和摩洛哥。"那您说阿拉伯语吗?"一个很迷人的男人问她。她一下喝完了别人递给她的一杯红酒,用阿拉伯语说了一句,接着便响起雷鸣般的掌声。

她一个人回了家,享受走在街上,不戴风帽也没有人陪在左右的乐趣。她有点踉跄,风有点野,令她战栗,让她发笑。她踮起脚尖上了楼,躺在床上,没有脱裙子和袜子。她很幸福地陶醉在这份醉意和孤独之中,能够随意编排自己的生活,不会有人反驳,这种感觉真好。她翻过身,将脸埋在枕头中,平息一下涌上心头的恶心。眼泪涌进眼眶,这眼泪是快乐的眼泪。她为他们不在身边时,自己竟然如此幸福而哭泣。她闭上眼睛,鼻子埋在枕头中,听凭那个秘密的想法浮现出来,令她感到羞愧的想法,几天以来盘旋在心中的想法。也许伊莱娜已经捕捉到了她的这种想法,这就能解释这几天来她焦虑的神情了。这天晚上,她听着杨树树叶间传来的风声,在想:"我要留在这里。"是的,她想,她也许可以不回去,她也许可以——尽管这些话说不出口——抛下孩子们。这想法如此强烈，她简直想叫出来，以至于她不得不咬住床单。但是这念头并没有消失。正相反，在她脑中，方案越来越具体。或许有一种新生活的可能，她在衡量这份新生活的好处。当然，她还有阿伊莎和塞利姆，有阿米纳的皮肤的颜色，有她的新家国一望无际的蓝天。但是随着时间过去，还有遥远的距离，痛苦会慢慢减轻的。她的孩子们开始会恨她，也会为此而痛苦，但最终也许会忘了她，他们也会和她一样，隔海相望，过着幸福生活。甚至也许有一天，他们会觉得从来不曾相遇过，就好像他们的命运一直是分开的，彼此并无关联。没有什么悲剧是不能平复的，玛蒂尔德想，所有灾难过后，在它的废墟上都能够重建。

当然，人们会对她有所判断。人们会把她说过的那些好话都扔回她的脸上去。"如果你真的那么幸福，为什么不回去呢？"再说她能够感觉到，周围邻居中已经渐渐有一种不耐烦了；是她该回到她自己生活里去的时刻了，无聊而安静的日常生活也该恢复原有的权力。玛蒂尔德对自己感到很恼火，对命运，对整个世界都感到很恼火。她对自己说她还是要走的，她要去斯特拉斯堡，甚至去巴黎，到那里，谁都不认识她。她可以重新捡起学业，成为医生，甚至是外科医生。她拼叠起这些不可能的场景，搅得她肚子都疼。她当然有权力替自己着想，为自己谋划。她坐在床中央，醉了，有点想吐。血流在两鬈奔流,阻碍了她的思考。她疯了吗？她是不是那类本性中注定就不具备冲动的女人？她闭上眼睛,躺平身体。一些乱七八糟的画面伴随着她慢慢进入睡眠。这天晚上,她梦见了梅克内斯,还有农庄附近一望无际的田野。她看见了牛,眼神悲伤,肋部血淋淋的,那些漂亮的白鸟在伤口上啄食寄生虫。她的梦变成了噩梦,梦里是令人心碎的牛叫。和牛一样瘦弱的农民手执棍棒,打在牛的脊背上,牛兀自嚼着毒草。农民蹲在地上,手里拿着一卷绳子,牛的后蹄就用他们手里的绳子捆在一起,那是为了防止它们逃跑。

第二天早上,她醒过来,发现自己还穿着那条裙子,长袜褪到脚踝。她的脑袋很疼,早饭的时候她几乎无法睁开眼睛。伊莱娜慢慢喝着茶,她在嚼一片涂满了果酱的面包,小心翼翼地不想弄脏她的报纸。自从妹妹离开后,伊莱娜一直很关心殖民地的形势。玛蒂尔德走进餐厅的时候,她正在剪一篇文章,文章谈到乡间发生的冲突,苏丹和总督之间的谈判。玛蒂尔德耸耸肩:"也许还好,我不知道。"她现在没有心情聊天。胆汁不时地涌上喉头,她不得不深吸一口气,才不至于吐出来。

她到这里之后,还没有和伊莱娜吵过架。最初的日子里,她小心翼翼地,生怕多说一个字,生怕一切都弄糟了,生怕争端再次浮出水面。但是姐妹之间建立了一种新的同谋关系。孩提时代,因为争夺父母亲的爱,她们之间从来没有过柔情。现在,她们在这世上都是孤零零的,对于逝者,也唯有她们俩持有记忆。距离和年龄将事物归于最本质的一面,抹去了斤斤计较。

玛蒂尔德在客厅沙发上躺了下来,这天剩下的时间里,她都在打盹。伊莱娜留在她身边,盖住她赤裸的双脚,把急着要见她的来访者挡在外面。等她醒来已经是夜里了。壁炉里生着火,伊莱娜在织毛衣。玛蒂尔德感到悲伤,脑子一团糨糊。她又想起了前夜宴会时自己的表现,她觉得自己很可笑。她还只是个孩子,伊莱娜应该会这么想。玛蒂尔德竖起身子,将脚转向炉火。她感觉到自己想说些什么。这里是她的避难所,她可以得到慰藉。在这客厅里,只能听到毛衣针的声音,炉火噼啪作响,她在讲述丈夫的个性,他的强硬。她没有说什么确切的东西,没有任何可能成为谎言或夸张的东西。她只是说得刚刚好,她知道伊莱娜懂的。她谈到农场地处偏僻,谈到在漆黑的夜里,只能听到豺狼的吼叫撕破寂静时的折磨人的恐惧。她试图让姐姐明白,在一个没有她的位置的世界里生活意味着什么,一个由不公平的、令人想要反抗的规则作用的世界,在那个世界里,男人从来不需要汇报行踪,而她被言语伤害了,也没有权利哭泣。她说起漫长的日子、无边的孤寂,想念家里的一切、童年时的一切,这时她开始哭泣。她从来没有想过流浪意味着什么。玛蒂尔德将双腿折垫在身下,她的脸转向姐姐,姐姐一直盯着炉火。玛蒂尔德没有害怕,因为她相信自己的坦诚可以解决一切。她的脸颊上满是泪水,她的话也断断续续,但她并不因此觉得羞愧。她不想装了,是什么样就表现出什么样:一个因为失败和幻灭而日渐衰老的女人,一个毫无骄傲可言的女人。她讲述着,讲完了之后就转向伊莱娜,而伊莱娜没有动。

"你已经做了选择,必须承受。你知道的,生活对所有人来说都很艰难。"

玛蒂尔德低下头。她多么愚蠢,竟然还梦想能够得到同情的目光。她真为自己感到羞愧,因为她竟然相信——哪怕仅仅是在一瞬间也不应该——别人能够理解她,安慰她。面对这样一份冷漠,玛蒂尔德不知道该怎样应对。她宁愿姐姐嘲笑她,或是冲她发火,对她说:"我早就和你说过。"她本来觉得伊莱娜把玛蒂尔德的不幸归咎在阿拉伯人,在穆斯林和男人的身上是很自然的事情。但是伊莱娜的冷漠让她浑身冰冷,说不出话来。她相信姐姐应该是早就准备好反驳她的话了,反复咀嚼琢磨过,急不可待地抓住机会扔到她脸上。只需要一点点什么,她就留下不再走了,就会放弃成为外国人,在别处生活,在极端的孤独中承受痛苦的疯狂念头。伊莱娜站起身，没有看妹妹一眼。她也没有伸出双臂。玛蒂尔德手足无措。在楼梯下，伊莱娜喊住了她："我们现在都去睡吧。明天，我们要去见公证人。"

★

她们早饭后出发。上车的时候，伊莱娜的唇上还有面包屑。她们比预约的时间早到，公证人的办公室在一幢非常豪华的大楼的二楼。一个年轻的女人来给她们开了门，把她们安顿在冰冷的大厅里。她们没脱大衣，也没说话。她们再一次变成了陌生人。大门打开，她们转过头，玛蒂尔德不禁叫出了声。对面的这个男人就是帽子店里遇到的男人，戴着帽子的男人。玛蒂尔德冲他伸出微湿的手，带着祈求的神情看了他一眼。伊莱娜没有察觉到，她继续往前走。

"您好，公证人先生。"他让她们俩走在前面，指了指实木书桌前的两张椅子。年轻男人接替的那个老公证员，玛蒂尔德是认识的，他死于酗酒。年轻男人微笑着，就好像一个敲诈者面对毫无反抗力的受害者一样。

"那么，夫人，摩洛哥那边的生活如何？"他问她。

"很好，谢谢。"

"您是在梅克内斯生活，您姐姐告诉我。"

她点点头,回避着男人的目光,男人俯身在办公桌上,就像是一只准备好扑向猎物的猫。他翻了翻卷宗,抽出一份文件,再次转向玛蒂尔德:

"告诉我,在您居住的城市里有剧院吗?"

"当然有,"她用冰冷的声音回答道,"但是我丈夫和我,我们有太多工作。我们有其他事情要做,而不是消遣。"

第六章

　　11月2日,玛蒂尔德踏上回程。这天,阿伊莎获准不用上学,她在路上等妈妈,坐在一个木箱子上。看到父亲的车子到了,她站起来,挥舞手臂。早上摘的花已经蔫儿了,于是她放弃了献花的念头。阿米纳在离玻璃门几米远的地方停下车来,玛蒂尔德下了车。她穿着一件新大衣,一双雅致的栗色皮鞋,但草帽却不是这个季节的。阿伊莎望着她,心里满满的都是爱。母亲是从前线回来的士兵,一个凯旋的、受伤的士兵,在勋章之下藏着许多秘密。她紧紧地抱着女儿,鼻子埋在她的颈间,手指埋在她卷曲蓬乱的发间。她觉得阿伊莎那么轻,那么脆弱,她真担心紧紧地拥抱她会弄断她的肋骨。

　　她们手拉手往家里走去,这时塞利姆被塔莫抱了出来。一个月的时间,他的变化很大,玛蒂尔德觉得他长胖了,应该是保姆以及保姆准备的食物过于油腻的原因。但是这一天,没有任何事情能让她感到气恼,让她发火。她很平静,因为她已经接受了属于自己的命运,决定顺从命运的安排,在命运的安排下做点事情。待她进入家中,穿过沐浴在冬日阳光下的客厅,让人把她的行李送到卧室,这时她想,也许怀疑才是最致命的,是选择带来了痛苦,啃噬人的灵魂。现在她已经被决定了,回头已然是不可能的,她又觉得自己充满了力量,因为没有自由而变得强大。她这个可悲的撒谎者,一个虚构的剧院的女演员。她的脑海里浮现出在学校里学的一句《安德洛玛刻》①中的诗句:"我一头扎入卷进了我的命运之中。"

整整一天,孩子们都不愿意离开她。他们粘在她的腿边,她就拖着他们往前走,尽管脚踝处的分量不轻。她打开行李箱,就像打开了一个宝藏盒,她庄严地拿出毛绒玩具、童书、沾满糖粉的覆盆子糖。在阿尔萨斯,她放弃了自己的童年,她把童年捆扎好,从此不再让它发出什么声音,放置在抽屉的尽头。从今以后她的童年,她那些天真的梦想和随心所欲都一去不复返了。她将孩子紧紧抱在胸前,举起他们,一只胳膊一个,和他们一起在床上打滚。她充满激情地拥抱他们,印在他们面颊上的吻不仅有爱的力量,还有浓烈的遗憾。正因为自

---

① 法国古典主义剧作家拉辛(Racine)所著的悲剧,其主角安德洛玛刻是《伊利亚特》及其他古希腊悲剧中的形象,赫克托耳之妻。

己为他们放弃了一切,她才更爱他们。她放弃了自己的幸福、激情和自由。她想:"我讨厌我自己,竟然如此放不开。我讨厌自己,在一切之中最爱的还是你们。"她把阿伊莎抱在膝头,念故事给他们听。"再讲一个。"孩子重复道,然后玛蒂尔德又重新开始。她带了整整一箱子的书,阿伊莎在打开之前郑重地抚摸每一本书的封面。其中有一本《蓬蓬头彼得》①既让她感到好奇,同时,人物乱蓬蓬的头发和长指甲又让她感到害怕。塞利姆说:"他和你一样。"这句话又惹哭了阿伊莎。

★

1954 年 11 月 16 日,阿伊莎要庆祝七岁生日。趁此机会,玛蒂尔德决定在农场办一个生日庆祝会。她亲手制作了活泼的邀请卡片,在上面她插了一张小纸片,同学的父母可以在小纸片上确认孩子是否参加。每天晚上,她都问阿伊莎,她的同学们有没有回复。"热讷维埃芙不来。她父母不同意她到乡下地方。他们说会感染上虱子,会肚子疼。"玛蒂尔德耸耸肩:"热讷维埃芙是个笨蛋,她的父母也都很愚蠢。我们不用理他们,别担心。"

---

① 十九世纪德国医师、诗人、作家海因里希·霍夫曼创作的儿童文学作品。

一个星期里,玛蒂尔德谈论的就只是这个庆祝会。早上,在车子里,她说要到城里最时髦的点心店订点心,说她要用绉纸剪的花饰,她要教孩子们自己童年玩过的,也会让他们玩得很开心的游戏。她看上去那么幸福,那么充满激情,阿伊莎都不太敢把真实情况告诉她。在初级班里,阿伊莎是最小的一个,那些小姑娘扯她的头发,在楼梯上推她。她们恨她,因为她是班里的第一名,包揽了拉丁语、数学和语文拼写的所有奖项。"幸亏你还聪明。你那么丑,肯定将来没有人愿意娶你。"在教堂里,跪在莫奈特身边,阿伊莎沉浸在阴暗的祈祷中,她的祈求里充满仇恨。她希望所有的小姑娘都死掉。她幻想着她们窒息而亡,幻想着她们得了无法治愈的疾病,她们从树上掉下来,摔断双腿。"请原谅我们的冒犯,就像我们总是原谅那些冒犯我们的人。"但是她还是没让自己干蠢事,没有将自己幻想的这些报复付诸实施。她尽量克制自己对塞利姆的嫉妒,虽然有时她真想去揪一下小男孩的背,因为妈妈总是用如此温柔的眼神看着他,令她受伤,但她这时只是会紧紧握住拳头。自从玛蒂尔德回来之后,她听到父亲好几次都在抱怨,总是在家和学校之间来来去去太吃力了。"这对我们身体没有好处,"他说,"孩子们也很疲惫。"阿伊莎于是表现得更加谨慎,尽量透明,因为她非常害怕父母让她寄宿,这样她只能在周六和周日见到妈妈,就像寄宿学校大部分姑娘一样。

★

生日庆祝会的日子到了。这是一个阴沉的雨天。阿伊莎醒过来之后，站在床上，透过窗户，能看到扁桃树的树枝在风中颤抖。天空颜色惨淡，一道道的，就像是经过了一夜噩梦的床单。一个穿着棕色羊毛带帽长袍的男人走过，风帽扣在头上，阿伊莎听见了他脚下泥浆飞溅的声音。中午时分，风静雨止，但是天空一直堆积着灰暗的云层，就好像空气里有着某种折磨人的东西在。"这真不公平，"玛蒂尔德心想，"在这个天空总是晴朗得无可救药的国度，为什么太阳竟然会躲开我们呢？"

阿米纳先是要去点心店里拿点心，然后去学校接上三个小姑娘；这三个小姑娘周末不回家，所以她们接受了阿伊莎的邀请。阿米纳迟到了。他不得不两次在路边停下来，等这一阵的雨过去，因为他的雨刮很糟糕，雨下得那么大，他根本看不见。在点心店，人们让他等了一会儿，因为点心店的人弄错了，把他的点心给了别人。"没有草莓了。"售货员说。阿米纳耸耸肩："无所谓，只要是点心都行。"

农场里，玛蒂尔德转着圈子。她装饰了客厅，在餐厅的桌子上摆好绘有阿尔萨斯日常生活场景的盘子。她在家里走来走去,神经兮兮,很愤怒的样子,脑子里闪过一些最可怕的情景。阿伊莎没有动,她的鼻子贴在玻璃窗洞上,呆呆地望向天空,似乎她想要将云团全部赶跑,似乎想凭借意愿之力,让太阳重现。她们在这满是灰尘的房子里能干些什么呢?在这四面高墙之间又玩得起什么样的游戏?最好是能够在田间奔跑,这样她可以给她们看看树里藏着的秘密场所,她可以向她们介绍畜栏里的驴子,驴子太老了,干不动活了,还有玛蒂尔德喂养的一窝小猫。"主啊,给我力量,你就是爱的代表。"

阿米纳终于到了,衣服全都湿透,手里拿着一个沾满了奶油的糕点盒。在他身后是莫奈特和三个眼神惊恐的小姑娘。

"阿伊莎,来和你的朋友们打个招呼。"玛蒂尔德一边说一边在背后推了推阿伊莎。

阿伊莎想要消失。如果能把这些姑娘带回去,如果能让她重新得到并无危险可言的孤独,她愿意付出一切。但是玛蒂尔德就像着了魔一般,开始唱歌,而塞尔玛拍手敲击着节奏。姑娘们跟上了曲调,但是她们记不住歌词,她们笑着。人们蒙上阿伊莎的眼睛,玛蒂尔德让她在原地转了几圈。她看不见,双手探出往前走,全靠耳边传来的小姑娘们压抑的笑声分辨。下午五点左右的时候,天色暗淡了下来。玛蒂尔德高声叫道:"我想时间到了。"然后她就转身去了厨房,留下客厅里的几个孩子,她们不知道自己该说什么好。等玛蒂尔德打开点心盒,她差点哭出来。这根本不是她订的点心。她的双手因为愤怒而颤抖,但是她还是把点心放在一个盘子上。阿伊莎听见母亲的声音唱道:"祝你生日快乐……祝你生日快乐……"阿伊莎跪在椅子上,冲蜡烛弯下身。正当她打算吹气的时候,母亲阻止了她:"你得先许个愿,把你的愿望藏在心里。"

灯亮起来了。吉奈特,一个一直流鼻涕的姑娘,开始抽抽搭搭。她在这里感到害怕,想要回家。玛蒂尔德冲她弯下身,安慰她,但其实她本想骂这个急性子的小姑娘,让她不要那么自私。难道她没有看到,今天她又不是主角?然而实际上,除了莫奈特之外,其他姑娘的神色都变了。

"我们也想要回家。请你的司机送我们回去。"

"司机?"玛蒂尔德想到了阿米纳那张阴郁的脸,还有刚才他把点心盒扔在厨房桌子上粗鲁的态度。这些孩子把他当成司机了,而他也没有澄清。

玛蒂尔德笑了,她正打算说清楚,阿伊莎却叫道:

"夫人,司机能送她们回去吗?"

阿伊莎瞪着母亲,眼神与她受到惩罚时同样阴沉,她似乎仇恨整个世界。玛蒂尔德的心一下子揪紧了,她慢慢地点了下头。小姑娘们跟着她,就像小鸭子跟着鸭妈妈一样,她们一起来到书房,阿米纳把自己锁在里面。他被狂怒所席卷,在书房待了一下午,抽烟,剪杂志,才平静下来。小姑娘们无精打采地和阿伊莎告别,登上汽车的后座。

因为雨又重新开始下,阿米纳将车开得很慢。三个小姑娘睡着了,彼此靠着,吉奈特打起了呼噜。阿米纳想:"都还只是些孩子。应该原谅她们。"

★

周四,玛蒂尔德带着孩子们去了拉法耶特街的一家照相馆。摄影师让他们坐在一张凳子上,身后是巴黎圣母院的背景牌。塞利姆闹个不停,玛蒂尔德开始发火。在摄影师归位之前,她替阿伊莎理了理头发,她将手放在她白裙的领子上:"就这样,千万别动。"在相片的背面,玛蒂尔德写上了日期、地点。她将相片塞进一个信封,并且在给伊莱娜的信里写道:"阿伊莎是班里的第一名,塞利姆的学习进展也很快。昨天,阿伊莎庆祝了她的七岁生日。他们是我的幸福和快乐。他们是我对侮辱我们的那些人的报复。"

　　有天晚上，他们才吃完晚饭，有个男人来到他们家。门厅昏暗的灯光下，阿米纳没能认出他的战友来。穆拉德被雨淋得湿透了，穿着湿衣服直打哆嗦。他一只手揪住大衣的门襟，另一只手在甩动滴水的鸭舌帽。穆拉德牙齿都没有了，说话就像一个老人，用力咬合脸颊内的肌肉。阿米纳将他拽到屋内，紧紧地拥抱他，如此之紧，他似乎都能感觉到战友身上的每一根肋骨。他笑了，一点都不在乎自己的衣服也给弄湿了。"玛蒂尔德！玛蒂尔德!"他一边叫一边将穆拉德拽进客厅。玛蒂尔德发出了一声尖叫。她还一直清楚地记得丈夫的这个勤务兵，一个害羞、无微不至的男人，她对他也有一种友情，虽然从来没有和他说过。"他湿透了，得换身衣服。玛蒂尔德，去给他找些衣服来。"穆拉德表示不要，他把手放在面前，神经质地摇晃着。不，他不会穿长官的衬衫的，不会借他的皮鞋，更不能借他的贴身针织衫。他可不能做这样的事情,这会很失礼。"别搞笑了,"阿米纳叫道,"战争已经结束了!"这话伤害了穆拉德,就好像在他的脑中鸣了一声笛,让他感到不安,他觉得阿米纳说这样的话是为了让他感到痛苦。

在四面墙都贴着蓝色瓷砖的浴室里,穆拉德脱下自己的湿衣服。他尽量不去看大镜子里自己忍饥挨饿的身体。他得有什么样的需求,才会去欣赏这具被可怜的童年,被战争,被异国马路上的流浪经历摧毁的身体啊?在盥洗盆边,玛蒂尔德放了一条干净的毛巾和一块贝壳状的香皂。他洗了腋下、脖颈,以及自双手沿小臂一直到手肘的部分。他脱下鞋子,将脚没入盛满冷水的大盆。接着,尽管不愿意,他还是套上了长官的衣服。

他走出卫生间,穿过这幢陌生房子的走廊,完全靠声音的指引。有孩子的声音在问,"这个人是谁?""再说说打仗的事情!"还有玛蒂尔德的声音,她让人把窗户打开,因为炉灶散发出的烟味。还有阿米纳的声音,他有点着急:"他究竟在干什么?你说我是不是应该去看看?看看是不是正常?"大家都在厨房里,在走进厨房之前,穆拉德停下了脚步,透过开了一条缝的厨房门,他观察着这个小小的家庭。他的身体慢慢地暖了起来。他闭上眼睛,呼吸着滚烫的咖啡散发出的味道。他被一种温暖的感觉包围着,有点晕眩。眼泪好像无法抑制地涌了上来。他咽了一下口水,睁大眼睛,想要清除一下口腔里弥漫着的咸味。阿米纳坐在那个蓬头发孩子的对面。穆拉德想，自己有好几个世纪没有见过这种场景了。忙碌的女人的动作，孩子们的举止，温情的表达。穆拉德对自己说，也许终于可以停止奔跑了。他终于抵达了美好的港湾，而这里，在这座屋子的墙体间，也许不再会有噩梦。

他走进了厨房，大人们"啊"了一声，小姑娘则仔仔细细地打量着他。他们四个围着桌子坐下，桌上铺着一块桌布，上面是玛蒂尔德自己精心绣的花。穆拉德慢慢地、一口口地喝着咖啡，他的双手紧紧握着上釉的杯子。阿米纳既没有问他从哪里来，也没有问他来这里干什么。他只是冲他笑着，将手放在他的肩上，不断地重复说着，"真是出乎意料！""真开心！"整个夜晚，他们都在谈论过去，孩子给迷住了，她请求大人不要将她打发去睡觉。他们说起了 1944 年 9 月，将他们带向那些受过教育的好战分子的旅行。他们是坐的船。船抵达拉西奥塔港口①的时候，他们齐声唱歌，借此获取勇气。"您是怎么唱的，爸爸？您唱的什么歌？"

阿米纳嘲笑起他的副官，二等兵穆拉德，他对一切都感到很好奇，总是拽拽他的袖子，在他耳边低声问些问题。"他们这里有穷人吗？"他问。在法国南部的农田里，他惊讶地发现

①　位于法国普罗旺斯的一个港口。

白种女人也下地劳动,这些女人看上去和自己国家里的白种女人一个样,但在自己的国家,除非迫不得已,她们不会和他说话。穆拉德喜欢说,他之所以参军是为了法国,是为了保卫这个他一无所知的国家,但也不知道为什么,他将自己的命运放在了这个国家上。"法国就是我的母亲,法国就是我的父亲。"事实是,他没得选择。他的村子距离梅克内斯八十公里,法国人在他的村子登陆,他们把大家集合起来,将老人、孩子和病人赶出队伍。剩下来的人,他们指了指卡车的车厢:"要么去打仗,要么蹲监狱。"于是穆拉德就去打仗了。他从来也不认为牢房会是比白雪皑皑的战场更加舒适、更加安全的避风港。再说,战胜他的并不是这样的敲诈,也不是害怕遭到监禁或是羞愧,也不是他寄回家的入伍金和军饷,虽然母亲为此非常感激他。此后不久,他加入了当时阿米纳任一等兵的北非军团,他理解到阿米纳是对的:伟大的事件正在发生,而他即将为自己的生活,一个农民卑微的生活,注入某种未曾预料的伟大,一种甚至他配不上的广度。有时,他也弄不清楚,他究竟是为了法国,还是为了阿米纳做好了献出生命的准备。

当重新回想起战争,来到穆拉德脑中的却是关于沉默的记忆。炮弹、子弹和尖叫声都消失了,脑子里只有那些沉默的岁月的记忆,人们之间很少说话。阿米纳对他说,垂下眼睛,不要引起注意。就是打仗,赢得胜利,然后回家。不应该发出任何声音,不应该提任何问题。从拉西奥塔,他们往东开拔。在东面,人们把他们当作解放军,热烈欢迎他们的到来。人们打开好酒向他们致敬,女人摇着小旗子。"法国万岁!法国万岁!"有一天,有个小孩指着阿米纳说"黑鬼"。

阿米纳第一次见到玛蒂尔德的时候,穆拉德也在,那是1944年秋天。他们的军团在离米卢斯几公里的小村庄里驻扎。当天晚上,她邀请他们去她家吃饭。她事先表示了歉意。"食物是配给的。"她解释说。士兵们表示理解。晚上到了,人们把他们带进客厅,客厅里都是人。村民、其他士兵,还有一些好像已经喝醉的老人,他们坐在一张木头长桌旁,而玛蒂尔德面对阿米纳坐着,看着他的眼神里带有一种饥渴。她觉得这个军官就是老天给她的礼物,是老天听到了她的祈求。与其说她是诅咒战争,毋宁说她是诅咒这缺乏艳遇的日子。她已经躲藏了四年,无事可做,没有新书可读。她十九岁了,对一切都感到饥渴,可是战争剥夺了她的一切。

玛蒂尔德的父亲哼着轻浮的小调走进客厅,大家都跟着他哼起来。阿米纳和穆拉德没有作声。他们盯着这个大腹便便的巨人,虽然有一定年纪了,但两撇小胡子依然如乌木一般黑。所有人都坐好吃饭,穆拉德被人挤到一边,他几乎紧紧地贴着阿米纳。一个男人在钢琴前落座,手肘相接的客人们开始唱歌。大家叫着要吃的。脸上长满了痤疮的女人在桌子上放下了大盘的熟肉和白菜。席间还有大杯啤酒。玛蒂尔德的父亲嚷嚷着,提议来点烧酒。玛蒂尔德把盘子推到阿米纳面前。不管怎么说,他们是解放军士兵,所以应该他们先吃。阿米纳用叉子叉了一根香肠。他说:"谢谢。"然后吃了香肠。

穆拉德坐在他的身边发抖。他的脸色如幽灵一般发白,脖子上都是汗。这声音,这些女人,这种不合礼仪的唱歌方式都让他感到不自在,让他想起卡萨布兰卡布斯比尔区①的场景,有一天法国士兵带他去逛过。从那天起,他的耳边就一直萦绕着那些男人的笑声,还会想起他们的粗鲁行为。他们把手指插入一个姑娘的阴道,而姑娘和他的妹妹差不多年纪。他们拽着妓女的头发,吮吸着她们的乳房,不是那种性感地吮吸,而是像动物吃奶那样。姑娘们浑身青紫,到处都是他们吮吸的痕迹和抓痕。

穆拉德紧紧地贴着他的长官。他拽拽他的袖子,阿米纳很恼火。"又怎么啦?"他用阿拉伯语问,"你没看到我正在说话吗?"但是穆拉德还是坚持,他看向阿米纳的眼神充满惶恐。"这个,"他指指盘子说,"这不是猪肉吗? 还有这个。"他挑起眉毛,指向玻璃杯:"这是酒啊,不是吗?"阿米纳看着他,用冷

---

① 卡萨布兰卡的街区,在法国占领时期是有名的卖淫区。——原注

淡的声音对他说:"吃,闭嘴。"

"这又有什么关系呢?"当后来两个人走在村里昏暗的街道上,准备回去睡觉时,阿米纳又接着问道,"你怕什么? 地狱吗? 我们不是见识过了吗? 我们正是从地狱回来的。"

在1940年5月的拉奥尔涅战役之后,他们走在俘虏了他们的德国党卫军身后,那时他们难道没有梦想过一间暖烘烘的屋子、盛满了食物的盘子以及一个年轻女子的微笑吗? 那次他们走了很长时间,好几天,穆拉德坚持替阿米纳背着他的行李。他们与这一切又有什么关系呢? 他们只想有一小片土地可以开发,在远离这里的某个小山坡上。这些叫不上姓名来的人并不是他们的敌人。而在那里,面对着他们,有好多人,好多说着陌生语言的人。他们把武器扔在地上,然后去排队。有一天夜里,他们在天边停了下来,在不曾有一丝光亮的黑暗中,他们开始刨冰冻的土地。他们默默地挖出了才开始发芽的土豆,边吃边十分当心咀嚼时不要发出声音。那天夜里,所有人都吐了,有些人腹泻。太阳升起便又要赶路,他们朝田地看了最后一眼。田野里遍布着一道道小的沟壑,就好像是动物用尖锐的爪子将地翻了一遍。接着他们坐上火车,前往多特蒙德①的战俘营。"讲讲战俘营的事吧!"阿伊莎说,上下眼皮

——————————

① 德国西部城市。

却开始打架。"战俘营的事情我们回头再说。"阿米纳承诺道。这些回忆真让人疲惫啊。

阿米纳带着穆拉德一直走到走廊尽头,他打开一间小房间的门,墙上贴着花色墙纸。穆拉德不敢进去,房间所特有的精致和女性意味让他有些尴尬。在床头柜上,放着一只长颈大肚玻璃瓶,上面画着一束紫罗兰;窗上挂着玛蒂尔德自己缝制的、沙沙作响的窗帘;床上还放着一堆彩色的靠垫。穆拉德原来以为会睡在长凳上,甚至打算睡在厨房的地板上,这会儿一句话也说不出来。"你想待多久就待多久。你来真好。"阿米纳安慰他道。

穆拉德脱了衣服,钻进了清凉的被子里。一切都是那么安静,但是他却睡不着。他打开窗,将床单被子丢在地上,但是内心的惶恐依然没有能够就此平息下来。他那么惊慌,简直想要起床,穿上他湿漉漉的衣服,在夜晚离开。这份温情,这份明亮,这份人气,不是为他准备的。他没有权力,他想,将他的罪恶带到这里来,用自己的秘密抹黑了他们的命运。在床上,穆拉德很羞愧,自己并没有坦白一切。他想,也许阿米纳有一天会发现真相,然后把他赶出去,他会辱骂他,会指责他利用了自己的善心。

穆拉德想要将手放在阿米纳的手上,如果他敢,他想让自己的脑袋落在长官的肩膀上,呼吸一下他的味道。他多么希望刚才在门口的拥抱永远也不要结束。他在玛蒂尔德和孩子面前表现出的开心很是虚伪，因为他情愿他们都不要在那里，在长官和他之间没有任何人。刚才，他穿上阿米纳的针织内衣和衬衫，心里是有某种淫秽的念头的，他现在已经后悔了。他真是羞愧。当感觉到自己的生殖器开始发烫，肚子里因为欲望而绞在一起，他的眼里涌上了泪水。他想要把这些景象驱逐出自己的脑袋。他咬住自己的手，就像一个被病痛击败的病人。不能想这个，就像不应该去想尸体，不该去想泥洼里破碎的身体，不该去想在印度让同伴们发疯的见鬼的季风，不该去想那些人黑色的血，他们宁可自杀也不愿意再赴战场。既不该去想战争，也不该去想这发疯的、狂热的需求，他希望在阿米纳身上得到的柔情的需求。

他来到了这里，现在他已经不可能再下决心离开这里。真相就在于，他做逃兵只有一个目标，只奔向一件事情。他走的这些日夜，他躲在运牲畜的车子里，躲在谷仓和地窖里。在这些迷茫疲惫的日子里，他睡在火车站大厅里，甚至忘记了害怕，指引他的就是阿米纳的脸。他想的是长官的笑容，不太对称的笑容，只露出一半的白牙。为了这笑容他可以再穿越一个大陆。别的士兵贴身放的是一张光着大腿的少女的照片，他们边想着哪个妓女或是所谓未婚妻的乳房边手淫，而穆拉德却发誓要找到他的长官。

　　第二天早晨,阿米纳在厨房里等他。玛蒂尔德坐着,阿伊莎坐在她的膝头,两个人都沉浸在一张展现肾脏运作机制的解剖图板里。塞利姆好像尿了,他趴在地上,在玩空的平底锅。"啊,你可来了!"阿米纳感叹道,"我想了一个晚上,我有个建议给你。来,我们边走边说。"玛蒂尔德递给穆拉德一杯咖啡,他一口喝光了。阿米纳拿起他的外套和太阳眼镜,在玛蒂尔德的肩上印下了一个吻,又用手指撩了一下妻子的屁股。"走吧,快出去。"她一边笑着一边说。

　　他们往牲畜栏的方向走去。"我想让你看看,仅仅五年的时间,我都做了些什么。几个月前,我聘了一个工长,一个年轻的法国人,是邻居迈尔西埃寡妇和我推荐的他。这是个好小伙,正直,勤劳,但是他干了几个月就回法国了。这里有很多工作,也有很多机遇。我希望你能帮我。如果你能留下来,我任命你为工长。"穆拉德默默地走着,根据长官的步伐来调整自己的步伐。他对农业一无所知,但是他也是在乡间长大的,再说只要是阿米纳的要求,他觉得没有什么任务是不能完成的。阿米纳把现在占了大半产业的果树指给他看。他谈到了自己对橄榄树的热爱,这是高贵的树种,他做了很多实验。"我想要造一个暖房,生产自己的植物,改善收成。必须搞个苗圃,安置好保温和保湿的系统。我需要时间来完成研究,发展新品种。"阿米纳因为激动满脸通红,他抓住穆拉德的手,"我和农业办公室约好了。等我回来我们再谈,行吗?"

当天晚上,穆拉德就接受了阿米纳的提议,他在一棵巨大的棕榈树脚下的工具棚里安顿下来,离阿米纳家只有几米远。晚上,他能够听见常春藤里的老鼠围着巨大的树干在爬。他的生活没有什么需要:一张行军床,一床每天早上他都会非常精心地叠得平平整整的被子,一大桶用来简单梳洗的水。当然也可以让他就在田里大小便,这既不会让他感到吃惊也不会让他觉得有什么不正常的。但他用的是户外的厕所,是在厨房的院子里为塔莫造的厕所,因为保姆不能和玛蒂尔德用同一个厕所。穆拉德对工人进行了近乎军事化的严格管理,不出三个礼拜,这里的人就全都恨上了他。"纪律,"他重复说,"是胜利的军队的秘密。"他比某些法国人还要糟糕,比那些把不好好劳动的人关黑屋子或者痛揍一顿的法国人还要糟糕。农民都在抱怨这个家伙,说他比外国人还坏。他是个叛徒,一个出卖自己人的人,他属于那类贩卖奴隶的人,踩在自己人民的背上建立了自己的帝国。

有一天,穆拉德和亚舒尔从马里亚尼的农庄前走过,亚舒尔清了一下嗓子,啐了一口。"但愿他们遭到诅咒!"他盯着庄园的大门叫道,"这些殖民者拥有最好的土地。他们抢了我们的水和树。"穆拉德打断了他,神情凝重地问道:"在他来到之前,你认为这里有什么吗?是他们钻孔找水,也是他们种了这些树。他们难道不也是在悲惨条件下过活,住在黏土棚屋或者铁皮屋里?快闭嘴吧,走!我们不谈论政治。我们只种地。"穆拉德决定每天早上点名,他指责阿米纳从来没想过要监控工人的工作时间:"没有权威就是无政府主义。如果你听任他们想干什么就干什么,你的农场怎么能繁荣呢?"

穆拉德从早到晚都坐在他的机器上,午饭时间都不离开田间地头。工人不愿意和他一起吃饭,于是他一个人坐着,找一块树荫。他低垂着眼睛拒绝,以免碰到别人嘲讽的目光。

在他受聘之后,穆拉德开始着手解决水的问题。他用一台老庞蒂亚克的发动机建造了一个水泵站,然后他雇了几个人钻井。看到水花飞溅,工人开心地大叫。他们把自己结满老茧的手伸到喷水口下,清凉了一下被太阳烤焦的脸,感谢主的慷慨。但是穆拉德可没有真主的大度。晚上,他组织了"水源巡逻",看守水井,由两个他信任的工人轮班蹲守在那个水洞前,每人肩上扛一挺卡宾枪。他们点燃火,驱走豺狼和野狗,还要和瞌睡作斗争,等着下一班来接替。

穆拉德希望阿米纳能够幸福和骄傲。他才不在乎工人恨他呢,他唯一想着的事情就是让他的长官感到满意。阿米纳每天都会给穆拉德更多一点任务,他自己则忙着他的事情以及和银行的诸多约会。他经常不在,留下绝望的穆拉德一个人。穆拉德接收下这个任务的时候,他以为他们将会重新缔结战时的关系,他们会在田间一起找到生活的乐趣,他们可以一起走上好几个小时,可以共同面对危险,一起笑——男人的那种笑,一些无聊的玩笑。他想,他们会回到以前的关系,尽管他们之间永远都有上下级的关系,但是他们之间的友情将会得到重建,玛蒂尔德、工人甚至孩子都会被排除在这友情之外。

十二月中旬,阿米纳建议他帮自己一起修联合收割机,这可把穆拉德给乐坏了。他们一起在停车库待了三个下午。对于穆拉德的激情,阿米纳感到非常惊讶,他活泼地吹着口哨,爬上巨大的机器。在战争期间,修坦克的一直是他。有一天晚上,阿米纳脸上满是油污,双手因为疲惫和沮丧而颤抖,他把工具往墙上一扔,很恼火自己在这机器上浪费了那么多时间和钱。他们缺少零件,但这地区没有一个修理师能够提供。"算了,我回去了。"但是穆拉德抓住他,声音很大,也很滑稽,他要阿米纳表现出坚强和乐观,他来想办法自己打造缺损的零件,他还说如果真的能够让联合收割机重新运转起来,他宁可切掉自己的一条腿或一只胳膊。这逗笑了阿米纳,而在那个时期,阿米纳笑得很少。

阿米纳很满意工长的效率,但是他也担心工长军事化管理带来的压抑氛围。雇工经常和他抱怨。穆拉德猛烈攻击那些民族主义者,人们经常看到他和情报负责人①手拉手走在大路上。工长吹嘘自己就是秩序和繁荣的代表。当阿米纳因为农场里越来越多的争端而感觉不安的时候,当他和工长说,从早到晚农民都拉着个脸,让他感到挺遗憾的时候,穆拉德就让他放心。他说:"这不是软弱的时候。年轻人四处在这个国家制造动乱,必须要表现得坚定一些。"

"他让我感到难以忍受。"有一天,玛蒂尔德向阿米纳承认道。她无法忍受家里聚餐的时候,穆拉德也在场,那是阿米纳坚持的,甚至周日他也在。玛蒂尔德觉得穆拉德就像是一只秃鹫,低垂着巨大的双肩,高挺的鼻子就像鸟喙,也像秃鹫一样孤独,而阿米纳,平生第一次,没有真心想反驳玛蒂尔德。穆拉德讲话的时候还是带有战争的味道,阿米纳必须不断重复说:"别在孩子面前说这个。你瞧,你让他们感到害怕了。"至于工长,他认为这只关系到荣誉和责任,他说的所有故事都带有战场的重负。阿米纳为自己的副官感到痛苦,他深陷在过去里,就像困在琥珀里的虫子,永远被搁置了。在穆拉德的无礼背后,阿米纳看到的是笨拙。有天晚上,他们一起从农田回来,阿米纳对穆拉德说:"圣诞节你和我们一起吃饭。圣诞

---

① 原文为阿拉伯语。

节是节日,对玛蒂尔德很重要。"他想要再加一句:"别提法国,也别提战争。"但是他没敢。

★

对于圣诞节,玛蒂尔德邀请了帕罗奇夫妇,科琳娜愉快地接受了邀请。"没有孩子的圣诞节太悲惨了,是不是?"她和德拉冈说。德拉冈的心一下揪紧了。科琳娜认为他并不理解做不了母亲的心情,而且她想,总的说来,男人都不理解这一类女性隐秘的痛苦。科琳娜恰恰是错了。在德拉冈自己还是个孩子的时候,他生活在布达佩斯,一天,小德拉冈穿上了姐姐塔玛拉的一条裙子。小姑娘笑了,笑得差点尿裤子,她不停地说:"你真漂亮! 你真漂亮!"但德拉冈的父亲知道了,他特别恼火,惩罚了儿子。他不允许他玩这一类变态的游戏,不允许他沿着这条原本他有可能走上的可疑道路坠落。当他重新想起这一切,德拉冈想,可能从那时开始,他就已经产生了对女性的迷恋。他从来没有想过要占有她们,也不是要像她们一样。不,真正让他感到震惊的,就是她们所具有的这种神奇的力量,这个渐渐圆起来的肚子;母亲的肚子就这样渐渐挺起来过。他从来没和父亲讲过这些,他也没有和自己的医学教授讲过,虽然教授斜眼看着他,问他为什么会想要专攻妇科。

他仅仅是简单答道:"因为女人总会要生孩子的。"

德拉冈喜欢孩子,孩子们也很喜欢他。阿伊莎非常喜欢这个往她手心里塞薄荷糖和甘草糖的医生,他总是冲她眨眨眼,一副只有你知我知的样子。比起糖果,她更喜欢这种分享秘密的感觉,因为这让她感觉她对于他来说很重要,具有一种重要性。他也让她感到很好奇,因为他的口音,也因为他经常说起的"铁幕",他正是要往这"铁幕"之后,发橘子去卖,也许有一天还要发杏子。玛蒂尔德说过,圣诞节他会和他姐姐塔玛拉一起来。他姐姐就生活在"铁幕"之下,而阿伊莎想象着这个女人是在金属门帘之后生活,就像杂货店的苏西晚上降下来保护商店的那种东西。"这真奇怪,"她想,"怎么会有人过着这样的生活呢?"

★

圣诞节的晚上,帕罗奇一家最后才到,阿伊莎躲在母亲的腿后,守候着他们的到来。塔玛拉出现了,这是一个肤色有些发黄的女人,头发稀疏,按照三十年代流行的样式在一边梳了一个髻。她的眼睛凸出,上方是泛白的长眉。这双眼睛吞噬了她的脸庞,让人觉得这双眼睛里沉淀了一些画面,一些悲伤的回忆。这女人不停地在回看,她就像一个掉进了阴谋诡计的陷阱里的老小孩儿。塞利姆给吓着了,当她将薄薄的双唇靠近他的小脸蛋时,他都不敢把脸颊伸给她。她穿着一条过时的裙子,袖子和领子都重新织补过。但是她在颈间和耳垂上却戴着豪华的首饰,吸引了玛蒂尔德的目光。这些首饰应该是从很久远的时代,从一个已经消失的世界继承来的,让她禁不住产生了幻想,她于是把塔玛拉当成贵客来招待。

他们的到来使家里充满了欢乐的气氛,到处是笑声、惊叹声。所有的人都在恭维科琳娜的穿着,一条花冠连衣裙长及脚踝,裙子胸口开得很大,男人都给迷住了。甚至是扭了脚,一直坐在客厅窗户下没动的迈尔西埃寡妇,也盛赞科琳娜的优雅。这天晚上德拉冈充当了圣诞老人的角色。他请求塔莫和阿米纳帮他一起把堆满了整个汽车后备箱里的东西搬进来。当他们拎着大包小包走进客厅,玛蒂尔德赶紧上前迎接他们。阿伊莎看着自己的母亲扑在地上,心里想:"她也是个孩子。""谢谢,谢谢!"玛蒂尔德不断重复道。她先看到的是德拉冈好不容易找到的匈牙利托卡伊葡萄酒①,他站在客厅中央打开一瓶:"这能让您回忆起阿尔萨斯总是略迟一点采摘的葡萄,您瞧。"他往玻璃杯中倒了一点金黄色的液体,仪式性

————————

① 著名葡萄酒,法国南方和阿尔萨斯等地也产。

地闻了闻。"打开这个纸盒!"玛蒂尔德扯掉绳子,盒子里是各种各样的药品、医疗器械以及医学书籍。她拿起了一本,抱在胸前。"这本是法语的!"德拉冈感叹道。他举起杯,祝孩子们身体健康,祝大家节日快乐。

晚餐前,塔玛拉答应为主人唱歌。年轻的时候,她是个歌剧演员,在布拉格、维也纳曾经有过荣耀时刻,在德国也演唱过,是在湖边,她已经忘了是什么地方。她站在落地窗前,将一只手放在腹部,举起另一只手,指尖朝向远方。她虚弱、干瘪的胸部突然爆发出极具力量的声音,而她脖颈上的那些珍贵宝石也在颤动。这支歌里似乎蕴含着无比的悲伤,仿佛塞壬的怨叹,或是一头奇怪的动物,在大地上流浪,是要通过这绝望的叫喊,重新寻回亲人。塔莫从来没有听到过这样的歌声,她跑进了客厅。她穿着黑白的围裙,脑袋上松松垮垮地扣着一顶玛蒂尔德一定要她戴的帽子。她身上散发着汗味,而且应该是用围裙擦了手,所以带着褶边的漂亮围裙已经被弄脏了。"这可不是抹布!"玛蒂尔德以前就总是提醒她。保姆惊惶地看了歌唱家一眼,接着笑了,大声地说了句什么。玛蒂尔德冲向她,将她打发回了厨房。阿伊莎紧紧地靠着父亲。歌声那么美,甚至有一种魔力,但是阿米纳的所有激情似乎都被压制住了,就好像被一种可怕的尴尬给扼住了。这场景让他感到羞愧,他也不知道为什么。

晚饭之后,男人们走到屋前台阶上抽烟。夜晚如此澄澈,紫色的天际之上能够隐约分辨出松柏那让人浮想联翩的轮廓。阿米纳有些醉了,站在台阶上,站在自家的房子前,和客人在一起,他觉得很幸福。他在想:"我是个男人,我是个父亲。我拥有很多东西。"他听任自己的思想渐渐消散在一种奇怪的、轻飘飘的梦中。透过玻璃窗,他看见客厅里的那面大镜子里映出妻子和孩子们的身影。他转向花园,觉得对周围的男人产生了一种深深的友谊,如此强烈,他简直都想干件傻事,就是紧紧抱住他们,表达出对他们的情感。德拉冈打算在来年的春天第一次收获他们的橘子,他和阿米纳说已经找到了一个销售商,差一点就可以签完合同了。因为酒精的缘故,阿米纳难以集中起精神来,思想就像蒲公英的伞冠被一阵风吹跑了一般。他没有注意到,穆拉德也醉了,似乎已经站不住了。工长攀在奥马尔身上,用阿拉伯语说:"这是个胆小鬼。"他说的是德拉冈,然后他就笑了,缺了牙的嘴巴唾沫乱飞。他嫉妒这个匈牙利人的优雅,嫉妒阿米纳对他的关注,他觉得自己很可笑,穿着破衬衫;玛蒂尔德给了他一件外套,不是因为慷慨,而是怕他在外国客人面前丢脸。

奥马尔很不喜欢这个老兵。他擦拭着被他口水弄湿的脖子,看他又开始了关于战争的长篇大论,奥马尔禁不住翻起了白眼。所有男人都垂下了脑袋。犹太人也好,穆斯林也好,没有一个经历过这些耻辱和背叛的岁月的人愿意看到这样的夜晚最后毁在对于战争的追忆中。穆拉德眼神闪烁,提起他在印度支那的那些年。"那些混蛋!"他吼道。德拉冈看向屋子里面,希望有哪个女人能够和他抱有同样的想法。突然间,奥马尔松开了穆拉德,他于是失去了平衡,倒在地上。

"奠边府①!奠边府!"奥马尔嘟哝道,就像鬼一般跳了起来,气得嘴唇都在哆嗦。奥马尔弯下身,抓住穆拉德的脖子,往他的脸上啐了一口:"你这个可恶的出卖灵魂的人!可怜的士兵,你受尽了法国人的剥削。你是伊斯兰的叛徒,是我们国家的叛徒。"德拉冈蹲下身检查穆拉德摔倒时碰到额头造成的伤。阿米纳这时清醒过来,可他还没能开口让弟弟安静下来,奥马尔就用他的近视眼瞪着他,让阿米纳瞬时失去了做些什么的力气。"我走了。我不知道自己为什么会在这个不正常的家里,庆贺一个不属于我们的神。在你的孩子和雇工面前,你应该感到羞愧,你应该因为蔑视你的民族而感到羞愧。你最好能够反思一下。等我们收回自己的国家,叛徒们会迎来可耻一刻的。"奥马尔背过身去,走入黑暗中,他细长的身影渐

---

① 越南城市,奠边省省会。1954年,胡志明、武元甲领导的越南军队在奠边府重创法国殖民占领军,扭转了越南战争的局势。

渐消失了，就像是被旷野吞没了一般。

女人听到叫喊声，看到穆拉德躺在地上，她们惊慌失措。科琳娜向他们跑过来，尽管阿米纳恼火透了，非常痛苦，但是看到她，还是笑出声来。她的胸实在太大了，跑起来很滑稽，像个小山羊一般跳跃着，绷紧了背，下巴朝前。德拉冈敲了敲主人的背，他用匈牙利语说了句："别毁了节日。继续喝!"

第七章

奥马尔没有再出现过。一个星期过去了，接着是一个月，奥马尔没有传来一丁点消息。

有一天早上，雅斯米娜在带钉的大门前看到了两个装满了食物的篮子。篮子太沉了，她不得不放在地上拖进厨房，她大声喊来了穆依拉拉："两只鸡，鸡蛋，还有蚕豆。看，还有西红柿和一包藏红花!"穆依拉拉扑向这个老奴隶，捶打她。"把这些都拿开! 听见了吗? 拿走!"她枯瘦的脸上满是泪水，她在颤抖。穆依拉拉知道，民族主义组织会给牺牲了的或是被囚禁的同志家里分发食物篮，有时也给钱。"傻瓜! 傻瓜! 你不明白我儿子出事了吗?"

阿米纳来看她的时候，她正坐在庭院里，阿米纳第一次看到母亲披着头发，一大绺一大绺的灰色长发披在背上。她站起身，非常愤怒，带着恨意看着儿子。

"他在哪里？已经一个月了,他都没有回家！愿先知保护他！任何事情都别瞒我,阿米纳。如果你知道点什么,如果你知道我儿子遭遇到了什么不幸,我求求你,告诉我。"穆依拉拉好几天都没有睡着觉了,她的脸显得更加瘦长,人也非常消瘦。

"我什么都没瞒你。为什么你会这样说我？奥马尔这几个月以来一直和动乱组织有来往,是他将我们家置于危险之中。为什么你要冲我来？"

穆依拉拉开始哭泣。她是第一次和阿米纳发生了争执。

"找到他,我的儿子①,找到你弟弟,把他带回家来。"阿米纳吻了吻母亲的额头,他抚摸着她的双手,允诺道:

"一切都会好起来的。我把他带回来。我相信会有一个合理的解释的。"

事实上,奥马尔的杳无音信也在折磨着他。几个星期以来,阿米纳一直在敲邻居、朋友以及部队战友的门。他去了经常能看见弟弟的咖啡馆,在汽车站也经常一蹲就是一个下午,查看一辆辆开往丹吉尔和卡萨布兰卡的汽车。他经常会跳起来,一个飞跃,跑向一个身影或是雄赳赳的步态看上去有点像弟弟的人。他拍拍陌生人的肩,待他们转过身来,阿米纳只好

——————————

① 原文为阿拉伯语。

说："对不起,先生,我认错人了。"

他回想起奥马尔曾经谈到过奥特曼,那是奥马尔的中学同学,据说是非斯人,他决定去一趟非斯。他在中午接近下午的时候到了这座圣城的高地,一脚踏入了伊斯兰街区湿乎乎的街道。这是悲伤、冰凉的二月,青翠的农田和皇城庄严的清真寺带上了一层萧瑟之意。阿米纳向行色匆匆、冻得哆嗦的行人问路,可是每个人指的路都不一样,在两个小时的兜兜转转之后,他感到了惶恐。他时不时地就要贴墙站着,给一头驴或一辆马车让路。"让开!让开!"①阿米纳跳起来,尽管空气清凉,衬衫却被汗湿透了。一个皮肤斑斑点点、上了年纪的人靠近他。老者的声音很温和,发带"r"的音的时候卷着舌头,他提议陪他去找。他们默默地走着,阿米纳跟着这位举止高雅的老者,一路上别人都在和他打招呼。"就是这里。"他指了指一扇门,阿米纳还没有来得及向他道谢,他就已经消失在他的眼中。

一个看上去十五岁还不到的保姆给他开了门,带他来到底楼的一间小客厅里。他在空旷、静默的摩洛哥式居屋里等了很长时间。有好几次,他站起身来,小心翼翼地围着中庭绕上一圈。在虚掩的门前,他故意让自己的鞋子在马赛克瓷砖

---

① 原文为阿拉伯语。

上弄出声响,向里看去,希望里面的人——也许是在这样的下午睡着了——醒过来。房子很大,装饰的品位不俗。正对着喷泉是间大屋子,放着一张桃花心木的办公桌,办公桌旁放着两张铺着珍贵面料的沙发。庭院里茉莉香气袭人,紫藤爬到了二楼的栏杆上。大门的右手边是客厅,四面墙上都有石膏的雕塑,松木天花板上也都是彩色的图案。

阿米纳正准备走,这时大门开了,一个人走了进来。这个人穿着条纹的长袍,头戴一顶蓝丝穗红帽。他的络腮胡精心修剪过,臂下夹着一沓文件,外面是一个红色皮质的文件袋。看到家里出现了一个陌生人,他皱了皱眉头。

"您好先生!请原谅我的叨扰。我是得到允许才进来的。"

主人继续保持沉默。

"我叫阿米纳·贝尔哈吉。如果我冒犯了您,我再一次请您原谅。我是来找我弟弟奥马尔·贝尔哈吉的。我知道您儿子和他是朋友,我想,也许我能在这里找到他。我到处都找过了,我母亲担心得要命。"

"奥马尔,哦,当然,我现在看出你们的确有点像。您四十年代上过战场,是吗?您的弟弟不在这里,我很抱歉。我儿子也被学校退学了,他如今在艾兹鲁读书。您知道,他应该很长时间都没有见到过您弟弟了。"

阿米纳没有掩饰自己的失望。他将手插进口袋,沉默着。

"请坐。"主人说。这时年轻的保姆过来,在铜桌上放了一把茶壶。

哈迪·卡里姆是个富有的商人,他的事务所主要是做房产和投资方面的咨询。他有一个雇员、一台打字机,街区的人都很信任他,他的声誉甚至超出了街区的范围。在非斯乃至在整个地区,人们都寻求这位具有影响力的名人的保护。他亲近民族主义党派,但是他的朋友中有不少欧洲人。每两年一次,他会前往沙泰勒吉永①治疗哮喘和湿疹。他喜欢红酒,听德国音乐,还从一个英国大使的手上买了一些十九世纪的家具,这使得他的居屋看起来有一种特殊的味道。他是一个难以捉摸的人,有人指控他为法国当局提供情报,也有人指控他是摩洛哥民族主义者最恶劣的帮凶之一。

"我三十年代为法国人工作,"他开口说,"我起草合同,做一点法律翻译。我是一个正直的职员,他们对我没有任何可指责的地方,感谢上帝。接着,在四四年,我支持独立运动,我参加了起义。法国人辞退了我。得到摩洛哥法律的许可,我就开了自己的事务所。谁说我们需要他们呢,是吧?"哈迪·卡里姆的脸渐渐变得阴郁起来:"其他人的运气没有我好。我的一些

① 法国中部的一个小镇。

朋友被流放到了塔菲拉勒特①,另一些受到了变态的折磨。他们用香烟头烫他们的背,把他们弄疯。我又能做些什么呢?我试着帮助我的兄弟们。我募集资金,资助对政治犯的保护。有一天我去了法庭,想要援助一位年轻的被告,就只是想要支持一位被冷酷审判摧毁的父亲。在大楼前,我看见一个男人席地而坐,嘴里喊着一个我也不懂什么意思的词。我走近他,看见他在地上放了一块布,上面有三四条领带。小贩感觉到我是个理想的客人,他坚持要我买一条,但是我不感兴趣,直接向法庭走去。在门口,人流涌动。男人在祈祷,女人抓着自己的脸,呼唤先知的名字。相信我,贝尔哈吉先生,我能够记得他们中的每一个人。他们当中有父亲,因为自己的无能而倍感屈辱,他们将他们读不懂的材料递到我手上。他们冲向我,眼神中充满祈求,他们让女人让开,不要说话,但是悲痛的女人根本不听任何人的话。当我终于来到法庭的大门前,我介绍了自己,我首先提到了我的法学资质,但是门卫完全不通融。只要没戴领带,就不能进到大厅里。我简直不敢相信。我受到了伤害,又感到非常羞愧,这时我回到了盘腿坐在地上的小贩那里,抓起了一条蓝色的领带。我一言不发地付了钱,将领带系在我带风帽的长袍上。倘若不是在通向听众席的阶

---

① 摩洛哥中南部的绿洲,位于撒哈拉沙漠边缘。

梯上看到那些焦虑的父亲,看到他们也是戴起风帽,脖子上系了一条领带,我真的会觉得自己可笑极了。"哈迪·卡里姆喝了口茶,阿米纳慢慢点了点头,他继续说:"我就像这些父亲一样。贝尔哈吉先生。我很骄傲自己有一个民族主义的儿子。对于所有这些起义反抗占领者的儿子,我都感到非常骄傲,他们惩罚叛徒,进行斗争,以期结束不公正的占领。但是需要多少杀戮?需要多少奔赴死刑的人?需要多少行刑队才能看到我们的事业取得胜利?奥特曼在艾兹鲁,远离这一切。他必须学习,他必须做好准备,有朝一日在他成为一个独立国家的公民时可以带领这个国家往前走。去找回您的弟弟,四处去找。如果他在拉巴特,在卡萨布兰卡,把他领回家去。我欣赏那类怀有一颗赤诚之心,接受自己亲人牺牲的人。但是我更理解那些不惜一切代价要救自己亲人的人。"

夜幕降临,天色暗淡下来,这时庭院里打开了巨大的枝形吊灯。阿米纳注意到有个柜子上放着一个木制的座钟,法国制造,金色的钟面在黑暗中闪闪发光。哈迪·卡里姆坚持陪着阿米纳走到伊斯兰街区的城门口,阿米纳把车停在了那里。在离开之前,他答应阿米纳会想办法打听消息,只要有一丁点消息就会通知他:"我有朋友。您别着急,最终总会有人说的。"

在回农场的路上,阿米纳一直在想这个男人讲述的东西。

他突然想到自己也许生活得太超然了,正是这份远离在某种程度上让他成为一个罪人,让他看不见一切。他是个胆小鬼,而且是最糟糕的那种胆小鬼,他挖过一个地洞,也曾秘密地藏起来过,希望任何人都不要找到他,任何人都看不到他。阿米纳在这群人中生活,和这个民族生活在一起,但是他从来没有以此为骄傲。相反,他时不时地会想要让自己遇到的法国人放心,试图告诉他们,他是不一样的,他既不是骗子,也不是宿命论者,不是游手好闲的人;在殖民者的眼里,他们摩洛哥人都是这样的。他内心一直是按照法国人所希望的模样生活的。在他还年轻的时候,他习惯于慢慢地走路,低着头。他知道他那深色的皮肤、矮壮的形体、宽阔的肩膀会让法国人起疑。于是他把双手夹在腋下,就像一个发誓不动手的男人。现在,他觉得自己生活在一个周围都是敌人的世界里。

他很羡慕弟弟的盲目信仰,他能够归属某个团体的能力。阿米纳宁可不懂得节制,不害怕死亡。在危险时刻,他想到的是他的妻子和母亲。他总是强迫自己继续活下去。在德国,他做战俘的集中营里,和他住在一个棚屋里的伙伴劝他也参与逃狱计划。他们充分研判了自己的机会。他们偷了大剪刀,计划用来剪断铁丝网。他们还储备了一点食物。有好几个星期,阿米纳都在找各种借口躲避参与这样的尝试。"天太黑了,"他总是说,"让我们等满月的时候。"或者说:"太冷了,在冰冷的森林里我们没办法活下来。等天好一些吧。"那些人都很相信他,也许他们在他的审慎中也发现了自己的恐惧。过去了两个季节,两季的拖延,两季的内疚,在两季的时间里都需要装出迫不及待要逃跑的样子。当然,自由是他一直渴望的,一直出现在他的梦中的,但是他下不了这决心冒险,让背部挨上一枪子儿,或者像一条狗一般挂在铁丝网上死去。

对于塞尔玛来说,奥马尔消失的这段时间却是快乐和自由的时间。再也没有人盯着她,生怕她不在,生怕她撒谎。在她的青少年时期,她总是带着一种有些恶意的骄傲,展示她青一块紫一块的小腿肚子、肿胀的脸颊以及只能半睁半闭的眼睛。朋友们拒绝和她一起做蠢事,她总是对她们说:"为什么不呢?反正不管怎么样我们都会吃耳光的。"去电影院的时候,她总是裹上哈依克,生怕被认出来。有一次,在黑暗的放映厅里,她听凭男人抚摸她赤裸的双腿,她在想:"没劫走我已经是很幸运的了。"奥马尔经常在家里的院子里等她,当着穆依拉拉的面,他都能把她揍得鲜血直流。有天晚上,她当时还没满十五岁,从学校回来晚了,她敲贝里玛的家的大门,奥马尔拒绝开门。这是冬天的夜晚,夜色来得很快。她发誓说,是因为学业的问题被老师留了校,说她没干坏事,她甚至还动用了真主,祈祷真主的仁慈。在钉着钉子的大门背后传来雅斯米娜的叫声,她在请求年轻的男人宽容一点。但是奥马尔没有让步,塞尔玛冻得要死也怕得要死,在周围的一个小花园里过了一夜,就躺在湿乎乎的草坪上。

她恨这个什么都禁止她做的哥哥,他对她就像对待妓女,有好几次,他还啐得她一脸。成千上万次,她期待他的死亡,她还诅咒竟然让她生活在这样一个粗鲁男人的威迫之下的主。奥马尔嘲笑妹妹对自由的向往。她请求他让自己去找邻居玩的时候,他总是用一种尖酸的声音说:"闺蜜,闺蜜,你就只知道玩吗?"他把她拎起来,离地几厘米,将自己的脸贴近颤抖着的年轻姑娘的脸,他把她往墙上或是楼梯上扔。

奥马尔消失了,阿米纳因为农场事务也来得少了,塞尔玛高兴坏了。她就像一个走钢丝的演员一般,知道这自由转瞬即逝,很快她就会和邻居家的同龄姑娘一样,因为怀孕,因为一个嫉妒的丈夫,连露台都去不了。在土耳其浴室,女人们盯着她的身体,有些女人还抚摸她的臀部。有一次,按摩女工将手猛地深入她的屁股里。她对她说:"他的运气真好,你的丈夫。"和这只油乎乎的手的接触,和这习惯于揉搓身体的指头的接触带给她某种颠覆。她知道自己身上有某种没有得到满足的东西,一个等待着被填满的大洞,于是她在自己的卧室里重复了按摩女工的这个动作,并没有感到羞愧,也没有得到满足。男人们上家里来求婚。他们坐在客厅里,而她坐在楼梯上,有点担心地看着这些大腹便便的父亲,他们喝茶的时候总是发出不小的声音,发出要咳痰的声音驱赶在周围游荡的猫。穆依拉拉带着某种渴望接待他们,听他们陈述自己的请求,等她终于明白过来这和她儿子没有关系,这些人完全不知道奥马尔发生了什么事情,她便站起身来。而男人呆站了几分钟,神情迷茫,接着便走出了这个疯子人家,不再回头。塞尔玛于是想,大家应该是忘记了她。这个家里再也没有人记得起她的存在,对此她感到很幸福。

她开始逃课,在街头游荡。她扔下了书本,剪短了裙子,在一位西班牙朋友的帮助下,她修了眉毛,把头发剪成最时兴的式样。她偷了床头柜抽屉里的钱买香烟和可口可乐。雅斯米娜威胁她,说是要告发她。她抓着她的手臂对她说:"哦,不,我亲爱的雅斯米娜,你不会这样做的。"雅斯米娜这个从前的奴隶,只能够服从,不能够发表意见,但现在她获得了掌家的权力。她的腰间别着一串厚重的钥匙,钥匙发出的声响在走廊和庭院中回响。她负责面粉和鹰嘴豆的储备,穆依拉拉因为受到战争和荒年的折磨,坚持要这么做。现在只有雅斯米娜能够打开所有卧室的门,打开饰有棕叶纹的松木盒,打开穆依拉拉用来放发霉嫁妆的橱子。夜里,当塞尔玛瞒着母亲偷偷溜出去的时候,是雅斯米娜这个上了年纪的黑女人坐在庭院里等她。在黑暗中，能看见她抽的不带过滤的香烟发出的一点光芒，勉强照出她那张因为岁月而支离破碎的、肿胀的脸。她理解年轻姑娘对自由的向往，但只是一种带有些微混乱的理解。塞尔玛的逃跑也在可怜奴隶的内心深处惊醒了已经窒灭许久的欲望，逃跑的梦想，重逢的希望。

★

　　1955 年冬天，塞尔玛上午都是在电影院度过的，下午就躲在咖啡馆里，咖啡馆的老板要求事先把消费都付清。年轻人在这里谈论爱情、旅行、漂亮的汽车，以及如何逃开老一代人的监管。上一代人是他们讨论的核心议题：他们什么都不懂，没有看到世界的变化，他们指责年轻人只对跳舞或者日光浴感兴趣。在两局台式足球之间，大家在这悠闲的日子里激情昂扬，塞尔玛的朋友们嚷嚷着他们才不要向这些阴暗的，说是他们父母的老家伙汇报。他们已经听够了什么凡尔登啊，卡西诺山①啊，塞内加尔的机枪手啊，西班牙士兵啊。他们听够了饥荒、小小年纪就死去的孩子、因为战役而失去的土地。

---

① 位于意大利。1944 年冬，第二次世界大战期间，盟军在北非战役胜利后，为突破冬季防线及攻占罗马在此展开了一次重大战役，虽然击退了德军，但盟军也损失惨重。同时，这是战争史上一次著名的机枪战。

年轻人只热衷于摇滚乐、美国电影、漂亮的小汽车,还有带那些敢于越墙外出的姑娘去逛街。在所有这些女孩之中,塞尔玛是他们的最爱。并不是因为她是最漂亮的,或是最不知廉耻的,而是因为她会逗他们,在她身上能感受到对于生活的强烈欲望,这欲望如此强烈,任何东西都不能够压制住。当她晃着脑袋,模仿《乱世佳人》里的费雯·丽①那尖锐的嗓音说"战争,战争,战争,哼!"的时候,她真是难以抗拒。当她嘲笑阿米纳的时候,这群人简直笑弯了腰,姑娘皱着双眉,挺着胸脯,就好像一个为胸前军功章感到骄傲的士兵。她模仿着阿米纳,食指指天,用粗粗的声音说:"你要知道,没有挨过饿是多么幸福,你是没经历过战争,你这个没头脑的孩子啊。"塞尔玛并不害怕。她从来没有想过会被人认出来,没想过有人会告她的状。她也不认为自己干了什么坏事。她相信自己的运气,梦想拥有爱情。每一天,怀着一种既害怕又激动的心情,她都对这个世界的广阔和呈现在自己面前的可能性有了更多一点的了解。在她看来,梅克内斯太小了,就像一件过于紧身的衣服,令人窒息,令人恐惧,因为每每动一下,便有可能崩坏了。所以说她经常会遇到让她愤怒和生气的事情。她经常咕哝着离开朋友的卧室,或是掀翻咖啡桌上的热茶。她总是说:"你

① Vivien Leigh(1913—1967),美国演员,在电影《乱世佳人》中饰演郝思嘉。

们在原地转圈,总是这样,说来说去就是这些!"她觉得自己的朋友太平庸了,表面的少年反叛背后,其实是一种只想着过舒适生活和顺从的倾向。姑娘们已经开始逃离她了。大家可不愿意冒这个险,让别人看到自己和她在一起,这会毁了自己的清誉。

　　下午,塞尔玛有时会躲到邻居法布尔小姐那里去。这个法国女人自二十年代之后就在伊斯兰教区生活,住在一个几乎已成废墟的摩洛哥式居屋里。那里乱得可怕;客厅里堆满了肮脏的凳子、开盖的箱子,还有被打翻了的茶或者被食物污染的书。壁纸也因为老鼠爬过而一点点剥落了,空气中飘浮着一股尿臊味和臭鸡蛋味。法布尔小姐接纳所有伊斯兰教区的可怜人,大家经常可以看到客厅的角落里或是地上睡的孤儿以及没有收入来源的寡妇。冬天,屋顶漏雨,伴随着雨点落在铁皮桶上的声音的,是孩子的叫声、小推车轮胎发出的吱吱嘎嘎的声音以及楼上织布机发出的声音。小姐长得很难看,大大的、畸形的、毛孔粗大的酒糟鼻,灰色稀疏的眉毛,这些年以来,她的下巴一直有些颤抖,妨碍了她讲话。她穿着宽大的无袖长衣,但隐约可以想象她的大肚子和粗壮的、血管毕露的腿。她脖子上戴着一个象牙的十字架,她一直不停地抚摸它,就像是在抚摸驱邪符或护身符一般。这个象牙十字架是她从中非带回来的,她在中非长大,但她不太愿意提在那里发生的事情。没有人了解她的童年,以及她到摩洛哥之前的岁月。在这里的伊斯兰教区,有人说她曾经是个修女,说她是个工业巨头的女儿,说有个她疯狂爱上的男人把她带到这里,后来又抛弃了她。

小姐已经和摩洛哥人一起生活了三十多年,她能够说他们的语言,了解他们的习俗。人们会邀请她参加婚礼,参加各种宗教节庆,没有人注意到这个和当地人已经无甚分别的女人。她静静地喝着热茶,她为孩子们赐福,能够为某个家庭唤来主的仁慈。女人聚在一起的时候,会向她倾吐秘密。她给出建议,替不识字的女人写信,关心她们那些不大体面的病或者身体受到的伤害。有一天,有个女人和她说:"如果鸽子不叫,狼也不会来。"小姐一直告诫自己要无比谨慎。她从来不强烈呼吁要破坏这个世界的基础,因为她只是一个外国人,但面对不幸与不公,她还是会感到愤怒。有一次,只有一次,她敲响了一个男人的门,因为他的女儿很有天赋,她请求这个严厉的父亲能够支持女儿的学业,建议他送女儿到法国去,这样她就能够拿到文凭。那个男人倒是没有发怒,也没有把她赶出门外,没有指责她破坏秩序,没有滥发淫威。不,男人只是笑了。他放声大笑,手臂伸向天空:"学业!"他还算温和地做了个动作,陪伴小姐走到门口,和她说了声谢谢。

人们能够原谅法布尔小姐的古怪,因为她老了,而且又没有什么魅力，因为大家都知道她善良慷慨。在战争期间，她接济陷入贫困的家庭。她给衣衫褴褛游荡街头的孩子衣服穿。她选择了自己的阵营，抓紧一切机会表明立场。1954年9月，一个巴黎记者到梅克内斯来采访。有人建议这位法国记者见一下法布尔小姐，她装配了一个织布车间，而且对穷苦人一直非常好。小伙子于是在某个下午受到了小姐的接待，在这座闷热的、透不进一丝风的房子里，他差点倒下去。在地板上，孩子们将不同颜色的羊毛料分类，放在不同的篮子里。在楼上，年轻的女子坐在巨大的立式织机前，闲谈之中，她们手中的线在舞蹈。在厨房，两个黑女人将面包浸入一种栗色的汤里。记者想要一杯水，法布尔小姐点了点他的额头，说："可怜的小家伙。别动，别想着反抗。"他们谈到了她的善举，谈到了伊斯兰教区的生活，谈到了工作的年轻女人的卫生状况和道德处境。接着记者问她是不是和其他法国人一样害怕恐怖分子。她抬头看了看夏末白茫茫的天空，捏紧了拳头，似乎是在尽量克制自己："好像就在不久以前，我们也称呼法国抵抗者为恐怖分子。在实施了四十年的保护权之后，为什么还不能理解摩洛哥人对自由的追求呢？他们为此而斗争，也是我们把对自由的向往传递给了他们，我们教会了他们自由的价值。"记者出了一身大汗，他反驳说，独立当然是会得到的，但应该循序渐进，不能对那些为这个国家付出一生的法国人发起攻击。如果法国人走了,摩洛哥会变成什么样子呢? 谁来领导这个国家呢? 谁来种地呢? 法布尔小姐打断了他:"如果您想知道的话,我不关心法国人想什么。他们好像觉得是自己遭到了侵占,因为这个民族已经日渐强大,确立了自身的存在。但愿他们明白,事实是,他们才是外来的。"她让记者出去,也没有提议陪他回到新区的饭店里。

每个周四下午,法国女人在家里接待一群家庭出身比较好的姑娘,说教她们十字绣、织毛衣还有入门的钢琴。家长很信任她,因为他们知道小姐肯定不敢劝诱他们的孩子转变宗教信仰。当然,她不会谈耶稣,对于他那照耀世界的挚爱也闭口不谈,但她还是造成了一部分姑娘改变了她们的信仰。没有一个年轻姑娘在她这里弹出过两个以上的音符,她们更不会织补袜子。她们在庭院或是摩洛哥小客厅里度过的这些时光,就是躺在床垫上,塞饱了蜂蜜点心。小姐总是放一张唱片,她教她们跳舞,给她们念诗,那些诗歌让她们红了脸,有些笑着跑开了,叫道:"啊,啊!"①她把《巴黎竞赛》借给她们,然后便看见从杂志上撕下来的纸页从一个阳台飞向另一个阳台,玛格丽特公主②的肖像最终飞进了水沟里。

① 原文为阿拉伯语。
② Princess Margaret(1930—2002),英国伊丽莎白女王的妹妹,斯诺登伯爵夫人。

1955 年 3 月的一个下午,法布尔小姐正准备喝茶,突然发现她的学生们正在热烈地讨论什么。学生罢课已经有一个星期了,因为有个老师侮辱了一个女大学生。老师指责这个女生写了一篇关于贞德抵抗英国人的作文,立场很反动,同时女生还利用历史课来表达她对民族主义者的友情。楼上,能听见正在整修屋顶的工人的笑声,姑娘们不禁往上看去。法布尔小姐按照摩洛哥人的方式,用一种幅度很大的、庄严的姿势将薄荷茶倒进破玻璃杯里。她走近塞尔玛:

"来,小姐,我有事和您说。"

塞尔玛跟着她进了厨房。她在想,究竟是什么事,法布尔小姐要单独和她谈。她差点说她才不在乎什么政治呢,而且她的嫂子是法国人,她不参与任何一派。但是法布尔小姐冲她笑笑,请她在一张小木桌前坐下,木桌上摆着一篮水果,上面叮满了小飞虫。小姐伸直双腿,有几分钟的时间,她一直盯着花园深处,一株九重葛的紫色爬藤在墙上延展开来,这几分钟的时间却让塞尔玛觉得无比漫长。她抓起了一个长了虫子的桃子,桃子皮已经脱落了,露出黑色的、软塌塌的桃肉。

"我听说您不去学校了。"

塞尔玛耸耸肩膀。

"去学校干什么?我什么也不懂。"

"您真愚蠢。如果不受教育,您什么也做不了。"

塞尔玛有些吃惊。她从来没有听到过小姐这样说话,和一个姑娘,用这样一种严肃的语调。

"是因为某个男生,是吗?"

塞尔玛的脸红了,如果可以,她想跑出这座屋子,永远不再回来。她的双腿开始颤抖,法布尔小姐将手放在她的膝盖上。

"您以为我就不了解吗?也许您觉得我从来没有爱过。"

"求求她闭嘴吧。求求她让我走。"塞尔玛想。可是老女人还在继续,指尖抚过她的象牙十字架,十字架似乎在抚摸之下闪闪发光。

"如今您坠入爱河,非常美妙。您相信小伙子和您说的一切。您觉得这一切都会持续下去,他们会像现在这样一直爱着您。与此相比学业并不重要。但是您对生活一无所知!有一天,您为他们牺牲了一切,您一无所有,您事事都需要依附于他们。要看他们心情如何,是否还爱您,要听任他们的粗暴。我和您说,要想想自己的未来,要学习,您应该相信我。时代变了,您不应该重复您母亲的命运。您可以成为一个有身份的人,律师、教师或者护士,甚至是女飞行员!您听说过图里亚·沙维①吗?她拿到飞行执照的时候才只有十六岁。

---

① Touria Chaoui(1936—1956),生于摩洛哥非斯,十六岁时考取飞行执照,是摩洛哥第一个女飞行员,1956年遭到刺杀遇害。

您想要成为什么样的人,就可以成为什么样的人,只要您愿意努力。永远,永远都不要问男人要钱。"

塞尔玛听着,她的双手紧紧抱着茶杯。她非常认真地听,法布尔小姐相信自己已经说服了她:"回到学校去,准备考试。如果您需要,我可以帮助您。小姐,答应我,不要放弃。"塞尔玛感谢了她,亲吻了她皱巴巴的脸颊,她说:"我答应您。"

但是在回家的路上,塞尔玛一边朝贝里玛的家走去,一边重新想起了老修女的那张脸,想到了她如同石灰一般的白皮肤,还有仿佛被自己吃了的薄唇。她一个人在狭窄的街道上笑了起来,心里想:"她能够了解男人吗?还有爱情?她都知道些什么?"对那个老女人肥胖和忧伤的身体,她的内心升起了一股蔑视之情,她孤独的生活,她那些个理想,那不过是为了掩盖缺少爱情罢了。塞尔玛在昨天夜里亲吻了一个男孩。自此之后,她就一直在想,一直阻止她、统治她的是男人,可她想要获得自由的原因,也是男人。是的,一个男孩吻了她,她能够非常非常准确地回忆起这吻所经过的一切。从昨天开始,她不由自主地,不断闭上眼睛,怀着一种从不枯竭的激动之情,回味这美妙的时刻。她重新看见了男孩清澈的眼睛,听到他的声音,他讲的那些话——"你在颤抖?"——她的身体于是掠过一阵战栗。她就好像是这回忆的囚徒,她不断地去回想,她将手放在嘴唇上,放在脖子上,就好像在找寻伤口的痕迹,找寻男人的嘴留下的痕迹。每次,男孩将唇贴在她的皮肤上,都好像将她从伴随她长大的恐惧、懦弱中释放了出来。

男人的作用就是这个吗? 就是因为这个,人们那么喜欢谈论爱情? 是的,他们能够将你深藏在内心的勇气引发出来,将它暴露在光天化日之下,让它盛开。为了一个吻,再一个吻,她觉得自己仿佛被注入了巨大的力量。他们是对的,她一边上楼回到自己的卧室一边想。他们的怀疑是对的,他们对姑娘的戒备是对的,因为我们藏起来的,在面纱和裙裾之下的,我们隐藏起来的东西里到处都是灼灼的火焰,为了这火焰我们可以背叛一切。

　　三月底,寒潮席卷了梅克内斯,院子里的井水都上了冻。穆依拉拉病倒了,好几天卧床不起,她消瘦的小脸几乎完全覆没在雅斯米娜给她盖上的厚厚的被子里。玛蒂尔德经常去看她,尽管穆依拉拉不情愿,但她坚持照顾她,让她吃药,必须把她当作任性的、受了惊的孩子一般来对待。穆依拉拉渐渐痊愈,但是当她能够起床,穿着玛蒂尔德送给她的家居长袍回到厨房,她意识到出了什么问题。开始的时候她并不清楚究竟是什么在内心引起了这种恐慌,这种明明在自己家里却像是个异客的感觉。她在走廊上走来走去,粗暴地斥责雅斯米娜,上上下下楼梯,尽管腿很疼。她靠在窗户上往下看,看到暗淡的、仿佛失去了什么的街道。难道就在她生病的这几个星期里,世界就发生了这么大的变化吗?她觉得自己是疯了,就像她的儿子亚利尔一般被魔鬼附了身。她想起听过的那些关于老一辈的传说,说他们半裸着身子在街头游荡,和幽灵讲话。现在她可能也身陷家族的诅咒之中,她的精神慢慢地不再受自己控制。她感到害怕,为了让自己平静下来,她投入了以往一直做的事情。她坐在厨房里,抓了一把香菜,切碎了。她将苍老的、变形的、覆满了香菜碎的双手凑近自己的脸,从嘴巴到鼻子,细细地涂抹了一遍,然后她哭了。她将手指伸入鼻孔中,像个疯子一般,眼神四处飘荡。她没有闻到任何味道。她病了,被一种她不理解的诅咒控制了,这病让她失去了嗅觉。

这也是为什么,她没有再从女儿的衣服上闻到冷烟草和工地烟尘的味道。穆依拉拉同样再也闻不到姑娘的衬衫上所散发出来的廉价香水味,那是塞尔玛用偷来的钱在伊斯兰教区买的。尤其是,她再也闻不到,在甜甜的香味里,还有一种混了清新的、带有柠檬味的古龙水和欧洲人喜欢在腋下或是颈部涂抹的时髦香水的味道。塞尔玛晚上回来的时候,总是双颊红红的,头发乱糟糟的,气息中带有别人嘴唇的味道。她在庭院里唱着歌,和母亲说话的时候她的眼睛闪着光,她还紧紧地抱住母亲说:"我多么爱你啊,妈妈!"

有一天晚上,玛蒂尔德在门口等阿米纳回来。"我今天进城了,"她说,"看见了你母亲。"穆依拉拉和阿伊莎在一起的时候,行为很古怪。孩子的嘴唇凑到祖母的手边时,她竟然叫了起来。"她说阿伊莎要咬她。她哭了,把手抵在阿伊莎的肚子上,她是真的害怕,你明白吗?"是的,阿米纳明白。他注意到母亲消瘦得厉害,眼神也很空洞,总是心不在焉的样子。她不再用指甲花汁染头发了,而且有时她从卧室出来,也忘记用头巾包住她的灰色头发。玛蒂尔德去看她,她敢肯定穆依拉拉并没有认出她来。老太婆愣愣地盯着她,几秒钟的时间,张口结舌,目光茫然,接着她就好像舒了一口气。她没有叫出儿媳妇的名字——反正她从来也不这么做——但是她笑了,把手放在年轻女人的手臂上。穆依拉拉成天坐在厨房的桌子前,手臂在蔬菜篮前挥来挥去。等到她的神智略微恢复了一点,她就站起身,开始用餐,但是饭菜已经不是过去的味道。她总是忘了加调料,或者在木椅子上睡着,把炖肉盘的底部都烧煳了。她过去是那么严肃,说一不二,现在她成天哼着儿歌,时不时地还因为这些儿歌爆发出一阵阵笑声。她转着圈,用双手掀起长袍的底部,冲雅斯米娜吐舌头,嘲笑她。

"我们不能听由她这样发展下去。"玛蒂尔德说。阿米纳脱去靴子,把外套放在门口的椅子上,就这么待着,没有说话。"得让她和我们住在一起,把塞尔玛也带过来。"妻子温柔地看着他,双手放在自己的腰间。阿米纳向她投去炽热的一瞥,这让她感到颇为吃惊。她风情万种地整了整头发,把腰间的围裙解下来。这会儿,阿米纳很遗憾自己没能说些什么,很遗憾自己不是那类男人,能够有时间关心精神生活,有时间表现出柔情,有时间说出自己的心里话。他看了她很长时间。他想,现在她已经成了这个国家的女人,她和他一起承受痛苦,她和他一样激情投入工作,可是他却没有能够向她表达出自己的谢意。

"是的,你说得对。不管怎么说,让她们单独住在伊斯兰教区,没有男人保护她们,我也不放心。"他走近玛蒂尔德,踮起脚尖,缓缓地在她向他低下来的脸庞上印上一吻。

初春时分,阿米纳去帮母亲搬家。亚利尔被打发去了一个舅舅家,这个舅舅是个圣人,生活在伊夫兰①附近。他向他们保证说,高海拔有益于脆弱的灵魂。雅斯米娜还从来没有见过雪,她提议自己陪亚利尔一起去。阿米纳把穆依拉拉安排在靠近屋子大门口最明亮的一间卧室里。塞尔玛和阿伊莎、塞利姆一间房。但是穆拉德成功地搞到了砖和水泥,他着手在屋子侧面增盖一排房子。

穆依拉拉很少走出房间。玛蒂尔德经常看见她坐在窗下,眼睛盯着红色的地砖。她裹了一身白,轻轻摇晃着脑袋,重新回到静默的生活,一种无声的生活,不允许任何悲伤的生活。白色的布料上是她一双深色的、满是皱纹的手,这双手似

---

① 位于阿特拉斯山脉中部的摩洛哥城市,是著名的滑雪胜地。

乎承载了这个女人的一生，就像是一本无字书一般。塞利姆和她在一起的时间很多。他睡在地板上，脑袋枕在祖母的膝盖上，闭上眼睛，而她轻轻抚摸着他的背和颈。他只接受在祖母的房间里吃饭，大家也只能让他养成了这样的坏习惯；他用手吃饭，打嗝声音很大。穆依拉拉，这个玛蒂尔德自认识以来就如此瘦弱的女人，一生之中只因他人的存在而感到无比满足的女人，此时，却表现出了一种令人揪心的老人的贪婪，那就是要在这些无关紧要的小事上找到生命的最后一点意义。

整整一天，玛蒂尔德都在不停地奔忙，从学校到家，从厨房到水房。她要为老太婆和儿子擦洗屁股。她要准备所有人的饭，她自己只能在两件事情之间匆匆站着把饭吃完。早上，从学校回来，她要照料病人，洗衣服和烫衣服。下午，她要跑供货商，购买农药和零件。她永远生活在焦虑之中：因为钱，因为担心穆依拉拉的健康，还有孩子们的健康。她担心阿米纳的阴郁心思。塞尔玛初到农场的那天，他对玛蒂尔德说："我不希望她和雇工走得太近。我不希望她到处闲逛，就学校和家，你听见了吗？"玛蒂尔德点点头，心里充满了不安。哥哥不在的时候——实际上大部分时间阿米纳都不在——塞尔玛显得傲慢而残忍。玛蒂尔德会命令她，但是她根本不在乎。她总是回答说："你又不是我妈。"

　　玛蒂尔德担心三月的暴雨,还有冰雹。到了下午,天边一片昏黄的时候,雇工会说要来冰雹啦。电话铃响起,她总是惊跳起来,手握听筒,祈祷不是银行,也不是塞尔玛的中学,也不是阿伊莎的寄宿学校。经常是科琳娜在午睡时分打来电话,让她去喝茶,她总是回答她:"你当然有资格消遣啦!"

　　玛蒂尔德写给伊莱娜的信从此之后都是干巴巴的,再也没有了秘密,没有情感。她让姐姐把儿时吃的那些菜的菜谱寄给她,她现在有点儿想这些菜了。她原本想做一个无可指摘的家庭主妇,就像科琳娜借给她看的那些杂志照片上的女人:懂得安排家务,保持家庭和平安宁的女人,那种家庭的一切责任都要交给她们,让人又敬又怕的女人。但有一天,阿伊莎用尖细的嗓音对她说:"无论如何,所有的事情最后总是变得很糟糕。"而玛蒂尔德也没有教训她。白天,她削蔬菜皮的时候,面前摊着一本书。她总是在围裙里藏一些书,有时,她坐在一堆要烫的衣物上读亨利·特罗亚[1]或者阿娜伊斯·宁[2]的小说,都是迈尔西埃寡妇借给她的。她烧一些阿米纳觉得难吃极了的菜,比如放了很多洋葱、加了醋的土豆色拉;一盘她煮了很久的卷心菜,以至于家里好几天都散发着一股

---

[1]　Henri Troyat(1911—2007),法国小说家、传记作家、评论家。
[2]　Anaïs Nin(1903—1977),西班牙小说家、演员、舞蹈家。

臭味;还有干得要命的肉卷,阿伊莎吐了出来,并且把其余的肉卷藏进了罩衫里。阿米纳很不满意。他用叉子把完全不合适这里饮食的奶油肉片推开。他很想念母亲做的那些菜,他说服自己,玛蒂尔德说不喜欢古斯古斯①或是熏肉小扁豆只是出于挑衅。在饭桌上,她挑逗孩子们说话,她问他们问题,而他们用勺子敲击桌子要吃甜点的时候,她就笑。于是,阿米纳便冲不守规矩、吵吵闹闹的孩子们发火。他发火说,一个劳动了一天的男人回到家里,有权要求安静一点,可是他却得不到。玛蒂尔德抱着塞利姆,她从袖子里拽出一条脏兮兮的手绢,哭了。一天,在阿伊莎惊愕的眼神中,阿米纳唱起了一首老歌:"她哭,就像玛德莱,她哭,她哭……她哭出了身体里所有的泪……"他跟着玛蒂尔德一直跟到走廊,一边叫着:"你这个伪君子! 伪君子……"玛蒂尔德愤怒到了极点,她用阿尔萨斯语叫骂,那些骂人的话究竟是什么意思,她一直拒绝说。

玛蒂尔德发胖了,鬓角边出现了一绺白发。白天,她和农妇一样戴着一顶酒椰叶的帽子,穿着黑橡胶的凉鞋。她的脸颊和脖颈上出现了褐色的小斑,还有细纹。有时,在似乎永远也结束不了工作的白天即将落幕时,她会陷入深深的忧伤。在去学校的路上,微风拂过面庞,她对自己说,有十年了,她在

① 北非一种麦粉和菜混合的食物。

同一片风景里来去,但是她似乎什么也没有实现。她究竟留下了些什么?成百上千顿被消耗掉的饭菜已经消失不见,一些已没有任何踪影可寻的短暂的快乐,在孩子床头哼唱的歌曲,还有没有任何人能够回忆起来的,慰藉悲伤的下午,织补的袖子,因为害怕被笑话所以她从来不说的对孤独的恐惧。不管她做了什么,不管孩子和病人对她抱有多大的感激之情,她都觉得,自己的生活仿佛被吞没了。她所完成的一切都渐渐消失,无影无踪。这就是她琐碎的家庭生活的这个部分,每天重复的动作最终吞噬了你所有的感觉。她望向窗外的扁桃树,种满葡萄的山坡,慢慢就快成熟的,再过上一两年就要结果的小树。她很嫉妒阿米纳,嫉妒他一砖一石建起来的这块领地。在 1955 年,这领地总算带来了第一次的满意收获。

桃子的收成很好,他还用非常优惠的价格卖出了扁桃。让玛蒂尔德恼火的是,阿米纳没有答应她,给她钱投入孩子的学业和买新衣服,而是决定把所有的利润都投资在继续开发这片土地上。"这里的女人根本不敢要这类东西。"他指责她说。他建了第二个暖棚,收割采摘的时候多雇了十多个工人,他还付钱给一个法国工程师,让他研究建个蓄水池。阿米纳一直很迷恋种植橄榄树。他读了他能找到的所有相关资料,并且试种了一片密度很高的橄榄树。他认为凭借自己的力量就可以开发新的树种,更耐热,更耐旱。1955 年春在梅克内斯的集市上,他介绍了他的工程,他的演讲有些混乱,濡湿的双手搓揉着笔记,试图在持怀疑态度的公众前陈述清楚自己的理论。"所有的创新在最初的时刻总是会遭到嘲笑的,不是吗?"他向朋友德拉冈倾诉说,"如果事情能够向预计的方向发展,这些树带来的利润比现在种植的树要高上六倍。而且它们对水的需求能够降到最低,我或许用传统的灌溉方式就行了。"

这些年的劳作中,阿米纳已经习惯了独自工作,不相信能够依靠任何人的帮助。他这块地四周都是移民地主,他们的财富和能量很长时间里都让他感到害怕。战争结束之后,梅克内斯的殖民者还是拥有巨大的特权,都说他们能够影响总督人选,让某人上任或是打发某人回去,说他们动动手指就能让巴黎妥协。现在,阿米纳的邻居们对他的态度要好很多了。阿米纳时不时会去农业局要补贴,那里的人都很尊敬他,尽管没有给他要的钱,但是会因为他的创造性和热情而祝贺他。他和匈牙利医生谈起他去农业局的遭遇时,医生笑着说:

"他们害怕,就是这样。他们感觉到风向变了,当地人很快会成为自己的老板。平等对待你,就是给自己留了一条后路。"

"平等?他们说他们想支持我,说相信我有很好的未来,但是他们拒绝贷款。可如果我失败了,他们会说,因为我懒,因为阿拉伯人都一样,如果没有法国人,没有他们在强迫我们干,我们就会一事无成。"

五月,罗杰·马里亚尼的农庄着火了。圈里的猪都死了,好些天里,空气里弥漫着一股烤猪肉的味道。雇工几乎没有怎么花精力扑火,他们用破布蒙着脸,有些人吐了。他们说:"吸进这股恶心的味道就是罪。"火灾的当晚,罗杰·马里亚尼跑上山来,玛蒂尔德招呼他在客厅里坐下,他一个人喝掉了一瓶托卡伊葡萄酒。这个以前如此强势的人,甚至曾经直接在拉巴特诺格斯将军的办公室里威胁过他,并且赢得了论战的人,现在在天鹅绒的旧扶手椅里哭成了个孩子:"有时,我的心揪紧了,我想不明白,就好像脑子里一团雾。我不知道未来会是怎样,公平在哪里,我是不是应该为我从来不承认犯下的罪而付出代价。我曾经对这个国家充满信任,就像一个受到感召的人相信上帝,根本无须思考,不用提任何问题。现在我听到他们要杀了我,我的雇农在洞里藏了武器要打我,也许他们要把我吊死。他们只是在表面上不再是野蛮人了而已。"

圣诞节之后，阿米纳和穆拉德之间的关系变得紧张了，有好几个星期，阿米纳只能避开和前副官的接触。每次看到穆拉德的身影出现在从农庄到乡下的田间小路上，当他看到那张深陷的脸，看见这个老兵发黄的眼睛，他的胃就揪了起来。他给穆拉德发布命令的时候，总是闭着眼睛，而当穆拉德向他走来，想要和他谈论某个问题，或者因为收成而表示祝贺的时候，阿米纳简直站不住。这个念头比他自身更强大，他于是不得不跺脚。经常地，他要紧紧捏住拳头，咬住牙，才能够让自己不要马上跑开。

在四月的斋戒期，穆拉德不同意农民夜里耕作，不同意他们自己根据天气和身体来安排劳动时间。"灌溉、收割都应该是在白天！上帝和我都不能改变！"他对一个农民吼道。后者将手放在嘴巴上，默念祷文。白天，他允许他们睡午觉，但是他接着就骂他们,纠缠他们,指责他们利用了老板的宽容。有一天,在离家几米远的花园,他逮住一个人,揍了他。他揪住他的头发,把他猛揍一顿,说他偷窥贝尔哈吉家,说他跟着年轻的塞尔玛,说他想透过客厅纱窗偷看法国老板娘。穆拉德还监视保姆,凭想象说她小偷小摸。他询问玛蒂尔德的病人,因为他怀疑他们是在利用她。

有一天,阿米纳把穆拉德喊到自己的办公室。就像在战争期间,他用一种简单的、截然的方式和他说话,就只是发布命令,而不给予任何解释:"从现在开始,如果有周围的农民来要水,我们就给他水。只要我活着,就不能拒绝任何人用这口井。如果病人想要来看病,你让他们放心,我们会管他们的。在我的领地上,任何人都不能挨揍,每个人都有休息的权利。"

白天,阿米纳一直在农庄,但是晚上,为了逃避孩子叽叽喳喳和玛蒂尔德的抱怨,逃避妹妹因为无法再在这样偏远的山坡上继续生活下去的愤怒的目光,他就跑开了。阿米纳在烟雾缭绕的咖啡馆里玩纸牌,和与他一样感到羞愧,一样醉醺醺的男人在黑漆漆的小酒馆里喝劣质酒。他经常会遇到同一支部队的老朋友,都是些沉默的老兵。对于他们没有来找他说话,他心生感激。有天晚上,穆拉德一直紧紧跟着他。第二天,他已经想不起来,他的副官究竟使了什么诡计,又是在什么样的情况下说服了他，一直陪着他。但是这天晚上，穆拉德上了车，他们一起去了大路旁的那家小酒馆。他们一起喝酒，阿米纳压根儿没有管他。"最好他自己喝醉了，"他想，"醉了，又蠢又笨地滚进沟里。"在他们无意识留下的可怜的小酒馆里，一个人在拉手风琴，阿米纳想要跳舞。他想要成为别的什么人，没有任何人要依靠他，生活简单、轻便，时不时会犯点本能的错误。一个男人抓住了他的肩，他们左右摇晃着。他的同伴爆发出一阵大笑，笑声在小酒馆的大堂里回响，就像巫术一般，传染给了大堂里的其他客人。他们嘴巴大张，露出了一口烂牙。有些人用手敲击着节奏或者用脚踩踏出节奏来。有个高个子的，但是看上去营养不良的男子吹了声口哨，所有人都冲他转过身去。"我们走。"他说。而所有人都知道他指的是哪里。

他们走在伊斯兰教区的边缘地区，来到了梅尔斯，"保护区"。阿米纳醉了，他看不清楚，步履踉跄。一群陌生人轮流支撑着他。有人靠着墙松了口气，这时所有男人都产生了尿尿的愿望。阿米纳惊呆了，看着从城墙流到卵石地面上那一长溜儿尿液。穆拉德走近他，想要劝阻他，让他不要再往前走，前面是一条宽阔的街道，两边一座连着一座，都是粗鲁的肥胖女人掌管的妓院。接着宽阔的街道就变成了小巷，阴暗狭窄，直至成为死胡同，有群流氓等在那里，专门等这些脚步飘浮、失去理智的人。阿米纳粗暴地推开了穆拉德,他恶狠狠地看了一眼穆拉德放在他肩头的手。他们在一扇门前停了下来,因为有人上前敲响了它。只听得一阵骚动,接着是拖鞋的声音、手镯彼此撞击的声音。门开了,一群半裸的女人冲向了他们,就像蝗虫冲向有待收获的粮食。穆拉德没有看见阿米纳离开。他想要推开那个抓住他手,把他拽进一个小房间的棕发女人。房间里只有一张床,一个漏水的浴盆。酒精让他的动作不再那么敏捷,他无法集中精力去救阿米纳,这时他的心中已经升腾起了愤怒。姑娘看不出年龄,她的头发上系着缎带,皮肤散发出丁香的味道。她脱下穆拉德的裤子,手法十分灵活,令他不禁感到惶恐。他看着她解开了她的衬裙。在她的腿上有新的刺青,形成了一个图案,究竟象征着什么,穆拉德也不能理解。他很想将手指插入妓女的眼睛里,他想惩罚她。姑娘应该是能够看得懂这样的眼神,于是有了瞬间的犹豫。她将脸转向门口,接着,看上去应该是醉了,或者因为大麻变得迟钝了,她放弃了,躺在床垫上:"快一点,太热了。"

之后,很难说究竟是这句话起了作用,还是年轻姑娘双乳间流下的汗水,又或者是从其他房间传来的声音,或是他觉得自己听见了阿米纳的声音,但是那一刻,面对瞳孔逐渐变大的姑娘,他的眼前仿佛又出现了印度支那战争的那些画面,是在军营妓院里,那是负责当地事务的军官为士兵安排的;仿佛是那里的声音,湿乎乎的空气,乱糟糟的画面。曾经他试图向阿米纳描绘那样的画面,但是阿米纳无法理解到其中的黑暗,那梦魇一般的东西。他说过:"这样的丛林总是会让人梦到。"穆拉德将手放在姑娘赤裸的手臂上,他觉得自己浑身冰凉,他感觉一团蚊子冲进了房间,他的颈背上,肚子上又是一道道让他整夜整夜睡不着的红色瘢痕。从他背后似乎传来法国军官的叫声,他对自己说,他见到过白人的五脏六腑,他看到他们的死亡,因为腹泻而失去了水分的基督徒,因为毫无意义的战争而发疯的人。不,最困难的并不是杀人。对自己这样说的时候,脑子里似乎响起了放松的声音,他敲了敲太阳穴,就好像是想把所有这些阴暗的念头全赶出去。

老鸨催促妓女快一些,说客人都在等,这时姑娘懒洋洋地站起身来。她赤裸着身体走向穆拉德。她说:"你病了吗?"当这个老兵因为哭泣而浑身晃动,将额头往石墙上撞的时候,妓女赶紧叫人来帮忙。他们被赶了出去,老鸨往发疯的副官脸上啐了一口。妓女们扑向他,大叫大嚷,嘲笑他,辱骂他:"去死吧,都去死。"阿米纳和他漫无目的地走着。现在只有他们俩,所有人都逃开了,阿米纳也不知道把车留在了什么地方。在路边,他停了下来,点燃一支烟,第一口烟让他觉得要吐。

第二天,阿米纳告诉雇工,工长病了,看到工人的脸上松了口气的开心神情,他不禁感到难过。玛蒂尔德提出可以帮忙,给穆拉德开点药,但阿米纳干巴巴地回答说穆拉德只需要休息。"只需要休息,"接着阿米纳又补充说,"我想我们应该给他娶个老婆。这样一个人不太好。"

第八章

　　麦基在共和国大街上做摄影师已经二十年了。只要时间允许——事实上大部分时候他都有空——他就背起照相机，沿着共和国大街一直往上走，他经常提出要给行人拍照。开始的几年，他还很难让别人接受他，尤其是面对一个亚美尼亚小伙子的竞争，因为这个小伙子认识这里的所有人，从擦皮鞋的一直到酒吧那个总是偷客人钱的老板。麦基最终明白过来，不能只凭偶然来挖掘模特儿。不是说靠坚持，靠降低价钱或是写吹嘘自己才能的文章就行的。不，应该做的是真正挑出那些希望将珍贵一刻保留在记忆中的人，那些觉得自己美的人，觉得自己就要日渐老去的人，看着自己的孩子渐渐长大，嘴里不停地念叨着"过得真快"的人。不用浪费时间在那些老人、商人、因为烦忧而脸颊深陷的家庭主妇身上。一抓一个准的是孩子。他逗他们做鬼脸，解释相机工作的原理，于是父母就很难抵抗住要把小家伙天使般的面庞印在硬纸片上的念头。麦基从来没有拍过自己家庭的照片。他的母亲觉得他的相机是个魔鬼般的器具,能够吸走灵魂,之所以有人那么干,纯粹是骄傲在作祟。在他工作的头几年,他是为民事登记拍照片的,经常会遇到拒绝让自己的妻子入照的丈夫。有些地位崇高的摩洛哥人甚至写信给总督,威胁说,他们会尽一切力量反对此事,不能让他们的妻子在陌生人面前露脸。法国人让步了,于是,很多当地的老板或者大地主就只是提供一点妻子的简短描写,附在身份证上。

但是情侣们是他最喜欢的猎物。于是在这春日,麦基正好遇到了最美的一对小情侣。空气温柔,写满了诺言。甜蜜的光芒笼罩着城中心,轻抚着建筑物白色的墙面,更加衬托出天竺葵和木槿花鲜艳的红色。一对情侣脱离了人群,他跑向他们,手指按在照相机的快门上。"你们那么漂亮,我可以免费给你们拍照!"说这话时,他是真心的。他说的是阿拉伯语,年轻男子是个欧洲人,他抬起手,示意他没有听明白。他从口袋里掏出一张票子,递给了麦基。"情人总是那么慷慨,"麦基想,"他们希望给女朋友留下好印象,但是随着时间的流逝,这一切会难以为继,只是这会儿,对于麦基来说是件好事!"

这就是摄影师想到的,他非常幸福,非常激动,以至于他根本没有注意到年轻姑娘紧张地看着周围,就好像一个逃犯。

穿着美式剪裁外套的年轻男子抓住她肩膀时，她跳了起来。他们这么美，真是太美了，令麦基目眩。他压根儿没有想到他们不相配的问题，压根儿没有敏锐地捕捉到这两个人应该是不能在一起的事实。

在这周二下午，她在大街上干什么呢？她还只是个孩子，也许是个规矩人家的孩子，也许家里的教养不错，是个值得尊敬的家庭。她的外套和裙子用料简朴，式样也简单，看上去一点也不像那些在大街上走来走去，逃避父兄监管的荡妇，会因为躲在汽车后的一时迷失就大了肚子。这个姑娘有一种令人震惊的清新，当他抓起自己的相机时，麦基想，能够成为将这一刻化为永恒的人，真的是非常美妙。他似乎被某种美好的事物牵引着。这个时刻如此短暂，这张还没有被任何东西污染了的脸，没有被某个男人的手，或是被某些缺陷，被生活的艰辛污染了的脸。印在胶卷上的将会是这样的，是年轻姑娘的单纯，是已经产生了冒险的欲望的目光。小伙子也很美，只要看看路人的眼光就明白了，男男女女纷纷转过头，目光投向小伙子。小伙子很健美，身材修长，没有赘肉，颈背坚实，皮肤因为阳光呈古铜色。他微笑着，麦基对这一类的美最是敏感；牙齿和嘴唇的美，还没有被过度的香烟和劣质咖啡污染。幸而麦基大多数的客人在拍照时都会闭上嘴巴，但是这个小伙子那么开心，他觉得自己的运气那么好，所以不停地开怀大笑,不停地说话。

姑娘拒绝拍照。她想要走,她在小伙子耳边讲了一点什么,麦基没有听见。但是小伙子坚持,他抓住姑娘的手腕,让她转了个圈,说道:"好了,来吧,只需要一点时间,这样可以给我们留下一点纪念。"麦基也没有更好的说辞。几秒钟,一份可以持续一生的纪念,这是他的口号。她僵硬地站在大街上,刀枪不入的样子,麦基只好走近她,问她叫什么名字。"瞧,塞尔玛,笑一笑,看着我。"

照片拍好之后,麦基把一张小票递给小伙子,小伙子塞进了自己上衣的口袋。"明天来拿。如果没有在大街上看到我,我就把照片留在工作室,就在那边那个角上。"接着麦基看着这对小情侣渐渐走远,消失在沿着人行道向上去的人群中。第二天,那个小伙子没有来。麦基等了他好几天,他甚至转换了路线,希望能够偶然撞见。照片非常成功,麦基想,这也许是他拍的最美的一张人像照片。他成功地捕捉到了五月的午后的光线。他的镜头也很好,后面有棕榈树和电影院的招牌作为背景。两个情人彼此对望。姑娘纤细羞涩,目光望着英俊的小伙子,小伙子的嘴微张着。

有一天晚上,麦基走入吕西安的工作室,吕西安帮麦基冲印照片,他允许麦基要买新相机的时候先欠着他的钱。他们谈论了会儿生意,算好了账。在谈话即将结束的时候,麦基从他的皮质褡裢里拿出了照片："很遗憾,他们没有来拿照片。"吕西安一直尽力隐藏自己对男人的欲望,看了一眼照片却禁不住叫道："多漂亮的小伙子! 真遗憾他没来。"麦基耸耸肩,他伸过手,想要取回照片。吕西安对他说:

"这张照片很漂亮,麦基,真的很漂亮。你在进步,你知道吗? 听着,我有个提议。我把照片放在橱窗里,这会吸引老主顾的。很快,整条街都会知道,你比任何人都擅长拍情侣。你怎么想?"

麦基在犹豫。他当然很在意别人的恭维,以及这张照片有可能在路过这条街的人群中给他带来的广告效应。但是他也有一种很奇怪的愿望,想要独自拥有这个画面,让这对小情侣成为他的朋友,默默地陪伴他。他有点害怕把他们抛给大街上的人群,成为他们的议题,但是吕西安很有说服力,麦基最终让步了。这天晚上,在关店前,吕西安在自己的橱窗里放上了飞行员阿兰·克罗齐埃和年轻姑娘塞尔玛·贝尔哈吉的照片。大约过了一个星期不到,阿米纳经过这条大街,他看到了照片。

后来,塞尔玛和玛蒂尔德觉得她们受到了偶然性的追击。甚至,偶然性也站在男人的一边,强者的一边,站在不公平的一边。因为在1955年的这个春天,阿米纳其实很少去新区。暴力、凶杀、抢劫越来越多。面对民族主义的行动,法国当局的回应也越来越粗暴,这使得城市被笼罩在一种令人窒息的氛围之中,农民阿米纳可不愿意参与其中。但是这一天,他打破了自己的习惯,去了德拉冈·帕罗奇的办公室,德拉冈决定在欧洲订一批果树苗。"到我办公室来一趟,我们谈谈这桩生意,然后我陪你去银行洽谈你需要的贷款。"那天的事情就是这样的。阿米纳在等候室等了一会儿,沉浸在尴尬中,因为等候室里全都是女人,而且有一半孕妇。他和医生谈了大约一个小时,医生给他看了一本铜版纸印刷的商品目录,上面有各个品种的桃树、李树和杏树。接着,他们并肩走向银行,一个有鳞屑病的男人接待了他们。听德拉冈说,这个男人娶了一个阿尔及利亚女人,他们在离城市有点距离的地方生活,靠近城里人喜欢租下来过个周末或者搞个野餐的果园。这个银行家对阿米纳的农业计划着实感兴趣,充满了热情,而且问得很在点子上,让阿米纳吃了一惊。谈完之后,他们握了手,生意敲定,阿米纳离开的时候,很有种任务完成的感觉。

他感到很幸福,正因为这样他慢慢地走在共和国大街上。他觉得自己此时有权利先逛一下,看看女人,靠近一点。他的确靠得很近,都能够闻到她们身上的香气。他不想回家,于是他把手插在口袋中漫步,目光在橱窗中流连,忘了所有的烦心事,忘了他弟弟,忘了玛蒂尔德对于他的新投资的指责。他看着橱窗里的内衣,凸出的胸罩,缎子短裤。他欣赏了一会儿一个甜点店铺里面陈列的巧克力,这家甜点店的特色是他们自己制作的樱桃果酱。接着,他就在照相馆的橱窗里看到了照片。有几秒钟的时间,他简直不相信自己的眼睛。他神经兮兮地笑了,觉得真是奇怪,照片上的姑娘和塞尔玛非常像,觉得那应该是个意大利姑娘或者西班牙姑娘,总之是个地中海边的姑娘,他觉得她很美。但是接下来他的喉咙一阵发紧,就像是有人在他的肚子上打了一拳,他的身体因为愤怒而绷紧了。他走近橱窗,不是为了看清楚照片上的细节,而是为了挡住往来行人的目光。他觉得他的妹妹就好像是赤裸着身体暴露在人群之中,而他只有身体可以用来保护塞尔玛的名誉。阿米纳竭力控制住自己,否则他就会用自己的额头撞碎玻璃,拿过相片就跑。

他走进照相馆,找到了吕西安,他正在木制柜台后一个人玩纸牌接龙。

"您有什么事吗?"照相馆老板问道。他有些焦虑地望着阿米纳。这个眉头紧皱、眼神阴骛的阿拉伯人究竟想要做什么呢? 真巧,照相馆没什么人,正好来了个动乱分子,一个民族主义者,也许是一个恐怖分子,他准备搞死他,就因为他一个人,毫无防备,而且他是个法国人。阿米纳从口袋里掏出一条手绢,擦了擦额头。

"我想要看一下橱窗里的那张照片,就是有个姑娘的那张。"

"那张?"吕西安一边说一边走向陈列架,抓住照片,放在柜台上。

阿米纳静静地看了很长时间,终于问道:

"多少钱?"

"对不起?"

"这照片多少钱?我想要买下来。"

"这不是卖的。这对情侣付了钱,应该会来拿的。他们只是没有来,但不能让他们扑个空啊。"吕西安肯定地说,声音尖锐,接着他便笑了。

阿米纳向他投去阴郁的一瞥。

"告诉我这张照片多少钱,我付钱给您。"

"可我已经和您说过了……"

"听我说。这个姑娘,"他用食指指着照片,"这个姑娘是我妹妹,我不希望让她在橱窗里再多待一分钟。告诉我该付多少钱,然后我就走。"

吕西安不想惹事。他因为卷入了一件令人倍感耻辱的敲诈案才离开法国,来到这个新世界,一个同样恶毒的世界,但是好在阳光明媚,他希望能够一直过着这种谨慎的生活。他也经常听说,一旦受到挑衅,阿拉伯人是很有荣誉感的。"如果碰了他们的女人,他们会让你笑得无比灿烂。"他才开这家照相馆的时候，有个客人曾经对他说过。吕西安当时还想：
"也没有什么危险。"几天前，他在报纸上读到过，有个拉巴特
或者利奥泰港的官员被一个摩洛哥老人割了喉。摩洛哥人指
责他碰了自己妻子用来遮脸的头巾，而且还边笑边大声说：
"啊，这个穆斯林女人和德国女人一样，是个黄头发的，眼睛还
是蓝的！"吕西安一阵战栗，把照片递给了阿米纳。

"拿走吧。无论如何，这上面是您的妹妹，我想这本该是
您的。您可以转给她。您愿意怎么处理都可以，这不关我的
事情。"

阿米纳拿起照片，走出照相馆，也没有和吕西安道别。吕
西安降下了卷帘门，他决定早点关门。

等他回到农庄,天已经黑了,玛蒂尔德正在客厅里缝缝补补。站在微开的门口,他看了她很长时间,她都没有发觉。他咽了一大口口水,黏糊糊的,带着咸味。

玛蒂尔德看到了他,只一眼就立刻又回到了自己的活计上。"你今天回来得很晚。"她说。没听到他回答,她也没觉得有什么奇怪的。丈夫走近她,看了一眼袖子破了的长袖羊毛衫,还有玛蒂尔德戴着银顶针的中指。他从外套口袋里拿出相片,放在孩子的衣物上,玛蒂尔德用手捂住了嘴。顶针撞在她的牙齿上。她的表情就像一个杀人犯面对无可辩驳的证物一般。她神情茫然,如同掉进了陷阱。

"这件事没有问题,"她嗫嚅道,"我正想和你说。这个男孩是认真的,他想来农场的,求婚,娶她。这是个好小伙,我向你保证。"

阿米纳瞪着她,玛蒂尔德觉得阿米纳的眼睛在渐渐放大,他的轮廓正在变形,而他的嘴巴张得很大。她跳了起来,只听见阿米纳吼道:"你简直疯了!我妹妹永远不可能嫁给一个法国人!"

他抓住玛蒂尔德的袖子,把她从扶手椅上拖起来。他将她拽向阴暗的走廊:"你这是在侮辱我!"他向她啐了一口,反过手给了她一记耳光。

玛蒂尔德首先想到的是孩子们,她没有吭声。她没有扑上去扼住丈夫的脖子,也没有扇他,她没有自卫。她什么也没有说,仅仅是等他的愤怒过去,但愿他能感到羞愧,并且因为羞愧而停下来。她听凭他拖着她,就像拖一具尸体,一具现在变得如此沉重的身体,这更加剧了阿米纳的愤怒。他想要打一架,希望她能够动手反抗。他用自己的大手抓住了玛蒂尔德的一缕头发,强迫她重新站起来,他的脸凑近了她:"我们还没完。"他给了她一拳。在通向房间的走廊入口,他松开了她。她呆在他面前,双膝着地,鼻子流血。阿米纳解开外套的纽扣,开始颤抖。他推翻了玛蒂尔德用来放书的小柜子。柜子摔坏了,书摊得一地。

通过门的缝隙,玛蒂尔德瞥见了阿伊莎,她在偷偷瞧着。阿米纳看向女儿的方向。他的轮廓放柔和了一点,甚至那表情让人觉得他马上就会笑出来一样,就好像这一切就只是和妈妈的一个游戏,孩子们不能够理解的一个游戏,而现在他们应该立刻去睡觉。但是他恼怒地、神志不清地走向了卧室。

玛蒂尔德久久盯着地板上的一本书,是尼尔斯骑鹅旅行的故事,在她小的时候,父亲曾经给她念过。她集中精力望着小小的尼尔斯骑在鹅上的画面。她一直看着,听到塞尔玛的尖叫声也没有动,小姑子在呼救。接着她就听到阿米纳威胁她们的声音。

"我要把你们统统杀了!"

阿米纳手上握着一支枪,枪管正对塞尔玛美丽的脸庞。几个星期前,他申请了持枪证。他说是为了保护家庭,说农村危险,说他家只能靠他。玛蒂尔德把手放在眼睛上,这是她唯一能做的事情。唯一的念头是,她不愿意看到这一切,直面死亡的来临,而且是出自丈夫、出自孩子父亲的手。她想到了女儿,想到了正安然入睡的婴儿,想到了哭泣的塞尔玛,她将脑袋转向孩子们的房间。

阿米纳跟随着她的目光,他也瞥见了阿伊莎,在微弱光线下女儿的头发。她就像是个幽灵。"我要把你们统统杀了!"他又一次吼道。他的枪管朝各个方向乱晃。他不知道应该从谁开始,但是只要下定决心,他就要把她们统统打倒,一个接着一个,冷酷,坚决。她们的哭声叫声混杂在一起,玛蒂尔德和塞尔玛在请求他的原谅,接着他听到了自己的名字,听到有人喊"爸爸"。外套已经太小了，他浑身是汗。他开枪杀过人，杀过一个男人，一个陌生人。他开过枪，他知道他能办到，一切都会非常快，恐惧会平静下来，然后就会松口气，甚至会有一种无所不能的感觉。但是他听到了"爸爸"，那声"爸爸"来自那里，来自那个房间，房门口站着他的孩子，孩子的睡衣已经湿透了，她的双脚站在一个水坑里。有一瞬间，他想掉转枪头对准自己。这样一切都解决了，不需要说什么，不需要任何解释，而他周末穿的衣服就会沾满鲜血。他松开了手枪，没有看她们，走出了房间。

玛蒂尔德将食指竖在嘴上。她静静地哭泣着，示意塞尔玛不要动。她手脚并用地冲向手枪。她的眼睛里全是泪水，鼻子流了很多血，呼吸都有些困难。她的脑袋快速闪过了一些念头，有几秒钟的时间，她用手按住双鬓，这样才不至于崩溃。她用两只手拿起手枪，手枪似乎很重，她原地转了个圈，就像是被魔鬼附了身。她看了看周围，在找寻什么东西，在找寻让手枪消失的办法。她绝望地看了一眼女儿，接着，她踮起赤裸的双脚，够着了一个书柜上的巨大的陶土花瓶。她轻轻地摇了摇，然后把手枪丢了进去，接着她把花瓶放回原地。花瓶轻轻地晃了一下，就在这几秒钟的时间，她们三人都怕极了，都怕花瓶碎了，阿米纳回来了，看到这一片狼藉之后，又要杀了她们。

"听我说,亲爱的。"玛蒂尔德将塞尔玛和女儿拽过来,紧紧地抱住,她的心脏怦怦直跳,那声音把孩子都吓住了。她闻到了一股尿味,混杂着血腥味。"永远不要说手枪在哪里,你们听见了吗？即便他求你们,威胁你们,或者许诺用什么来交换,永远不要说手枪在花瓶里。"她们慢慢地点点头。"我想要听你们说'好的',说!"玛蒂尔德这会儿看样子很生气,于是姑娘们照做了。

玛蒂尔德把她们带进浴室,放了一大池子热水,把阿伊莎放了进去。她把小睡衣洗了,然后她用浸了酒精和冰水的布在阿伊莎和塞尔玛的脸上擦了一把。她的鼻子很疼。她都不敢碰,但是她知道鼻子应该是骨折了。尽管她很疼,尽管她很愤怒,她还是禁不住去想,她会因此变丑的。偷了她的尊严不算,阿米纳还给她留了个如拳击手一般的被打折了的鼻子,还有一张如长了疥疮一般的狗的脸。

阿伊莎很熟悉这种脸上青一块紫一块的女人。她经常看见眼睛被打得睁不开的母亲们,面颊青肿,嘴唇被打裂了。那会儿,她甚至想,也许化妆品就是为此而生的,为了遮住男人的拳打脚踢。

这天夜里,她们在一间卧室里睡,三个人,她们腿叠着腿。在入睡以前,背部靠着母亲的腹部,阿伊莎大声祈祷:"赐福我吧,主,我即将休息,修复力量,以便更好地为您做事。圣母啊,主的母亲,您是除了主之外我最主要的希望,我的天使,我神圣的主人,请您为我求情,在今夜,在我的一生之中,在我死去的时刻保护我。奉主之名。"

第二天她们以同样的姿势醒来,仿佛因为害怕阿米纳回来而冻在了一起,觉得三个人就能够形成一具无法战胜的身体。在不安的睡眠中,她们变成了一种动物,成了寄居蟹,一种躲在壳里的甲壳动物。玛蒂尔德紧紧地把女儿抱在怀里,她想要让她消失不见,和她一起蒸发掉。睡吧,睡吧,我的孩子,这一切就只是个噩梦。

★

阿米纳在田间走了整整一夜。在黑暗中,他靠树站着,树枝摩擦着他的脸。他一边走一边咒骂每一寸不毛之地。他好像疯了一般,神经错乱,他开始数有多少块石头,他觉得它们都是在密谋和他作对,暗地里繁殖,化为千万块散落在每一公顷的土地上,就是为了让他无法耕作,无法生产。他真想把这块岩石整个儿粉碎,用手,用牙齿,嚼碎它,再吐出去,吐出一团尘土,覆盖一切。空气冰凉,他在一棵树旁坐下。他的身体在颤抖,他缩着肩,蜷成一团,沉入半睡之中,因为酒精,也因为羞愧而昏昏沉沉。

他是两天后才回的家。玛蒂尔德也没有问他去了哪里，阿米纳也没有再找手枪。有好几天，家里沉浸在一种深深的、密不透风的寂静之中，所有人都不敢打破这寂静。阿伊莎用眼睛说话。塞尔玛连房间门都不出。她成日躺在床上，在枕间哭泣，诅咒自己的哥哥，发誓要报复。阿米纳已经决定不让她再继续读书了。他不觉得再给这姑娘灌输什么疯狂的念头，再去干扰她有什么好处。

阿米纳每天都在外面。他不忍去看玛蒂尔德的脸，她眼睛下的青紫，肿成双倍大的鼻子，开裂的嘴唇。他不能确定，但是他觉得她缺了一颗牙。他黎明时分就离开家，回到家里的时候妻子已经睡了。他在自己的书房睡，在外面那间为塔莫造的洗漱间简单地处理一下自己的需要。这份混乱让塔莫感到非常震惊。有好几天，他过得像个胆小鬼。

第二个星期六，他在黎明时分起了床。他洗了澡，刮了胡子，还喷了香水。他走进厨房，玛蒂尔德背对他站着，正在煎鸡蛋。她闻到了古龙水的味道，但是她动弹不了。她站在炉灶前，手里握着一把木铲，暗自祈祷他什么都不要说。这是她唯一想的事情。"但愿他别那么蠢，别开口，别那么庸俗，就像什么也没发生一样，这样我可受不了。"如果他说"很抱歉"，她肯定会扇他耳光。但是寂静并没有被打破。阿米纳小步走到玛蒂尔德身后，玛蒂尔德没有看他，但是她感觉到了，自己的丈夫就像一头野兽，在原地转圈，鼻孔喘着粗气，呼吸急促。他靠着蓝色的大橱，在观察她。她用手理了理头发，抓住围裙的带子。她也没去管已经焦了的鸡蛋，被油烟呛着了的她用手掩住嘴咳嗽。

她有点羞愧，就这么接受了他，但是他们俩之间的沉默在她身上产生了某种奇怪的效果。她想过，如果他们从此再也不说话，他们可以重新变回动物，于是很多东西成为可能。他们眼前会展开新的前景，他们可以学习新的动作，他们可以咆哮，厮打，互相扇耳光，直到扇出血来为止。他们再也不需要无穷无尽的解释，每个人都穷尽自己的道理，但最终什么也解决不了。她没有报仇的欲望。而这具身体，这具他摧毁的身体，他打碎的身体，她想要将它交付给他。有好几天，他们什么也不说，但是他们做爱，站着，靠着墙，或是在门后，甚至在外面。有一次，他们就站在通向屋顶的梯子前。为了让他感到羞愧，她也放下了所有的羞耻心，所有的节制。她把自己的放荡，把她作为女性的美丽，她的粗鲁和淫秽都扔在他的脸上。她用粗话命令他，这既让他吃惊，又让他感到刺激。她向他证明了自己身上有某种难以抓住的东西，某种肮脏的东西，但不是他弄脏的，不是他；某种属于她的丑陋，并且对此他根本无法理解。

有天晚上,玛蒂尔德在烫衣服的时候,阿米纳走进厨房,说:"来,他在那里。"

玛蒂尔德把熨斗放下。她走出厨房,跟在他身后。在阿伊莎的视线下,她冲着水龙头弯下身去。她打湿了自己的脸,整了整头发。然后她解下围裙,说:"我马上回来。"当然,孩子跟着她穿过走廊,小心翼翼,就像一只老鼠,孩子的眼睛在阴暗的走廊里闪着光。孩子接着在门后坐了下来,透过门缝,她看见一个矮胖的男人,皮肤上都是疱,穿着一件栗色的长袍,胡子剃得很不干净。他眼皮下的眼袋很重,好像只要用手去揉擦一下,或者一阵风,眼袋就会爆掉,里面就会流出黏稠的液体。男人坐在书房的扶手椅上,一个年轻男人站在他身后。在年轻男子土褐色的外衣的肩头,有一道大大的黄色的痕迹,就好像一只鸟才在上面拉了鸟屎。他把一本皮面的本子递给那个上了年纪的男人。

"你的名字？"老年男子望着玛蒂尔德的方向问道。

她回答了，但是这位穆斯林法庭的书记官[1]转向了阿米纳。他皱着眉头，又重复了一遍："她的名字？"阿米纳拼写了妻子的名字："玛——蒂——尔——德。"

"她父亲的名字？"

"乔治。"阿米纳说。他冲本子弯下身，因为需要公开这样一个基督徒的名字而感到羞愧，这个名字没法儿写。

"朱治？朱治？"[2]书记官重复道，开始咬手中的笔。他身后的年轻男人有点焦躁。

"我就按照听上去的音写，可以的。"书记官最终说。他的助手松了一口气。

书记官看向玛蒂尔德。他盯着她看了几秒钟时间，审视她的脸，接着又转向她交握在一起的手。于是，阿伊莎听见母亲的声音响起，她用阿拉伯语诵读："我发誓，除了主之外没有其他的神，穆罕默德是真主的先知。"

"很好，"书记官说，"那现在你打算叫什么名字？"

玛蒂尔德没有想过。阿米纳和她说过重新换一个名字的

---

[1] 原文是 Adoul，阿拉伯语，应为穆斯林法院的执法人员，兼有公证人和书记官的责任。但据相关资料表明，单数时应为 Adel，复数时采用 Adoul。

[2] 这里应该是指名字没有办法用阿拉伯语拼写出来。

必要性,要换一个伊斯兰教徒的名字,但是这些天,她的心事太重了,有那么多烦心事,所以她没有想过新名字的事情。

"玛利亚姆。"最后她说。书记官似乎对这个选择感到很满意:"那就这个,玛利亚姆。欢迎您加入伊斯兰共同体。"

阿米纳向门口走去。他看见了阿伊莎,对她说:"我不喜欢你这样,总是在窥视。回你自己的房间去。"阿伊莎站起身,走在长长的走廊上,她的父亲跟在身后。她躺在自己床上,这时她看见阿米纳拽住了塞尔玛的胳膊,就像学生受到惩罚时,或是校长嬷嬷要求见她们时,嬷嬷们做的那样。

塞尔玛和穆拉德出现在书房的时候,阿伊莎已经睡了,在玛蒂尔德和阿米纳以及两个被叫来做证人的雇工前,书记官让他们结为夫妻。

　　塞尔玛什么也不愿意听。玛蒂尔德来敲工具棚的门时，她拒绝开门，从此后这工具棚就是塞尔玛和丈夫一起睡觉的地方。这个阿尔萨斯女人用脚踢门，用拳头敲，把额头抵在门上。在大叫大嚷了一通之后，她又转而轻言细语，就好像她希望塞尔玛竖起耳朵来听一样，就好像她也会把脸贴在门框上，听她说，就像过去那样，听从嫂嫂的建议。玛蒂尔德柔声诉说，没有多想，没有算计，她请求她的原谅。她谈到了内心的自由，谈到学会顺从的必要性，谈到对伟大爱情的幻想，说这些会加速让姑娘们坠入绝望和失败。"我也曾经年轻过。"接着她用上了将来时，"有一天你会明白的，有一天你会感谢我们。"她说："得看事情好的一面。"不能让悲伤毁了第一个孩子的出生，不要为一个英俊但怯懦而冒失的男人感到遗憾。塞尔玛没有回答。她站在离门有些距离的地方，瘫坐在墙脚下,双手捂住耳朵。她对玛蒂尔德倾诉了一切,她让玛蒂尔德摸了她疼痛的乳房,还有她仍然平坦的小腹,但是玛蒂尔德背叛了她。不,塞尔玛不会听的,如果需要,她想把沥青灌注在耳朵里。她的嫂嫂是因为嫉妒才这么做的。她原本可以帮助她逃跑,打掉这个孩子,让她嫁给阿兰·克罗齐埃,她可以把她那些关于女性自由和爱的权利的美妙演讲付诸实施。但是没有,她宁愿让男人的法则竖起在她们之间。她说了这件事情,而她哥哥还是按照老一套来解决问题。"也许看到我幸福,她受不了,"塞尔玛想,"她受不了我比她幸福,比她嫁得好。"

不把自己关在房间里的时候,塞尔玛就和孩子们或者穆依拉拉待在一起,因为没有办法在私下里交谈,玛蒂尔德深受折磨,她希望能够取得塞尔玛的原谅。当她发现年轻姑娘独自一人在花园里的时候,她就跟在塞尔玛后面跑。有一次,她从背后抓住了她的衬衫,差点勒死她。"听我的解释。我求求你,别再躲开我。"但是塞尔玛猛地转身,她用双手捶打玛蒂尔德,用脚踢她。塔莫听见了两个打在一起的女人的尖叫,她们就像两个孩子,塔莫可不敢掺和。"她们会想办法说是我的错的。"她想,于是拉上了窗帘。玛蒂尔德护住自己的脸,她请求塞尔玛说:"理智点。不管怎么说,你的英俊飞行员一听说孩子的事情就逃走了。我们想办法让你避开了羞辱,你应该觉得幸运。"

晚上，当阿米纳在身边鼾声如雷的时候，玛蒂尔德又重新想了想自己说的话。她自己相信吗？她是不是变成了那类女人？那类努力让别人表现得更加理性，让别人放弃，把体面放在幸福之前的女人？"说到底，"她想，"我什么也做不了。"她不断地重复这句话，一遍又一遍，不是为了哀叹，而是为了让自己相信，她根本无能为力，这样就能够减轻她的罪恶感。她在想，穆拉德和塞尔玛现在正在干什么。她想象着副官光着身子的样子，双手放在姑娘的屁股上，缺了牙的嘴巴覆在姑娘的唇上。她想象着他们抱在一起的样子，想象的场面如此真实，她需要尽力克制才不至于叫出来，才不至于把丈夫推下床，不至于为了她抛弃了的塞尔玛的可怜命运而哭泣。她起了床，向走廊里走去，想要平静下来。在厨房里，她把剩下的林茨果酱夹心蛋糕都吃了，吃到自己恶心。接着她倚着窗户弯下腰，她认为自己也许会听到呻吟声或是嘶叫声。但是她什么也没有听见，只有老鼠在巨大的棕榈树干里奔跑的声音。她终于明白折磨自己的，引起她反感的究竟是什么，并不是婚姻本身，或是阿米纳的道德选择，而是这违反天性的交合。她必须接受，如果说她追着塞尔玛，那其实并不是为了请求她原谅，而是为了问她，关于这耻辱的、可怕的交配。她想要知道小姑娘是不是害怕，是不是觉得恶心，当她丈夫的生殖器进入她的时候。她是不是会闭上眼睛,想着她的飞行员,这样才能忘记这个老兵的丑陋与衰老。

★

　　一天早晨,一辆小皮卡停在院子里,两个小伙子卸下了一张木头大床。两人中年长一点的也不到十八岁。他穿着一条到小腿中部的裤子,一顶被阳光晒得褪色了的布质鸭舌帽。另一个年纪还要小,他婴儿般的脸和厚重的、强壮的身体形成了鲜明对照。他缩在后面,等着同伴给他指令。穆拉德指指工具棚,但是戴鸭舌帽的小伙子耸了耸肩。"进不去的。"他指着门说。穆拉德在城里最好的木匠那里买了这张床,他发火了。他可不是在这里和他们讨论的,他命令他们把床斜过来,然后在地板上滑进去。整整一个多小时,他们推,然后扛,然后翻过来。两个小伙子额头上都是汗,脸色通红,穆拉德的固执让他们笑坏了。"还是理智点,老家伙!进不去就是进不去。"那个年轻一点的小伙子轻浮地说。这口气让副官先生很倒胃口。精疲力竭的少年在床绷上坐了下来,冲同伴眨眨眼:"夫人会不高兴的。对于这么小的家来说,这张床太漂亮了。"穆拉德瞪着在床上蹦来蹦去,放声大笑的两个小伙子。他觉得自己很蠢,蠢得让人哭。当他在伊斯兰教区的商店里看到这张床的时候，他觉得这张床很完美。他想到了阿米纳，他对自己说，老板会为他感到骄傲的。老板应该会看重他的，或许老板会想，一个能够买这样一张床的人对于他妹妹来说应该是最好的丈夫。"我是个蠢蛋。"穆拉德不断对自己说。要不是他克制住自己，他肯定会揍那两个孩子的，他会用斧子劈了床，就在那里，在大棕榈树下。但是他只是看着小皮卡消失在一团尘云之中，内心充满了平静的绝望。

有两天的时间，床就在那里，没有人问究竟怎么回事。阿米纳，玛蒂尔德，他们非常尴尬，非常羞愧，所以他们就装作床是在它该在的位置，好像它本就该在这沙尘飞扬的院子里。接着，有一天早上，穆拉德请了一天假，阿米纳准了。副官拿了一个大铁锤，砸了工具棚朝向田野的那面墙。他把床从砸开的洞里搬了进去。接着他搬来了砖和水泥，开始扩建从此之后他要和塞尔玛共同生活的这间房。他工作了整整一天，到了深夜，他终于砌好了一堵新墙。他想要为自己的妻子建一间浴室，因为一直到这一天，她都在外面的卫生间梳洗。塔莫踮起脚，透过窗户打量正在工作的副官。"别那么冒失。管好你自己的事情。"玛蒂尔德对她说。

等房子建好，穆拉德感到非常骄傲，但是他并没有改变自己的生活习惯。夜晚来临，他把床留给塞尔玛，而他一直睡在地上。

为了找到奥马尔,必须循着血腥之路。这是阿米纳对自己说的,而1955年这一年的夏天到处都是血。城里,当街谋杀一天多过一天,炸弹炸得四处是飞溅的身体。血还在乡间流淌,庄稼被烧毁,老板被殴打致死。谋杀既有政治意义的,也有私人报复。杀人是以真主的名义、国家的名义,却是为了抹掉一笔债务,为了报复曾经的耻辱或是因为女人通奸。殖民者被割了喉,报之以暴力行动或是刑罚折磨。由于阵营不同,恐惧无处不在。

每次发生了一桩谋杀事件,阿米纳都会想:奥马尔死了吗?奥马尔杀人了吗?当有个工业家在卡萨布兰卡被谋杀,或是一个法国士兵在拉巴特被杀死,再或是一个摩洛哥老人在拜尔肯①垂危,或是在马拉喀什,一个负责城市事务的官员

———————

① 摩洛哥东部城市。

成为袭击的目标时,他都会问自己这个问题。在温和派报纸的老板雅克·勒迈格·杜布勒伊被反恐怖主义分子杀了之后的两天,阿米纳又想起了奥马尔。他在听总督弗朗西斯·拉科斯特的电台讲话:"暴力,所有形式的暴力都让我们感到害怕,都是我们应该鄙视的。"弗朗西斯·拉科斯特几天后就被吉贝尔·格兰德瓦尔取代了,后者来到了这个充满紧张气氛的国度。格兰德瓦尔说恐怖主义很快就要结束,要在不同的团体之间建立对话机制,他取消了一些惩罚和隔离措施。而他也面临法国这一面激进派的责难。然而,7月14日,梅尔斯-苏尔坦①的恐怖袭击又粉碎了这些希望。法国女人沉浸在哀伤之中,脸上罩着黑色面纱,拒绝与这位法国政府的代表握手。"没有什么还把我们和祖国联系在一起,瞧,我们很快就要失去我们这么多年来建设的东西,失去我们养大自己孩子的国家。"欧洲人拥向这座白色之城的伊斯兰教区,拔起了一路上庆祝国庆用的三色法国国旗。他们抢劫,放火,实施各种残忍的行动,在某种程度上,警察也鼓励他们这么干。从此之后,不同的团体之间横亘着的是一条血河。

　　1955年7月24日夜里,奥马尔再次现身。他藏在一个刚

---

① 　卡萨布兰卡的街区。1955年7月14日,法国人正聚集在卡萨布兰卡市中心欢庆法国国庆,一枚炸弹在梅尔斯-苏尔坦街上一家咖啡馆中突然爆炸,七名欧洲人死亡,三十五人受伤。

刚十八岁的卡萨布兰卡小伙子的汽车后备箱到了梅克内斯。他们在伊斯兰教区的低处把车停好,在一个飘荡着尿臭味的死胡同里,他们一边抽烟一边等待天亮。吉贝尔·格兰德瓦尔的车队会在早晨九点左右穿过海迪姆广场,奥马尔和同伴主动承担了迎接他的任务。在汽车后备箱里,他们藏了装满了垃圾的大袋子,里面有两把手枪和几把刀子。太阳升起来了,卫队也出现在广场上,豪华的制服反而衬得他们有些缩肩缩颈。总督一行走过的时候,他们要向他致意,然后护卫总督,一直到海迪姆门。在门下,人们会向总督敬献椰枣和牛奶。女人守候在栅栏旁。她们无精打采地摇动着十字架形状的布娃娃和一小束花,布娃娃的裙子就是一块破布。作为欢迎队伍出现在这里,这些女人可以得到几个铜板,她们彼此调笑着。尽管她们看上去蛮高兴的,但不难看出她们的热情是假装出来的,她们的"法国万岁"也仅仅是一出拙劣的戏剧。有些缺胳膊少腿的人试图靠近总督的队伍,希望能让已经忘了他们的法国记起他们的悲惨命运。他们在对驱赶他们的警察讲述他们的付出:"我们为法国而战,而我们现在身处悲惨之中。"

黎明时分,特殊的卫戍队伍在老城的每一个城门下安装路障。但是很快,路障就被来自四面八方的人群突破了。一辆卡车停在海迪姆广场上,惊慌失措的警察命令乘客下来,把他们挥动的摩洛哥国旗扔在地上。但车上的人拒绝了，他们在卡车后面的车厢上跺脚，卡车摇晃着，这声音更是引发了人群的骚动。小伙子和老人，山上下来的农民，老板，生意人都拥在广场四周。他们手上拿着小旗、苏丹的照片，他们在叫喊："尤塞夫！尤塞夫！"有些人手上拿着棍子，还有一些拿着屠刀。在总督待会儿要发表演讲的讲台旁，身着白色长袍的贵族浑身是汗。

奥马尔向同伴示意，他们跳出了汽车。他们走向人群，很快便融入进去，而人群的骚动在不断加剧。在他们身后，戴着面纱的女人站在支架上，她们在叫："独立！"奥马尔握紧拳头，他也在吼，他把装满了垃圾的袋子递给身边的人。他们把袋子里的橘子皮、烂水果和干了的粪便扔向警察。奥马尔深沉而震颤的嗓音感染了他的同伴。他跺脚，吐唾沫，他的愤怒很快在身边传播开来，鼓起了少年的胸膛，挺直了老人的驼背。一个年轻人，看上去十五岁的样子，穿着一件白色的简单针织衫和一条长及小腿的裤子；小腿光溜溜的，剃了毛。只见他一边冲向卫队一边扔石块。另一些游行者仿效起他来，他们也向警察扔石块。只听见卵石街道上响起一片石头声，警察用法语在喊"安静、安静"。一个警察的眉弓处鲜血直流，他抓起了冲锋枪。他朝天开了一枪，接着，他的下巴抽搐着，眼神阴郁，将武器对准了人群，再一次开了枪。那个卡萨布兰卡的小伙子在奥马尔脚边倒下了。尽管场面十分混乱,到处都是奔跑的人群、女人的哭叫,伙伴们还是围拢在伤者的身边。其中的一个人试图救出他来:"救护车到了。我们必须到紧急通道①那里。"但是奥马尔用一个决然的手势制止了他。

"不。"

这几个年轻人早已经习惯了头儿的冷漠,他们面面相觑。奥马尔的脸上一派平静。他的脸上浮现出一个满意的微笑。事情完全向他所期待的方向发展,而这份无序和混乱再好不过。

"如果我们把他送去医院,他活了下来,他们也会杀了他。他们会威胁他,说要将他送去达库姆拘留所或别的什么地方,他就会说的。别上救护车。"

奥马尔蹲下身去,他架起因为疼而哼哼的伤者。

"跑!"

因为慌乱,奥马尔把眼镜给丢了,之后他可能会觉得,也多亏看不见,他才冲出了人群,避开了子弹,最终抵达伊斯兰教区的门口,得以进入小巷。他已经不想知道是否同伴还跟着他,他也没有安慰那个喊着妈妈,祈求真主保护的受伤小伙。他也同样没有看见广场上有成百上千只跑落的拖鞋,覆

---

① 游行时的临时措施,可以将伤者撤离到救护车上。——原注

满了他童年经常玩耍的地方,没有看见到处都是沾满了血迹的土耳其帽,没有看见哭泣的人群。

在贝里玛的街道上,女人们聚集在阳台上,看到他之后,发出了"哟哟"的呼喊声。他觉得她们是在鼓励他,她们将他引向母亲的房子,于是他像个夜游者一样,来到了那扇钉着钉子的老旧的大门前,敲响了门。一个老人过来给他开了门。他推开他,走进院子,门在他身后合上,他问道:

"你是谁?"

"你又是谁?"老人回答道。

"这是我母亲的房子,他们在哪里?"

"他们走了,走了好几个星期。我是看门的。"看门人忧心忡忡地看了一眼奥马尔身上的那具身体,他补充说,"我可不想惹事。"

奥马尔将伤者平放在潮湿的长凳上。他的脸凑近受伤的小伙,耳朵凑在他的嘴巴上。他还有呼吸。

"看着他一点。"奥马尔命令道。他手脚并用地爬上楼梯,将手平放在台阶上。他什么也看不见,除了一些模糊不清的影子、光晕。令人担忧的动静。他闻到了烟味,他知道,到处都有房子在着火,知道大家放火烧了叛徒的生意,知道整个城市都起义了。他听见一架飞机飞过伊斯兰教区的轰鸣声,听见远处传来的枪声。他很高兴,想到外面人们仍然在继续战斗,想到吉贝尔·格兰德瓦尔代表的法国政府面对这场灾难应该在颤抖。上午快结束的时候,穿着制服的摩洛哥士兵和宪兵将伊斯兰教区和新城完全隔离开来。在普布兰营地附近,三辆坦克严阵以待,炮口对准了本地人居住的老城区。

奥马尔下楼的时候,小伙子已经昏迷了。老看门人守在他身边,他一边吸气一边用手捶打着自己的额头。奥马尔命令他闭嘴。看门人就像以前家里的猫,穿过庭院,藏在了穆依拉拉的房间里。整个下午,奥马尔都坐在酷热难耐的院子里。有时他按摩一下两边的太阳穴,睁大了猫头鹰一般的眼睛,就好像还寄希望于视力能够恢复一般。他不能冒险出去,正沿着伊斯兰教区的小巷行动,在挨户敲门的警察有可能会逮捕他,警察威胁居民说要破门而入,将一切都带走。吉普车仍然在街道上来来去去,疏散仍然住在老城区的欧洲人,将他们带往集散地或是临时被征用的波尔多旅馆。

几个小时之后,奥马尔沉沉睡去。看门的老人听到一点声音就惊跳起来,开始祈祷。他看了一眼奥马尔,对自己说这个人的心肠够硬的,必须没有任何道德感,没有任何情感,才能在这样的形势下睡着。在夜里,受伤的小伙子激动起来。看门人靠近他,握住他的手,试图听清小伙子究竟在说什么。小伙子只是个农民,是摩洛哥人,因为穷困逃出山区,去到了卡萨布兰卡的棚户区。有好几个月,他想要去工地打工,人们向他吹嘘过工地有多么好。但是没有工地要他,他就像成千上万的乡巴佬一样,在白色之城的郊区,在各种零工中挣扎了一番,因为太穷,因为感到羞耻,也无法回到家乡。在那里,在铁皮搭的陋屋之间,在那些没有父亲的孩子到处拉屎,轻易死于咽峡炎的街区,有个雇主找到了他。在他的眼睛里,雇主应该是看到了仇恨和绝望,觉得雇了个合适的人。此时,受到高烧和可怕疼痛折磨的小伙子问能不能去通知他的母亲。

凌晨,奥马尔把看门人喊来。

"你去找个医生。如果警察问你去哪里,你就说有女人要分娩,非常紧急。快一点。你走那边,然后回来,你明白吗?"

他把一张票子递给老人,老人很高兴终于走出了这所讨厌的房子,冲到了外面。

两个小时之后,德拉冈进了家门。他没有问老人问题,就只是跟着他,手里拎着他一贯用的皮包。他没有料到会看见奥马尔,当小伙子修长的身体伸展开来的时候,他往后退了一步。

"有人受伤了。"

德拉冈跟着他。他冲少年弯下腰去,少年的呼吸已经很微弱了。在他身后,阿米纳的弟弟很激动的样子。他没戴眼镜,德拉冈更能够清楚地看到他那张孩子般的脸,细腻的、瘦长的轮廓。他的头发因为汗贴在头上,脖子上的血迹已经干了。他的身上散发出一股臭味。

德拉冈在皮包里翻了一阵。他请老人帮他一下。看门人烧开了水,烫了烫器具。医生给伤口消了毒,将受伤的胳膊包扎好,他给小伙子服了颗安定药。在他给他疗伤的时候,他温柔地和他说着话,轻抚他的额头,让他安心。

就在德拉冈忙着缝合伤口的时候,奥马尔的同伴进了房子。看门人发现这群人竟然那么尊敬他们的头儿时,他也变得恭敬起来。他激动地跑向厨房,为抵抗组织的战士们做了茶。他两次诅咒了法国人,说基督徒都是叛徒,而当他的目光和德拉冈的目光交会时,德拉冈耸耸肩,意思是他无所谓。

德拉冈走近奥马尔,准备告辞。

"必须小心伤口,定时清洗。如果你需要,我今天晚上还能过来。我带一卷干净的绷带和退烧药。"

"您太好了,可是今晚我们就不在这里了。"奥马尔回答说。

"您哥哥很担心您。他在找您。有传言说您进了监狱。"

"但我们都在监狱里。只要我们生活在被殖民的国家,我们就不能说自己是自由的。"

德拉冈不知该怎么回答。他握了握奥马尔的手,走出房子。他走在伊斯兰教区空旷的街道上,偶然遇见的人,脸上都是哀悼和悲伤。一个穆安津的声音响了起来。今天早上,人们安葬了四个小伙子。警察凌晨时拉了警戒线，在他们的保护下，送葬的队伍抵达清真寺，在安静与肃穆中。奥马尔陪同德拉冈到门口的时候想要给他钱，但是医生冷淡地拒绝了。"他真残忍。"回到家中，医生不禁想道。阿米纳的弟弟让他回想起以前在流亡路上遇到的一些人，被满口漂亮的措辞、浮夸的理想、伟大的演说穷尽了身上所有人性的人。

德拉冈当天辞退了司机。他坐上了汽车的驾驶席，开着车窗驶向贝尔哈吉的农庄。外面的天蓝得很柔和，天气如此炎热，他觉得农田似乎随时都能燃烧起来。德拉冈张开嘴巴，呼吸着炽热的风，一股子邪风，让他的胸口更加闷热，不禁咳了起来。空气中有一种柳树和被碾死的臭虫的味道，就像以往在类似的悲伤时刻一样，他在想他的树，想成熟的、多汁的橘子总有一天会出现在捷克和匈牙利的餐桌上，就像是往黑暗的大地上寄去了一角阳光。

等他来到山丘上，他又觉得自己有一种罪恶感，因为他带去的尽是些悲伤的消息。他不是那些相信神话的人，相信居住着温和、快乐的柏柏尔人的乡村是桃花源。但是他却知道，这里自有一种宁静，一种和谐，阿米纳和玛蒂尔德想要守护的宁静与和谐。他不是不知道，他们故意远离城市的疯狂，不是不知道他们一直不愿打开收音机，报纸只是用来包鸡蛋，或是给塞利姆做小帽子和纸飞机。他停好车，远远看见阿米纳正匆匆忙忙往回赶。花园里,阿伊莎爬上了一棵树,塞利姆坐在阿米纳吊在"柠檬橘"树枝间的秋千上。炙热的水泥方砖上泼了水,地上升腾起一阵轻烟。树叶间传来鸟儿飞过的声音。看到大自然面对人类的种种蠢事不为所动的样子,德拉冈湿了眼眶。人类互相残杀,他想,可是蝴蝶依旧继续飞翔。

玛蒂尔德开心地欢迎德拉冈的到来,这让他觉得更是有点揪心。她想带他去卫生站,让他看看她在整理器械和药物上的进步。她问科琳娜好不好,科琳娜去了海滨木屋,让她颇为想念。她提议他和他们一起吃午饭,她的脸颊上和脖子上都是红斑。她请他原谅,因为她只准备了加了奶的咖啡和面包片:"是很可笑,可孩子们喜欢。"德拉冈害怕被孩子听见他说的话,小声对玛蒂尔德说,他来是为了一桩很严肃的事情,最好能到书房谈。他坐在阿米纳和玛蒂尔德对面,用一种漠然的声音讲述了前天夜里发生的事情。阿米纳坐在座位上扭动着,他看向窗外,就好像自己还有紧急的事情要处理,好像是在说:"这件事情和我有什么关系?"等到德拉冈说出奥马尔的名字,这对夫妻因为关切,都呆在了那里,都陷入了同样的深思。他们没有对视,但是德拉冈看到他们握住了彼此的手。此时他们没有站在对立的阵营。他们并没有因为对方的不幸而快乐。他们不会痛打落水狗,踩上一脚,或是抓住机会指责对方。不,此时,他们俩属于同一个并不存在的阵营,在这个阵营里,既有对暴力的宽容,也有对凶手和被害者的同情,而且两者的分量一样,所以也很奇怪。他们心里升腾起的所有情感都好像是背叛,所以他们宁可对此保持沉默。他们既是受害者,也是刽子手,既是同伴又是敌人,是两个混合体,无法为自己的忠诚命名。他们是两个被开除教籍的人,他们不能在任何一个教堂里祈祷,而他们的神是一个神秘的、私人的神,他们对他一无所知,包括他的名字。

第九章

今年的古尔邦节是在 7 月 30 号。无论在城里，还是在乡下，大家都害怕节日会成为极端行为的可乘之机，害怕对亚伯拉罕祭献的纪念最终会转向屠杀。总督对驻守在梅克内斯的军队下了严格命令，还有官员。官员们非常愤怒，因为这个夏天他们都不能回到法国了。在农庄周围，有很多殖民者离开了自己的领地。罗杰·马里亚尼去了卡博内格罗①，他在那里有幢房子。

节日前一个星期，阿米纳买了一只羊，拴在垂柳上，穆拉德喂它吃稻草。阿伊莎和弟弟趴在客厅里高处的窗户上看这头羊，黄兮兮的羊毛，悲伤的眼睛，气势汹汹的犄角。小弟弟想要过去摸一下，但是姐姐阻止了他。"爸爸是为我们买

———————————

① 摩洛哥北部的一个海滨度假胜地。

的。"弟弟重复道。而阿伊莎,带着一种难以抑制的残忍,向他详细描述了这头羊将面临怎样的命运。真的到宰杀的时候是禁止孩子们看的,屠夫一刀子下去,鲜血飞溅,然后流淌开来,大滴的血滴落在花园的草坪上。塔莫去找了个大盆来,她清洗了红色的草坪,一边感谢真主的仁慈。

女人发出"哟哟"的叫声,一个雇工把羊摊在地上分割成小块。羊皮挂在大门上。塔莫和姐妹们在后院燃起火,一会儿就把羊肉架在上面烤。从厨房的窗户向外望去,能看见火苗,能听见手伸进羊内脏的声音,就好像吸满了水的海绵发出的声音,吭吭和黏液的声音。

玛蒂尔德将羊心、羊肺和羊肝放在一只铁皮桶里。玛蒂尔德把阿伊莎叫了过来,她让孩子凑近了看淡紫色的羊心:"瞧,这和书上一模一样。血就是从这里经过的。"玛蒂尔德将手指伸进主动脉,并且用解剖学的术语叫出了两个心室、心房,她最终说道:"这个,我不知道应该叫什么,我忘了。"接着,在保姆愤怒的目光下,她抓住了羊肺,保姆们大概觉得这手法实在可鄙,是渎圣行为。玛蒂尔德把两叶灰色的、口袋状的、黏糊糊的肺放在水龙头下,肺叶充满了水。塞利姆拍着巴掌,玛蒂尔德吻了吻他的前额:"想象一下,这里面不是水而是空气。你瞧,我的宝贝,我们就是这样呼吸的。"

节后第三天,解放军夜半时分在乡间登陆,他们的脸上都有伪装，戴着黑色的风帽。他们命令伊托和巴米卢给他们找来吃的，还有汽油。凌晨他们再度出发，说胜利在即，说被掠夺的时代一去不复返。

★

那会儿，玛蒂尔德想，孩子们太小了，还不能确切地知道究竟发生了些什么，如果说她没有和他们说明白，这既不是因为冷漠，也不是因为过于维护自己的权威。她相信，不管发生了什么，孩子都应该生活在天真的泡泡里，大人也不能戳破。玛蒂尔德相信自己比任何人都理解自己的女儿，她能够读到她内心在想什么，就像透过玻璃窗能看到美丽的风景一样。她对待阿伊莎就像是对待一个朋友，一个同谋，她会向阿伊莎倾吐她这个年龄本不该听的事情，但是她不担心，她想："反正她不懂，就不会伤害她。"

阿伊莎的确不懂。在她看来，大人的世界雾蒙蒙的，难以分辨，就像黎明时分或是日落时分的乡村，在这样的时刻，事物的边界都消失了。她父母说话并不避她，她能够听到他们断断续续的交谈，说到诸如谋杀或消失之类的词，声音就低了下去。阿伊莎有时会默默地问自己问题。她会想，为什么塞尔玛不再和她一起睡，为什么女工会被手上晒脱了皮和脖子晒得通红的男雇工拖进高高的草丛里。她怀疑存在着某种被称之为不幸的东西,怀疑男人可以很残忍。她试着在周围的大自然中找寻解释。

这年夏天,她又重新找回了野孩子的生活,没有时间表,没有束缚。她尽情探索小山上的世界,对于她来说,这就好像是位于平原中央的一座岛屿。有时也会有别的孩子,和她一般大的小男孩,怀里抱着惊惶肮脏的小羊羔。他们光着上半身在田间奔跑,他们的身体被太阳晒成了褐色,他们颈背上和手臂上的汗毛成了金黄色。一串串汗珠在他们满是尘埃的胸膛上倒是冲刷出了一道道浅色的沟壑。小羊倌向阿伊莎走过来,让她摸摸他们的羊,这时阿伊莎总是感到很慌乱。她的目光无法从他们强壮的肩头和粗壮的脚踝移开,她在他们的身上看到了日后会蜕变成的男人的模样。目前,他们还和她一样是个孩子,他们仍然在一种圣宠的状态中飘荡,但是阿伊莎知道——也许她并没有完全意识到——大人的生活已经差不多追上了他们。工作、贫穷使得这些身体要比她的身体长得快,让这些身体很快地老去。

每天,她都在树下跟着那群雇工看,她模仿他们的动作,十分小心不要打扰他们的工作。她帮他们一起做稻草人,用阿米纳的旧衣服和新鲜的干草。她在果树上挂好打碎的小镜子,用来赶鸟儿。牛油果树上的猫头鹰窝,或是花园尽头的鼹鼠窝,她一看就能看好几个小时。她学着抓变色龙和其他蜥蜴的时候,非常耐心,一声不吭,抓来之后她把它们放在一个盒子里,盒盖很方便就能掀开,这样可以随时观察她的猎物。有天早上,她在路上找到一只小雏鸟,还没有她的小指大。这个小东西还没有完全长成,但已经具备了鸟喙、鸟爪和小得看上去都不像是真的骨骼。阿伊莎喜欢躺在地上,脸颊贴着地面,观察蚂蚁追着死了的什么东西在爬。她想:"虽然小,但它们也很残忍呢。"她本想问问大地,想要向它要个证明,证明自己所看见的一切,想要问问它,在她之前生活在这里的都是谁,那些已经死去的,她从来没能够认识的生命。

正是因为她觉得自己很自由,阿伊莎想要找到这地方的边界。她从来不曾明确地知晓,她往前一直可以走到哪里,哪里以内还算是她家,从哪里开始就算是别人的世界。她每天都力所能及地走得更远些,她以为会遇到一堵墙,一个栅栏门,或是一面峭壁什么的,总之是某个东西会告诉她:"就应该在这里停下。不能走得更远了。"有天下午,她越过了停有拖拉机的库房。她穿过木瓜树园和橄榄树园,在太阳晒焦的高高的向日葵间开辟了一条自己的道路。她站在一片荨麻地上,荨麻的高度到她腰部,在那里,她看到了一堵矮墙,大概一米高的样子。墙上涂了石灰,长满野草,看起来像堵篱笆。她已经到过这里。很久以前,她还很小的时候,她拉着玛蒂尔德的手,玛蒂尔德采了很多上面尽是小飞虫的花儿。妈妈指着墙说:"我们都会被埋在那里,你爸爸和我。"阿伊莎走近围墙。仙人掌都结了果,散发出一种蜂蜜的味道。她躺在地上,躺在她想象中会埋葬母亲身体的地方。会不会有一天,玛蒂尔德也要老的,很老,和穆依拉拉一样老,脸上满是皱纹?她把胳膊蒙在眼睛上,挡住阳光,她想起了德拉冈送给他们的解剖图板。她记得一部分骨骼的匈牙利语叫法,股骨叫"Combcsont",脊柱叫"Gerinc",锁骨叫"Kulcscsont"。

★

有天晚上,在吃晚饭的时候,阿米纳宣布说全家去迈赫迪亚①海边过两天。目的地倒是也没有什么惊喜,这是离梅克内斯最近的海滩,只需要三个小时的汽车车程。但是对于玛蒂尔德执着的休闲娱乐——野餐、森林漫步、山间远足,阿米纳总是不无嘲讽。对于那类喜欢玩儿的人,阿米纳说他们游手好闲,无所事事,只知道闲逛。之所以组织这次旅行,也许是因为德拉冈的坚持,他在那里有座海滨木屋。德拉冈很懂玛蒂尔德,他发现他谈起休假的时候,这个年轻夫人的眼里闪

① 位于摩洛哥西北部。

烁着嫉妒的光芒。嫉妒中没有恶意，没有尖酸，这是一种忧伤的嫉妒，就像一个孩子看见别的孩子在玩一个玩具，但是他却永远拥有不了。又或者，阿米纳有别的想法，更深层的，是希望得到妻子的原谅，或是让她感到幸福，尤其是看到妻子慢慢地在小山坡上，在这个只有工作的世界暗淡下去。

他们凌晨驾车出发。天空一片玫瑰色，这个时刻是玛蒂尔德种在农庄门口的花最香的时刻。阿米纳催促孩子们快点，他想趁这个尚算清凉的时刻开车。塞尔玛留在农场。她也没有起床和他们告别，玛蒂尔德想这样最好，她都不敢和年轻姑娘对视。塞利姆和阿伊莎在汽车后排座位上坐好。玛蒂尔德戴上了她的酒椰叶的帽子，在大篮子里她放上了两把小铲子，一个打扫用的桶。

在离海边几公里的地方，已经开始堵车了。塞利姆不舒服，汽车里飘散着呕吐物的味道，冷牛奶和可口可乐混合的味道。他们在街道上迷了路，到处都是来度假的家庭，他们找了好一会儿才找到帕罗奇家的木屋。在阳台上，科琳娜在晒日光浴，德拉冈应该是喝多了啤酒，脸红红的，全是汗。他很高兴，把阿伊莎抱在怀里。他把她抱起来旋转。关于这个场面的回忆，关于这双巨大的、汗毛很多的手，这份轻盈，几乎和大海带给她的记忆一样，强烈而难以承受。"什么？你从来没有见过海洋？那必须改变。"他把孩子拖上沙滩，她本希望他别那么匆忙。她想要再停一会儿,闭着眼睛,坐在洒满阳光的阳台上,听一听大海喧嚣而令人眩晕的声音。她最初喜欢的是这个。这种声音,就像是我们把报纸卷成望远镜的形状时,贴在别人耳朵上发出的声音;这种声音,就好像是一个睡着的人,幸福地做着美梦的人呼吸时发出的声音。海浪拍岸的声音,这份温柔的涌动,当中还隐隐夹杂着玩耍的孩子的笑声,女人的劝诫——"别靠得太近,你会淹死的!"——卖瓜子和炸糕的售货员对于沙子太烫脚的抱怨声。德拉冈一直把阿伊莎抱在怀里,向海水走去。他把还没脱鞋子的小姑娘放下来,小姑娘坐在地上脱下了米色的皮凉鞋。海水轻轻地抚摸着她,她一点也不害怕。她试着用指尖抓住海浪边缘的泡沫。"泡沫。"德拉冈的口音很重。他似乎很骄傲,因为知道这个词。

大人在阳台上吃午饭。"有个渔夫今早来过,推荐他们今天的鱼。你们绝对没有吃过那么新鲜的鱼。"科琳娜从梅克内斯带来的保姆准备了油醋汁西红柿和胡萝卜色拉。他们用手拿着吃烤沙丁鱼,还有一种白色的鱼,和鳗鱼差不多长,鱼肉比较硬,也没什么味道。玛蒂尔德不停地把手指伸到孩子们的盘子里,把鱼肉弄碎。她说:"可不能让他们给鱼骨卡住,那就糟糕了。"

玛蒂尔德小时候就是个非常出色的泳者。她的同学都说她的身体就是为游泳而生的：宽阔的肩膀，坚实的臀部，皮肤细密。她在莱茵河游泳，秋天，或是在春天还没有来临的时节都敢入水。游完泳的时候，她的嘴唇青紫，手指头都冻僵了。她憋气的时间可以很长，她多么热爱这种埋首于水下的感觉啊，用这样一种并非寂静的、来自河水深处的呼啸声来忘却一切，没有人的喧闹。有一次，她应该是十四五岁的时候，她就听凭自己漂浮在水上，一半脸埋在水里，就像一根老树枝。她漂了好久，以至于一个同学跳进了水里想要救她。他还以为她死了，脑子里涌现了种种因为爱的悲伤而投河的姑娘的故事。但是玛蒂尔德抬起了脑袋，她笑着说："我可等到你了！"小伙子生气了："我的新裤子！我妈妈又要骂我了。"

科琳娜套上了泳衣，玛蒂尔德跟着她来到了海滩。远处，好几个家庭在沙滩上支起了帐篷，他们一个月以来都在这里露营，用陶土的小炉子烧饭，在公共浴室洗澡。玛蒂尔德继续往前走，当水差不多到她胸口的时候，她感觉到了无比强烈的幸福，差点想要冲向科琳娜，把她抱在怀里。她开始游泳，能游多远就游多远，她深入水中，直到换不过气来。时不时地，她会转过头来，看到木屋变得越来越小，在一排屋子中越来越模糊，再说这排屋子的建筑看上去都很像。也不知道为什么，她挥动着胳膊，也许是在和孩子们打招呼，像是说"看我游得多远"。

塞利姆头上戴了一顶很大的草帽,他在沙滩上挖了个洞,吸引别的孩子的注意。"我们要造一座城堡。"有个小姑娘说。"别忘了得有护城河。"一个小男孩叫道。他缺了三颗牙,所以发有些音的时候不是很清楚。阿伊莎和他们坐在一起。大海和沙滩多么容易造就友谊啊!孩子们都没怎么穿衣服,皮肤被太阳晒成棕色,在一起玩耍,除了能挖多深就挖多深,直到水涌出来,在城堡脚下形成一个小湖以外,其他什么都不想。多亏了海水和海风,阿伊莎平素蓬乱卷曲的头发,这会儿都是漂亮的小卷卷,她把手插入了自己的头发里。她想,等回到农庄后,要和玛蒂尔德说,在洗澡水里放上大袋的盐。

下午将尽的时候,科琳娜帮着玛蒂尔德给孩子们洗澡。孩子们玩了一个下午的游戏,吵吵闹闹的,这会儿已经精疲力竭,他们穿着睡衣,躺在阳台上。阿伊莎觉得眼皮越来越沉重,但是眼前灿烂的景色又让她不忍睡去。天空变红了,接着是一种玫瑰色,最后天际线变成了紫色的光晕,而太阳变得无比灿烂,向着海浪的方向沉下去,直至被海浪吞没。海滩上走过一个卖烤玉米的,阿伊莎接过了德拉冈递给她的一根。她并不饿,但是她不想拒绝任何事物,想要接受这一天呈现在她面前的所有东西。她嚼着玉米,玉米粒卡在她的牙齿间,有点不舒服,她咳了起来。在沉入睡梦之前,她听见了父亲的笑声,这是她从来没有听过的笑声,没有忧虑,没有需要隐藏的想法。

★

第二天,阿伊莎醒来的时候,大人都还在睡觉,她一个人走到阳台上。夜里,她做了一个很长的梦,就像玛蒂尔德抿着嘴削下的苹果皮那么长,玛蒂尔德说她能用自己削的果皮做一个很大的花冠。帕罗奇夫妇穿着泳衣吃早饭,这让阿米纳大吃一惊。"我们就像鲁滨逊那样生活,"德拉冈解释说,他奶白色的皮肤已经变成了樱桃色,"用最简单的器具,就吃大海赠予我们的食物。"

中午,天开始变得很热,红色的、闪闪发光的蜻蜓在水面上拥作一团,它们先是往水面俯冲,然后再度飞翔。天空是白色的、耀目的阳光。玛蒂尔德将阳伞和毛巾尽量靠近水边,想要充分利用海水的清凉,同时这样也能看好孩子。孩子们不知疲倦地在海浪里玩耍,将手插入潮湿的沙子里,看着小鱼儿亲吻自己的脚面。阿米纳过来坐在妻子身边。他脱了衬衫,接着又脱下了长裤,只剩了一条德拉冈借给他的泳裤。他的肚子、背和脚踝显得有些苍白,显然是缺少日晒,不像他一贯露在外面的胳膊。他似乎从来没有让自己的身体接受过阳光的抚摸。

阿米纳不会游泳。穆依拉拉怕水,所以也不让孩子们接触小溪小河,甚至不让他们靠近水井。"水会把你们吞没的。"她对他们说。但是看着孩子们跳进海浪里,还有纤细的白种女人调整好泳帽,竖着脑袋在水面上游来游去,阿米纳想这也许不是太复杂。没有道理他就学不会,他可比他的大多数同学跑得要快,不用马鞍就能跳上马,不用任何支撑,仅凭胳膊的力量就能爬到树上。

他正准备过去和孩子们在一起的时候,就听见了玛蒂尔德的叫声。一个巨浪打来,卷走了毛巾和阿米纳的衣服。双脚站在水里,阿米纳看见自己的裤子在海面上漂来漂去。大海就像是一个嫉妒的情人,在嘲笑他,用手指着他脱光的身子。孩子们笑了,他们奔过去追阿米纳的衣服,仿佛觉得这样他们就能够得到他们应该得到的奖赏。玛蒂尔德最终抓到了裤子,用手拧干了。阿米纳对她说:"别耽搁了,我们得回去了。"

他们叫孩子们回家,可是孩子们拒绝过来。"不,"他们说,"我们不想回家。"阿米纳和玛蒂尔德给他们脸色看,站在沙滩上训斥他们:"现在就给我过来。够了,要我们过来拉你们吗?"但是孩子们可没有让他们有所选择。玛蒂尔德优雅地跳入海中,而阿米纳则小心翼翼地往前走,海水渐渐到了他的腋下。他很恼火,因为愤怒声音变得冰冷,他向儿子伸出胳膊,猛地一下抓住他的头发。塞利姆大叫一声。"永远都别把父亲的话当成耳旁风,你明白吗?"

在回去的路上，阿伊莎控制不住地哭了。她呆呆地看着远方，母亲试图安慰她，她也不理。在一条公路上，她看见一群人在走，双手被绑住，衣衫褴褛，头发上都是尘土，她想他们大概才从岩洞中爬出来。玛蒂尔德对她说："别看他们。"

★

他们半夜才到农庄。玛蒂尔德把塞利姆抱在怀里，阿米纳把睡着的阿伊莎放在床上。他正准备关上女儿卧室的门时，只听见她问：

"爸爸，只有那些坏法国人才会被攻击的，是吗？好的法国人，雇工会保护他们的，不是吗？"

阿米纳感到很惊讶，他在床上坐了下来。他想了一会儿，低着脑袋，双手对握放在嘴巴前。

"不，"他用一种坚定的语调生硬地说，"这和好坏，和公平都没有关系。有好人的农庄被烧毁了，可也有坏蛋逃脱了一切。在战争中，没有好人，没有坏人，也没有公平。"

"那就是因为战争吗？"

"也不完全是，"阿米纳说，就好像是在自言自语，他又补充道，"事实上，比战争还糟糕。因为我们的敌人，或者应该成为我们敌人的人，我们就和他们生活在一起。有一些是我们的朋友、邻居、家人。他们和我们一起长大,当我看着他们的时候,我没有看到一个应该被打倒的敌人,不,我看到的是一个孩子。"

"但是我们呢？我们是站在好人一边,还是坏人一边？"

阿伊莎从床上直起身来,焦急地看着他。他觉得自己不擅长和孩子说话,他想,也许阿伊莎没听懂他试图解释的意思。

"我们,"他说,"我们就像是你那棵树,一半是柠檬,一半是橘子。我们不属于任何一边。"

"那他们也要杀了我们吗？"

"不,我们不会有事的,我向你保证。你可以高枕无忧。"

他温柔地拽过女儿的耳朵,将她的脸贴近自己的脸,他在女儿的脸颊上印下一个吻,然后他轻轻带上门。在走廊上,他想起来,柠檬橘的果实是不能吃的,果肉很干,味道苦得让人掉眼泪。他想,人的世界和植物的世界是一样的。一个物种会优先于另一个,有一天,橘树将战胜柠檬,或者反过来,而这棵树最终也会结出可以食用的果子。

★

"不,"他对自己说,"没有人会来杀了我们。"他要确定这一点。在整个八月，他睡觉的时候都会在床下放一把卡宾枪，他让穆拉德也这样。工长帮阿米纳在他们夫妻的卧室壁橱里做了一个活动门板。他们清除了壁橱里的东西，拆掉橱板，做了个双层的壁橱。"过来。"有一天他对孩子们说。塞利玛和阿伊莎跑到他的面前。

"进到里面去。"

塞利姆觉得这是一个很有趣的游戏，他滑进了活动门板里，他的姐姐紧跟其后。阿米纳推倒了门板，门板盖在他们身上，孩子们陷入黑暗之中。从他们的藏身之处可以听见父亲变得有点闷的声音，还可以听见大人在房间里转来转去。

"如果有紧急情况发生，如果我们有危险，你们就藏到这里。"

阿米纳教会玛蒂尔德使用手榴弹，倘若他不在的时候农场遭到攻击，就能派上用场。她就像女兵一般，认真听他说，为保护自己的领地做好一切准备。几天前，有个人出现在诊所。这是一个老雇工，一直在他们的产业做活，他甚至认识卡杜尔·贝尔哈吉。玛蒂尔德想，也许他是出于害羞，要求在外面，在那棵巨大的棕榈树下和她说几句；也许他病了，害怕别人知道他生病；也许，就像经常发生的那样，是请求她预支工资，或者为远方亲戚找份工。雇工谈起了天气，谈到了这令人窒息的热浪，这干巴巴的风，说这对收成很不好。他问孩子们好不好,为他们送上满满的祝福。等他结束了这些日常琐碎之后,他将手放在玛蒂尔德的胳膊上,低声道:"如果有一天,特别是在夜里,我来找你,别开门。哪怕是我,哪怕我对你说很紧急,说有人病了,或者需要帮助,别开门。告诉孩子们,还有保姆。如果我来了,那是要来杀你。因为我最终还是相信他们,他们说只有杀了法国人,死后才能去天堂。"这天夜里,玛蒂尔德抓起藏在床下的卡宾枪,赤着脚走到棕榈树下。在阴影里,她朝树干开了枪,直到把枪里的子弹全部打光。第二天早上,阿米纳醒来,发现了藤蔓陷阱里的老鼠尸体。他问是怎么回事,玛蒂尔德耸了耸肩膀:"我再也受不了这声音了。听他们在树叶里爬来爬去会让我做噩梦。"

　　月底是月圆之夜。这是八月的一个夜晚,美丽而静穆。在两棵松柏树梢之间,一轮橙红色的月亮闪闪发光,孩子们躺在草坪上看流星。因为秋尔古风,他们已经习惯了夜幕刚落,就在花园里吃晚饭。泛着绿光的苍蝇落在烛油里死了。十来只蝙蝠从一棵树飞到另一棵树,阿伊莎把手插进头发里,因为她害怕蝙蝠在她的头发里做窝。

　　女人先听到了爆炸声。她们早就练出了能够分辨出自己孩子的叫声和病人的呻吟声的能力。她们坐在床上,胸口因为不好的预感发闷。玛蒂尔德跑进孩子们的卧室。她抱起孩子热乎乎的,因为入睡而变得软绵绵的身体。她紧紧抱住塞利姆:"一切都好,一切都好。"她让塔莫把孩子藏到壁橱里。阿伊莎虽然还在半梦半醒之间,可她知道盖板盖上了,她得安慰弟弟。这不是哭泣或者不听话的时候,孩子们都很安静。

阿伊莎想到了用来抓鸟的手电筒。如果父亲事先想到给她一个多好。

在藏身之处,她听见塔莫的叫声,说她想要去乡下,因为想知道自己父母怎么样了,可阿米纳吼着命令她:"谁都不准出去!"保姆坐在厨房里,一有声音就惊跳起来,将脸埋在胳膊里哭。

开始的时候是一道巨大的闪光,远处爆炸的紫色火光就像是黑夜被光扯开了一道口子。蔓延开来的火光勾勒出新的地平线,就好像白昼突然破夜而出。蓝色光芒之后,是橘色的火焰。乡村第一次被火光划破。他们的世界成了一团火,一个噼啪作响的火球。往日无声的风景充斥着枪声,他们听到了叫声,里面还掺杂着狼和猫头鹰的叫声。

几公里之外,第一批作物烧着了,扁桃树、桃树的树枝都被火吞没了,就好像听见成千上万的女人的声音,她们正在准备一顿魔鬼的晚餐,恶风更是传来了燃烧的树枝树叶的味道。噼啪作响的火的声音中,还有雇工的叫声,他们在殖民移民的土地上,从水井跑到畜棚,跑到燃烧起来的草垛。空气中飞扬着烟尘和炭火,吹向农民的脸,烧着了他们的背和手,但是他们什么都没有感觉到,只是提着水桶跑来跑去。在畜棚里,牲畜被活生生地烧死。"这世界的任何善意都不足以平息这场屠杀,"阿米纳想,"没有人能够阻止他们。我们会被困在战火之中的。不会有别的可能。"

　　夜里，法国部队的一辆坦克开进了阿米纳的领土。阿米纳和穆拉德从太阳落山之后就开始巡逻，没有说出他们曾经当过兵。军人问他们是否需要帮助。阿米纳看了看巨大的武器、士兵的制服，可士兵出现在他的领土上让他感到不适。他不希望雇工看到自己和这个被他们视作侵略者的人攀谈。

　　"不，不，一切都很好，长官。我们这里什么都不需要。您可以继续上路。"士兵于是走了，穆拉德开始休息。

　　活动盖板下，塞利姆在哭。他紧紧缠住姐姐，鼻涕和眼泪弄得姐姐一身，姐姐对他说："给我闭嘴，傻瓜。坏人会听见我们的声音的，他们会来找我们，把我们杀了。"她用手捂住弟弟的嘴，弟弟不停地在扭动。阿伊莎试图分辨家里的声音，尤其希望听见妈妈的声音，因为她最担心的就是妈妈。如果他们找到妈妈，会怎么对待她？塞利姆安静了下来。他的小脸靠在姐姐的胸前，他很惊讶，姐姐的心跳并不比以往跳得更猛，他于是放心了，因为姐姐似乎并不害怕。阿伊莎念了一段祷文，嘴巴贴在弟弟的耳朵边："天使啊，我忠实而仁慈的向导，让我一直服从你的感召，让我一直循规蹈矩地迈出我的步伐，所以我绝不会偏离上帝训诫指示的道路。圣母，上帝的母亲，我的母亲和我的主人，我躲在你的护佑之中。"他们渐渐沉入梦乡,就像是看到了保护他们的这个天使后,两个人终于渐渐平静下来。

阿伊莎先醒。她不知道自己睡了多久。她已经听不到外面的任何动静。似乎枪声停止了,一切恢复了宁静,但是她在想,为什么没有人来把他们放出去。"难道只有我们活了下来?"她在想,"他们都死了吗?"她用手推开了压在头上的木板,站起来之后,她就打开了壁橱的门。塞利姆躺在里面,阿伊莎站起来的时候,他哼唧了一声。房间沉浸在黑暗之中。阿伊莎慢慢地走上走廊,双手伸在前面。她清楚家具的位置,小心翼翼地不要碰到任何一件,不要发出任何声音,引起注意。她到了厨房,厨房空空如也,这时她的心揪紧了。苍蝇在晚饭剩下的饭菜上方盘旋。"他们来过,"她想,"他们带走了塔莫,我的父母,甚至是塞尔玛。"在这个瞬间,她觉得家里的房子很大,充满敌意。她好像看见自己成了弟弟的母亲,成了一个被赋予特殊使命的小姑娘。她想起了关于孤儿院的悲惨故事,这让她禁不住泪眼蒙眬,都是些既让她感到恐惧同时又带给她勇气的故事。接着她听到了塞尔玛的声音,声音很遥远,微弱。阿伊莎转过身,但是一个人也没有。起初,她以为自己是在做梦,可接着她再次听到了姑姑的声音。小姑娘走近窗户,从那里,她非常清楚地分辨出的确有人在说话。"他们在屋顶上。"她立刻明白了,于是打开门。知道他们都还活着,她松了一口气,但是想到他们忘了自己和弟弟,又感到非常生气。在黑暗中,她爬上通向阳台的梯子,她最先看到的是穆拉德和阿米纳抽的香烟发出的光。两个男人并排坐在雇工晒扁桃用的筐上,他们的妻子则背对他们站着。玛蒂尔德看向城市的方向,这里是高处,能够判断远处的火光。塞尔玛欣赏着火灾场景:"不会蔓延到我们这里。上帝保佑,这小山坡总算没有被波及。风已经来了,暴风雨很快了。"塞尔玛张开手臂,就像钉在十字架上的耶稣的姿势,放声大叫。她的声音嘶哑,一直在叫,仿佛在呼应被火灾逗得兴奋的狼的叫声。穆拉德扔掉香烟,他粗鲁地拽了拽妻子的裙子,让她坐下。

阿伊莎的脚踩在梯子的横栏上,脸将将好超过屋顶,在犹豫要不要出现在他们面前。他们也许会骂她的。她父亲会指责她,总是跟着他们,总是掺和大人的生活,而不是待在自己的位置上。她看见了远处的一团云,她觉得像是大脑的形状,云团似乎在发光,似乎因为蕴含着闪电而鼓胀起来。塞尔玛说得有道理。马上就要下雨了,他们都会得救。她的祈祷没有白费,她的天使恪守了自己的诺言。她小心翼翼地跨越了露台边,慢慢走近玛蒂尔德,母亲看到她,什么也没有说。她揽过女儿的脑袋,紧紧贴着自己的小腹,脸转向正在熄灭的火焰。

一个世界正在她眼皮底下消失。对面,那些殖民者的房子在燃烧。火焰吞噬了那些可爱的小姑娘的裙子、妈妈的时髦大衣,还有大大的衣橱。衣橱里,仅仅穿过一次的珍贵的衣裙用被单包了起来。书化作灰烬,所有来自法国,骄傲地在当地人面前展示的遗产都是如此。阿伊莎的目光无法离开这场景。这座小山丘从来没有显得如此美丽过。她多么想大叫呀,因为她感到很幸福。她想要说些什么,想要笑,想要跳舞,就像祖母曾经和她说过的算命女人,会转圈转到昏厥。但是阿伊莎没有动。她坐在父亲身边,弯起双腿,贴着自己的胸。"都烧了吧,"她想,"都滚开吧,都死了吧。"

一本书打开一个世界

欢迎订购、合作

订购电话：0571-85153371

服务热线：0571-85152727

KEY- 可以文化   浙江文艺出版社   京东自营店

关注 KEY- 可以文化、浙江文艺出版社公众号，
及浙江文艺出版社京东自营店，随时获取最新图书资讯，
享受最优购书福利以及意想不到的作家惊喜